I0661157

مجموعه آثار صادق هدایت

مجموعه آثار صادق هدایت

جلد ششم

برگردان به زبان فارسی

تحت نظر

بنیاد صادق هدایت و بنیاد کتابهای سوخته ایران

بنیاد کتابهای سوختهی ایران The Iranian Burnt Books Foundation

طرح روی جلد از لیلا میری

مجموعه آثار صادق هدیت ـ Sadegh Hedayat - L'Oeuvre Complèt

جلد ششم ـ VolumeVI

ISBN 978-91-86131-42-5

تحت نظر

بنیاد صادق هدایت و بنیاد کتابهای سوختهٔ ایران

ویرایش اوّل ـ چاپ اوّل

تیر ۱۳۹۰ ـ Juni 2011

نشر بنیاد کتابهای سوخته ایران

گروه انتشارات آزاد ایران

www.entesharate-iran.com

فهرست

پیشگفتار

صادق هدایت از دو زبان آثاری را به فارسی برگردانیده است. یکی زبان فرانسه و دیگری زبان پهلوی. تمام کتب و داستان‌های کوتاه و مقالاتی که صادق هدایت به فارسی برگردانیده از زبان فرانسه بوده چون به این زبان تسلط داشت. برگردان این آثار به فارسی برای صادق هدایت بیشتر جنبه تفنن داشت و او هیچ‌گاه نخواست به عنوان یک مترجم معرفی شود. صادق هدایت که تمام عمر یا نوشت و یا خواند وقتی به کتب یا آثاری دست می‌یافت که بسیار مورد توجهش قرار می‌گرفتند هوس می‌کرد آن‌ها را به فارسی برگرداند. البته توصیه دوستانش هم در این زمینه در او موثر بودند. شکی نیست روابطی که او با ژان پل سارتر داشت در برگردان «دیوار» سارتر بی‌اثر نبوده است.

صادق هدایت برگردان به فارسی از متون فرانسه را از سال ۱۳۰۲ آغاز کرد و تا سال ۱۳۲۹ ادامه داد.

بیشترین کارهای او در سال‌های ۱۳۱۰ و ۱۳۲۲ تا ۲۵ و بالاخره ۱۳۲۹ ملاحظه می‌شوند. کارهای سال ۱۳۱۰ پس از مراجعت از فرانسه به ایران است. کارهای مربوط به سال‌های ۱۳۲۲ تا ۱۳۲۵ گرچه در این سال‌ها منتشر شده‌اند ولی مربوط‌اند به ایامی که صادق هدایت ممنوع‌القلم بود و اجازه نداشت آثار خود را منتشر کند که در نتیجه دست به ترجمه زده بود و این آثار در سال‌های بعد از ۱۳۲۰ (سقوط رضاشاه) منتشر شدند. در برگردان تعدادی از این کتب او با حسن قائمیان همکاری داشت. به‌طور کلی برگردان‌های صادق هدایت شامل سه کتاب، نُه داستان کوتاه، یک اثر فولکلُر و یک مقاله میراث فرهنگی می‌باشد. البته برگردان گورستان زنان خیانتکار وضع خاصی دارد چون نویسنده آن آرتور کریستنسن شرق‌شناس معروف دانمارکی اصل نوشته را به خط خود برای صادق هدایت فرستاده

بود که به فارسی ترجمه کرد. اصل دست نوشته آرتورکریستنسن موجود است.

صادق هدایت در کار برگردان آثار به فارسی وسواس بسیار داشت و سعی می‌کرد معنا و مفهوم آنچه نویسنده گفته را به بهترین معادل فارسی برگرداند.

درمیان برگردان‌ها صادق هدایت که عوالم مشترکی میان خود و کافکا یافته بود در معرفی این نویسنده به ادبیات ایران نقش نخستین را داشت که در همین زمینه «پیام کافکا»را هم نوشته است.

اکنون در مجموعه حاضر همه آثاری که صادق هدایت از نویسندگان خارجی، عموماً اروپائی به فارسی برگردانیده آمده‌اند. بدیهی است برگردان کتب زبان پهلوی به فارسی خود درمجموعه دیگری خواهد آمد.

در خاتمه از خانم سمیه سیاوشی که در تهیه و تنظیم و ویراستاری این کتاب مرا یاری دادند صمیمانه تشکر می‌کنم. و هم‌چنین تشکر می‌کنم از بنیاد کتاب‌های سوخته ایران و انتشارات آزاد ایران و به ویژه آقای دکتر سام واثقی که زحمت چاپ و انتشار این کتاب را به عهده داشتند. روی جلد طرحی از خانم لیلا میری است و لگوی بنیاد هدایت هم کاری از خانم مژگان پارسا مقام می‌باشد که ازاین دوستان هم صمیمانه تشکر می‌کنم.

جهانگیر هدایت

آلفونز دو لامارتین

آخرین فشنگ تفنگ من

یک روز ترجمه انگلیسی یک جلد کتاب سانسکریت زبان مقدس هندی‌ها را با خودم به شکار برده بودم. ناگاه آهــوی بــاطراوت خــوش خــطّ‌وُخــالی در سوسنمبرهای ژاله‌زده صبح شروع به جست‌وُخیز نمود.

من طبیعتاً ازکشتار متنفر بودم ولی بی‌اختیار تفنگ خالی شــد، آهــو افتــاد و کتف او از یک گلوله شکسته بود.

با رنگ پریده نزدیک او رفتم. حیــوان بیچــاره دل ربــا هنــوز نمــرده و مــرا می‌نگریست. سر خود را روی سبزه گذاشته و دور چشم‌هایش از اشک حلقه زده بود.

من هرگز فراموش نخواهم کرد این نگاه عمیقی را که حســرت و درد درآن هویدا بود و در انسان مانند حرف مؤثر نفوذ داشت: زیرا چشم نیــز زبــانی دارد، خصوصاً زمانی که برای آخرین دفعه می‌خواهد بسته شود.

این نگاه با سرزنش جان‌گدازی بی‌رحمی بدون سبب مرا آشکارا بــه خــودم می‌گفت:

«توکی هستی؟ تو را نمی‌شناسم، من به تو آزاری نکرده‌ام، شاید اگــر تــو را می‌دیدم تو را دوست می‌داشتم. برای چه به من زخم مهلــک زدی؟ چرا از هوای آزاد، نور خورشید، دوره جوانی، مرا محروم کردی؟ آیا چه به سرما در من، جفت من، برادرو فرزندان من خواهد آمــد کــه در بیشــه انتظــار مــرا می‌کشند و به جز یک مشت پشم بدن مــرا کــه گلولــه پراکنــده نمــوده و قطرات خونی که روی علف‌زار ریخته اثر دیگری از من نخواهند دید؟ آیا در آسمان انتقام گیرنده‌ای برای من و داوری برای تو وجود ندارد؟ لکن من تورا می‌بخشم، در چشم‌های من خشم و کینه وجود ندارد، طبیعت من به قــدری سلیم و بی‌آزار است که جانی خودم را عفو می‌کنم. به غیــراز تعجــب درد و گریه چیز دیگری درچشم من نمی‌بینی.»

این است تمام آن چه که نگاه آهوی زخمی به من می‌گفت: من می‌فهمیدم و عذرخواهی می‌کردم.

از شکایت چشم‌های افسرده و لرزش طولانی بدن او به نظر می‌آمد التماس می‌کرد: که زود «خلاصم کن» خواستم به هر قسمی که شده او را معالجــه نمایم لکن دوباره تفنگ را برداشته اما این دفعه از روی رحم صورت خودم را برگردانیده و جان کندن او را با یک تیردیگر تمام کردم.

تفنگ را با انزجار دور انداختم. این مرتبه اقرار می‌نمایم گریه می‌کردم. سگ من هم غمناک بود، خون را بو نکرد و نزدیک جسد نرفت. دلتنگ کنار مــن خوابید و مدتی هرسه ما در سکوت محض ماندیم.

ازاین روز به بعد من هیچ برای شکار گردش نکردم. برای همیشه این لــذت وحشیانه کشتار این استبداد و خونریزی شکارچیان راکه بدون لــزوم، بــدون حق و بی‌رحمانه جان موجودی را می‌گیرند که نمی‌توانند دوبـاره بــه او رد کنند ترک کردم. سوگند یاد نمودم که هیچ وقت از برای هوی و هوس یک ساعت آزاد این ساکنین بیشه‌ها یا این پرندگان آسمان را که مثل ما ازعمــر خودشان خرسند هستند خراب و ضایع نکنم.

آرتور شنیتسلر

کور و برادرش

ژِرونیموی کور از روی نیمکتی که نشسته بود بلند شد رفت نزدیک میز، گیتار خودش را که در دسترس او پهلوی یک گیلاس شراب گذاشته بودند برداشت و شروع کرد به ساز زدن. او صدای چرخ اولین درشکه‌ای را که از دور مسافر می‌آورد شنیده بود. کورکورانه به سوی در رفت و آن راهی را که خوب می‌شناخت پیموده از چندین پله‌ی چوبین که مشرف به حیاط سرپوشیده بود پائین رفت. برادرش نیز به دنبال او افتاد و هر دو آن‌ها پهلوی پله پشت به دیوار ایستادند تا این‌که در پناه باد بوده باشند. باد سرد نمناکی زمین خیس خورده را جاروب می‌کرد و در درهای باز فرو می‌رفت.

همه درشکه‌ها که راه گردنه‌ی استلوییو را پیش می‌گرفتند ناچار از زیرطاق تاریک این کاروانسرای کهنه می‌گذشتند و مسافرهایی که از ایتالیا می‌آمدند و می‌خواستند از قله تیرول بالا بروند این‌جا آخرین ایستگاه آن‌ها بود ولی هرگز درشکه‌ها در این‌جا نمی‌ماندند، زیرا در این جاده یکنواخت که دورش تپه‌های خشک بود مسافر هرچه جستجو می‌کرد کرانه‌ی آسمان را نمی‌دید.

کور و برادرش هر دو ایتالیایی بودند و تابستان‌های خودشان را در این دیار می‌گذرانیدند به‌طوری که مثل خانه‌ی خودشان به این‌جا آشنا شده بودند.

دلیجان پست با چند درشکه‌ی دیگر رسید. بیشتر مسافران به دقت خودشان را در شنل‌ها و پتوهایشان پیچیده بودند و از جایشان تکان نخوردند. چندنفر که شتاب‌زده به نظر می‌آمدند پیاده شدند و صدقدمی زیر طاق راه رفتند. هوا تیره و تار می‌شد. باران یخ‌زده‌ای به زمین می‌ریخت. پس از یک رشته روزهای درخشان به نظر می‌آمد که پائیز بی‌مقدمه رسیدن خود را اعلام کرده بود.

کور آواز می‌خواند و به همان آهنگ باز گیتار می‌زد، مثل اغلب اوقات کـه او شراب می‌نوشید صدایش نامساوی گاهی تیز و زننده می‌شـد، فاصلـه بـه فاصله سر خود را به سوی آسمان بلند می‌کرد، مانند این بـود کـه بیهـوده تضرع می‌نمود ولی چهره‌ی او با لب‌های آبی‌رنگ و شیارهای سیاهی کـه ریش نتراشیده رویش داده بود تودار مانده بود.

برادر بزرگ‌ترش خاموش پهلوی او ایستاده بود. وقتی که یک نفر در کلاهـی که او در دست داشت پول کوچکی می‌انداخت با سر اشاره‌ی تشکر می‌کرد و بخشش کننده را با نگاه گم گشته‌ای می‌نگریست. سپس با حالت پریشان چشم‌های خود را مانند برادر کورش برمی گردانید و جلو خـودش را خیـره نگاه می‌کرد مثل این بود که او از داشتن چشم و از دیدن روشنایی شرمسار بود چون هیچ یک از پرتو آن نمی‌توانست در تاریکی که کور را فراگرفته بود روزنه‌ای پیدا بکند.

ژرونیمو گفت: «برایم شراب بیار» و کارلو که آمخته به فرمانبرداری بود بـا شتاب روانه شد. از پله‌ها که بالا می‌رفت ژرونیمو دوباره شروع کرد به آواز خواندن. از دیرزمانی بود که آهنگ صدای خودش را نمی‌شنید ولی به آنچه در اطراف او می‌گذشت به خوبی پی می‌برد. او خیلی خوب صدای دو نفـر را شنید، یک مرد جوان و یک زن جوان را که آهسته با هم گفتگو می‌کردند. از خودش پرسید آیا چندمین بار بود که این دو نفر به این‌جا آمده بودند و از این‌جا می‌گذشتند؟ چون که او اولا کور بوده و ثانیاً اغلب مست بود و گمـان می‌کرد یک دسته مردم معینی پیوسته از این گردنه کوه می‌گذرند، گـاهی از شمال به جنوب و زمانی از جنوب به شمال می‌روند، ازاین قرار این دو نفر را از قدیم می‌شناخت.

کارلو آمد یک گیلاس شراب به دست ژرونیمو داد. کور گیلاس خـودش را به طرف آن دو نفر تکان داد و گفت:

- به سلامتی شما خانم‌ها، آقاها!

مرد جوان گفت: متشکرم ولی زن جوان که از کور می‌ترسید رفیقش را کمی دورتر کشید.

یک درشکه که خانواده‌ی پُرسروُصدایی را آورده بود، ایستاد. در آن پـدر وُ مادر و سه تا بچه و یک خدمتکار بود.

ژرونیمو در گوش برادرش گفت: «خانواده‌ی آلمانی».

پدر به هریک از بچه‌هایش یک سکه پول داد که هرکـدام بـه نوبـت خـود رفتند و آن را درکلاه گدا گذاشتند. هر دفعه ژرونیمـو بـه علامـت تشکـر سرخودش را خم می‌کرد. بچه از همه بزرگتر نگاهی از روی ترس و کنجکاوی به کور کرد. کارلو بچه را نگاه می‌کرد، مثل همیشـه وقتـی کـه بچه‌هـا را می‌دید به یادش می‌افتاد که ژرونیمو تقریباً هم‌سال آن‌ها بود وقتی کـه آن پیشامد ترسناک روی داد و وی چشمش را روی آن گذاشت. بیسـت سـال گذشته بود ولی برای او این یادگار از موشکافی جانگدازش هیچ نکاسته بـود. او هنوز فریاد زننده‌ای که بچه کشیـد، در حالی کـه روی چمـن زار افتـاد، می‌شنید هنوز لکه‌های لرزان درخشانی که خورشید روی دیـوار سفید بـاغ نقش انداخته بود می‌دید، صدای ناقوس کلیسا را کـه درسـت در همـین لحظه بلند شد می‌شنید.

مانند اغلب اوقات، در این روز او نزدیک پنجره اطاق بازی می‌کرد و گلولـه خود را به سوی درخت زبان‌گنجشک که جلو دیوار مقابـل بـود انـداخت. از شنیدن فریاد برادر کوچک، به زودی پی‌برد که بچه در حال دو می‌آمـده از باغ بگذرد زخمی شده. فوتک تیراندازی خودش را بـه زمین گذاشـت. از پنجره پائین جست و به سوی بچـه شتافت کـه روی سبزه افتـاده بـود و صورتش را با دست‌هایش پنهان کرده ناله می‌کرد و به خودش می‌پیچیـد. یک چکه خون روی گونه راست او سرازیرشده تا روی گـردنش روان بـود.

درکوچک باغ باز شد و در همین وقت پدرش که از مزرعـه برمـی گشـت نزدیک آمد. هر دو آن‌ها جلو بچه که شیون و زاری او بریده نمی‌شد به زانو نشستند و بی‌اندازه سردرگم شده بودند. همسایه‌ها آمدند. وانلی پیـرزن بالاخره توانست روی بچه را ببیند. آهنگـری کـه کـارلو پـیش او شـاگردی می‌کرد به نوبه خودش آمد و چون ادعا می‌کرد که در طبابت دسـت دارد فوراً گفت که چشم راست خوب نمی‌شـود. طبیـب پسـچیاود را بـه زودی آوردند، حرف او را تصدیق کرد و همان شب خطری که چشم چپ را تهدید می‌نمود پیش‌بینی نمود. او گول نخورده بود. یک سال دیگر همه دنیا بـرای ژرونیمو نبود مگر تاریکی. اول کوشش کردند او را متقاعد بکنند کـه بعـدها معالجه می‌شود و به نظر می‌آمد که او باور کرده. کارلو که از حقیقت آگـاه بود شب‌ها و روزها روی جاده بزرگ مابین موستان و بیشه‌ها پرسه مـی‌زد با فکر ثابت که خودش را بکشد. اما به کشیشی راز خودش را آشـکار کـرد. کشیش گفت که وظیفه او آن است که زنده بوده باشد و زندگانی خـود را در تحت اختیار برادرش بگذارد. کارلو به مطالب او پی بـرد و حـس تـرحم شدیدی پیوسته او را شکنجه می‌نمـود و دارویـی بـرای درد خـودش پیـدا نمی‌کرد مگر زمانی که با برادر کوچکش بسر می‌برد، موهـای او را نـوازش می‌کرد، پیشانی او را می‌بوسید، برایش قصه‌های دراز نقل می‌کرد، تا سر او را گرم بکند. با او در کشتزار گردش می‌کـرد. او را روی تپـه‌هـایی کـه مـو کاشته بودند راهنمایی می‌نمود همچنین از کار خودش نـزد آهنگـر دسـت کشیده بود تا یک دقیقه از برادرش منفک نشود. پدر کـه بـرای آینـده او پریشان خاطر بود بعضی چیزها به او گوشزد کرده و بـه پسـرش نصیحت کرده بود که دوباره دنبال کارخودش را بگیرد ولی او به حرف پدرش گوش نکرد. یک روز کارلو پی برد که دیگر ژرونیمو از درد خودش حرفی نمی‌زند و خودش این‌طور معنی کرد که کور فهمیده بود دیگر آسـمان‌هـا، تپـه‌هـا،

جاده، مردم و روشنایی را نخواهد دید. کارلو بیش از پیش اندوهگین شــد و بیهوده کوشش می‌کرد به خودش دلداری بدهد. با خودش تکرار می‌کرد او بوده که سبب این بدبختی شده بدون این‌که عمداً خواسته باشــد. گــاهی صبح زود وقتی که برادر کوچکش هنوز خواب بــود برمی‌خاســت و در بــاغ می‌گریخت آن‌قدر ترس او زیاد بود از مشاهده بیدار شدن این چشم‌هایی که هر روز روشنایی را جستجو می‌کردند.

در همین اوان بود که کارلو به خیالش افتاد بــه ژرونیمــو کــه آواز گــوارایی داشت ساز بیاموزد. استاد مدرسه تلاکه گاهی یکشنبه‌ها می‌آمد آن‌هــا را ببیند به ژرونیمو گیتار زدن را آموخت. کور شک نداشت پیشه‌ای را که به او می‌آموختند یک روز مایه نان در آوردن او خواهد شد.

به نظر می‌آمد که از تاریخ این روز غم‌انگیز تابستان به بعد بدبختی به‌طــور قطعی در خانه‌ی لاگاردی پیر جایگزین شده بود. حاصل هرسال کمتــر شــد. یکی از خویشان بخو بریده آن‌ها مقدار کمــی پــول از او درآورد کــه همــه پس‌انداز آن‌ها به شمار می‌آمد. بالاخره پدرش در یک روز گــرم مــاه اوت میان مزرعه سکته کرد و مرد و چیز دیگری از خودش باقی نگذاشــت مگــر قرض. دارایی کوچک آن‌ها فروخته شد. دو برادر بدون پول دهکده را ترک کردند.

کارلو بیست ساله بود و ژرونیمو پانزده سال داشت. از این وقت برای آن‌ها زندگانی خانه‌به‌دوشی و دربه‌دری شروع شد که هنوز هــم ادامــه داشــت. کارلو فکر کرده بود یک کاری که از آن به قدر کــافی نــان در بیایــد بــرای خودش و برادرش پیدا کند ولی موفق نشد. به خصوص به جهت ژرونیمو که نمی‌توانست آرام بنشیند و بیش از همه چیز مایل بود روی جاده‌ها ولگردی بکند.

بیست سال می‌گذشت که کوه‌ها و دره‌ها را در اطـراف ایتالیـا از شـمال و تیرُل را از جنوب می‌پیمودند و تا اندازه‌ای کـه ممکـن بـود خودشـان را بـه جاهایی که موسم آمد و شد زیاد مسافرها بود می‌رسانیدند.

پس از چند سال محققاً کارلو همان غم و اندوه جگرخـراش را کـه پیشـتر از دیدن فروغ خورشید یا چشم‌انداز قشنگی به یاد کوری بـرادرش مـی‌افتـاد حس نمی‌کرد، ولی حالا این حس تبدیل شده بود به تـرحم شـدیدی کـه او خودش خودش را می‌خورد و این حالت مانند تپش قلب و نفس کشیدن در طبیعت او جایگیر شده بود و هنگامی که ژرونیمو مست مـی‌کـرد خورسـند می‌شد.

درشکه‌ای که خانواده‌ی آلمانی را می‌برد دور شد. کارلو همـان‌طـوری کـه دوست داشت روی پلکان چمباتمه زد. ژرونیمو که دست‌هـایش آویـزان و صورتش به سوی آسمان بود ایستاده بود.

ماریا خدمتکار از اطاق کاروانسرا بیرون آمـد و از آن بـالا بـه آن‌هـا گفـت: «چیزی گیرتان آمد؟»

کارلو رویش را هم برنگردانید. کور دولا شـد و گـیلاس را کـه روی زمـین گذاشته شده بود برداشت و به سوی خدمتکار تکان داد مثـل ایـن‌کـه بـه سلامتی او می‌نوشد. گاهی سر شب آن خدمتکار در اطاق کاروانسرا پهلـوی او می‌نشست و او گمان می‌کرد که این زن خیلی خوشگل است.

کارلو خم شد جاده را وارسی کرد. باد مـی‌وزیـد، بـاران تنـدی مـی‌باریـد، به‌طوری که صدای چرخ درشکه‌هایی که نزدیک می‌آمد در میان این هیاهو گم می‌گشت. بلند شد و در جای همیشگی خود پهلوی برادرش نشست.

ژرونیمو دوباره شروع کرد به خواندن و در همان وقت درشکه‌ای که در آن یک نفر مسافر بیشتر نبود رسید. درشکه‌چی به چابکی اسب‌ها را باز کـرد و بی‌درنگ وارد اطاق کاروانسرا شد. مسافر شنل بارانی خاکستری به خودش

پیچیده بود تا مدتی بدون این‌که از جایش تکان بخورد در ته درشکه مانده بود. به نظر می‌آمد که این آواز را نمی‌شنید. کمی گذشت از درشکه پائین آمد بدون این‌که از آن دور بشود از بالا به پائین قدم می‌زد. دست‌هایش را به هم می‌مالید تا گرم بشود. ناگهان متوجه گداها شد آمد جلو آن‌ها ایستاد و با نگاهی از روی کنجکاوی آن‌ها را برانداز کرد. کارلو به نشان سلام با سر اشاره کرد. مسافر جوان خوشگلی بود با چشم‌های درخشان و صورت صاف بدون ریش. پس از آن‌که مدتی پهلوی گداها ایستاد با حالت اندیشناکی سرش را تکان داد و به طرف درشکه رفت.

ژرونیمو پرسید: خوب چه شد؟

کارلو جواب داد: هنوز هیچ، لابد پیش از این‌که برود یک چیزی خواهد داد.»

مسافر دوباره به طرف آن‌ها آمده به مال‌بند درشکه یله داد. کور از سرنو شروع کرد به آواز خواندن و چنین می‌نمود که آن جوان با میل گوش می‌داد. مهتر آمد اسب‌ها را بست. جوان مثل چیزی که ملتفت شد دست کرد در جیبش و یک فرانک به کارلو داد.

کارلو گفت: «دستتان درد نکند، دستتان درد نکند.»

مسافر سوار درشکه شد و شنل را به خودش پیچید. کارلو گیلاس را از روی زمین برداشت و از پله‌های چوبین بالا رفت. ژرونیمو آواز می‌خواند. جوان از درشکه خم شد با یک حالت بزرگمنش آمیخته با غم و اندوه سرش را تکان داد. ناگهان فکری به خاطرش رسید و لبخندی زد.

ازکور که دو قدم با او فاصله داشت پرسید: «اسمت چیست؟»

- ژرونیمو.

- خیلی خوب، اما ژرونیمو مبادا گول بخوری؟

درشکه‌چی آمد روی پله فوقانی پلکان.

- آقا چطور من گول نخورم؟

- من به رفیقت یک اشرفی طلا دادم.
- آقا دستتان درد نکند، دستتان درد نکند.
- آری، اما خودت را بپا.
- آقا این برادرم است مرا گول نمی‌زند.

آن جوان کمی تردید کرد ولی درشکه‌چی رفت روی نشیمن خودش نشست و مهار را در دستش گرفت پیش از این‌که او بتواند حرف خودش را تکذیب بکند در ته درشکه جای گرفت و سرش را حرکتی داد که مفهومش این بود: «به طبیعت واگذار بکنیم» و اسب‌ها به راه افتادند.

کور از دور تشکر می‌کرد و دست‌هایش را تکان می‌داد، شنید که کارلو از اطاق کاروانسرا بیرون آمد و به او گفت:

- ژرونیمو زود باش بیا بالا بهتر است، ماریا آتش روشن کرده است.

ژرونیمو سرش را تکان داد، گیتار را زد زیربغلش و کورکورانه از پله بالا می‌رفت. میان راه به برادرش گفت:

- بگذار به آن دست بزنم خیلی وقت است که پول طلا دشت نکرده‌ام.

کارلو پرسید: «چه می‌گویی؟ مقصودت چیست؟»

ژرونیمو نزدیک که رسید سراو را مابین دو دستش گرفت این حرکت خودمانی او بود برای این‌که مهربانی یا خوشحالی خودش را آشکار بکند، سپس گفت:

- برادرجانم کارلو، مردم سخاوتمند هم پیدا می‌شوند.

کارلو جواب داد: «البته تا حالا ما دو لیر[1] و ۳۰ سانتیمی نیزه زده‌ایم به اضافه این هم پول اتریشی است که نیم لیر ارزش دارد.»

ژرونیمو فریاد زد: «پس ۲۰ فرانک، ۲۰ فرانک، من می‌دانم.»

---

[1] لیر واحد پول ایتالیا.

در اطاق که وارد شدند کور پیل پیلی خورده با حالت خسته افتاد روی نیمکت.

کارلو پرسید: «چه چیز را می‌دانی؟»

ـ شوخی بس است. پول را بده به من! خیلی وقت است که دستم به پول طلا نخورده.

ـ از من چه می‌خواهی؟ می‌خواهی که بروم از کجا پول طلا برایت بیاورم؟ ما دوسه لیر بیشتر نداریم؟

کور زد روی میز: «تا همین قدر کافی است، می‌شنوی؟ بس است آیا می‌خواهی این پول طلا را از من پنهان بکنی؟»

کارلو با حالت پریشان و شگفت زده به برادرش نگاه کرد و برای این‌که او را آرام بکند پهلوی او نشسته دستش را آهسته روی بازوی او گذاشت و گفت: «گوش بده من هیچ چیز را از تو پنهان نکرده‌ام چطور تو باور می‌کنی؟ هیچ کس پول طلا به من نداده.»

ـ ولی او به من گفت.

ـ کی؟

ـ مرد جوانی که از بالا به پایین قدم می‌زد.

ـ چه‌طور؟ من نمی‌فهمم!

ـ او به من گفت: «اسمت چیست؟» بعد گفت: «خودت را بپا، نگذار گولت بزنند.»

ژرونیمو تو خواب دیده‌ای، حواست پرت است.

ـ حواسم پرت است؟ اما من شنیدم من خوب می‌شنوم: «نگذار گولت بزنند. من به او یک پول ۲۰ فرانکی دادم.» نه او گفت: «من به او یک اشرفی طلا دادم.»

کارروانسرادار وارد شد: «در این‌جا چه می‌کنید؟ مگر از کاروُ کاسبی دست کشیده‌اید؟ یک کالسکه چهاراسبه رسیده.»

کارلو گفت: «زود باش پایین برویم.»

ژرونیمو از سرجایش تکان نخورد.

- چرا؟ چرا بیایم؟ به چه درد می‌خورد؟ تو پهلوی منی، و تو...

کارلو بازوی او را گرفت: «هیچ چیز نگو، برویم پایین.»

ژرونیمو از برادرش اطاعت کرد و در راه با خودش می‌گفت: «می‌دانی باز هم گفتگو خواهیم کرد، باز هم گفتگو خواهیم کرد.»

کارلو از پیش‌آمدی که روی داده بود چیزی دستگیرش نمی‌شد. از خود می‌پرسید شاید ژرونیمو دیوانه شده. می‌دانست که او گاهی از جا در می‌رفت و خشمناک می‌شد ولی هیچ‌وقت نشنیده بود که این‌طور حرف بزند.

کالسکه‌ای که رسید دو نفر انگلیسی را آورده بود. کارلو کلاهش را برداشت. کور زد زیر آواز. یکی از انگلیسی‌ها پایین آمد چند شاهی در کلاه کارلو انداخت. کارلو گفت: «دستتان درد نکند» و کمی آهسته‌تر گفت: «۲۰ سانتیمی.»

ژرونیمو به او محل نگذاشت و یک آواز دیگر را از سر شروع کرد. کالسکه با انگلیسی‌ها به راه افتاد. دو برادر خاموش بالا رفتند. ژرونیمو روی نیمکتش نشست. کارلو رفت پهلوی بخاری.

ژرونیمو پرسید: «چرا چیزی نمی‌گویی؟»

کارلو جواب داد: «خوب همان است که گفتم.»

- چه گفتی؟

- باید او دیوانه شده باشد.

– دیوانه؟ خوب بهانه‌ای پیدا کردی، اگر کسی بگوید :«مـن ۲۰ فرانـک بـه برادرت دادم» دیوانه است! پس چرا دوباره گفت، «نگذار گولـت بزنـند.» هان؟

– شاید دیوانه نبوده ولی مردمان بدجنسی هستند کـه بدبخت‌ها را دست می‌اندازند.

ژرونیمو فریاد زد: «هان، شوخی کـرده؟ همـین اسـت کـه منتظـر بـودم، پیداست.»

گیلاسی را که جلو او بود لاجرعه سرکشید.

کارلو با گلوی فشرده از اضطراب گفت: «اما ژرونیمو چرا مـی‌خـواهی کـه... چطور تو باور می‌کنی...»

– چرا صدایت می‌لرزد؟ هان... هان... چرا؟

ژرونیمو من به تو قول می‌دهم.

– هان... و من هم از تو باور نمی‌کنم... تو به ریش من می‌خندی، می‌دانم کـه می‌خندی.

– صدای مهتر از پایین آمد: «آهای کور، مشتری آمده.»

دو برادر یکهو بلند شدند و از چند پلـه پـایین رفتـند. در همـین وقـت دو درشکه رسید در یکی از آن‌ها سه نفر مرد و در دیگری یک زن و مرد بـود. ژرونیمو آواز می‌خواند درصورتی کـه کـارلو نزدیـک او ایسـتاده بـود بـه دشواری خودش را نگه داشته بود. آیا چه می‌خواهد کرد؟ برادرش حرف او را باور نمی‌کرد!

چگونه می‌شود که چنین چیزی اتفـاق بیفتـد؟ بـا حـال پریشـان زیرچشمی ژرونیمو را که آواز سوزناکش را غلت می‌داد نگاه کرد. به نظرش آمد کـه پشت این پیشانی اندیشه‌های تازه می‌گذرد.

درشکه‌ها رفتند، ژرونیمو همین‌طور می‌خواند. کارلو جرأت نمی‌کرد صدای او را ببرد. نمی‌دانست چه به او بگوید. می‌ترسید دوباره صدایش بلرزد. صدای قهقهه خنده‌ی ماریا از بالای پله بلند شد که گفت: «برای چه هنوز می‌خوانی؟ به خیالت من هم به تو چیزی می‌دهم؟»

ژرونیمو بدون این‌که آواز خودش را تمام بکند، ناگهان خفه شد، مانند این بود که صدای او با سیم‌های گیتارش یک مرتبه برید. باز هم او بالا رفت و کارلو به دنبالش و در اطاق پهلوی او نشست، فکر می‌کرد که چه خواهد کرد؟ دوباره کوشش کرد که برادرش را متقاعد بکند، گفت: «ژرونیمو من قسم می‌خورم... درست فکر بکن تو چطور باور می‌کنی که من...»

ژرونیمو خاموش بود و به نظر می‌آمد که با چشمان مرده‌اش میغ انبوه خاکستری را از پشت شیشه‌ی پنجره تماشا می‌کرد. کارلو باز دنباله حرف خود را گرفت: «نه این یک نفر دیوانه نبوده ولی حتماً سهو کرده، خوب پیدا کردم...»

ولی به خوبی حس کرد که این حرف‌ها خود او را هم متقاعد نمی‌کند.

ژرونیمو با یک حرکت از روی بی‌حوصلگی خودش را ازاو دور کشید اما کارلو با حرارت تازه‌ای صحبت را دنبال کرد: «برای چه من چنین کاری را می‌کنم؟ تو خودت می‌دانی که من نه بیشتر از تو می‌نوشم و نه بیشتر از تو می‌خورم. اگر می‌خواستم برای خودم یک قبای تازه بخرم به تو می‌گفتم. آخر برای چه من این پول را بلند می‌کردم با آن چه می‌توانستم بکنم؟»

کور بین دندان‌هایش گفت: «دروغ نگو، می‌دانم که دروغ می‌گویی.»

کارلو با حال پریشان گفت: «من دروغ نمی‌گویم، ژرونیمو، نه، دروغ نمی‌گویم.»

- آیا به این دختر پول پیش دادی، هان... یا این‌که بعد به او می‌دهی؟

- کی. ماریا را می‌گویی؟

- آری ماریا، پس می‌خواهی کی باشد؟ هان، دزد دروغگو!»
کونه آرنج خود را زد به کمر برادرش مثل این‌که دیگر نمی‌خواست پهلوی او بنشیند.
کارلو بلند شده خیره به کور نگریست. بعد به سوی پلکان و درحیاط رفته با چشم‌های رگ‌زده جاده را که در یک مه زردرنگی ناپدید می‌شد نگاه کرد. باران آهسته شده بود دست‌هایش را در جیبش کرد و با احساس تاریکی که برادرش او را از خود رانده رفت بیرون تا هوای آزاد تنفس بکند. چه پیش‌آمد شگفت‌انگیزی! او نمی‌توانست پی ببرد این مردی که به او یک فرانک داده و ادعا می‌کرد بیست فرانک داده کی بود؟ لابد بی‌جهت این کار را نکرده. کارلو خاطرات گذشته را به یاد می‌آورد و جستجو می‌کرد تا ببیند شاید دشمنی داشتند که این آدم را فرستاده تا ازاو انتقام بکشد... ولی کاوش او بیهوده بود. هرگز به یادش نمی‌آمد که کسی را رنجانده باشد. هیچ زد وُ خوردی را به یاد نمی‌آورد، بیست سال بود که زندگانی ولگردی و گدایی را پیشه خودش کرده بود و کنار جاده کلاهش را جلو مردم نگه می‌داشت.
آیا کسی برای خاطر زنی با او هم‌چشمی داشته؟ این هم بعید بود چون خیلی وقت می‌گذشت که او با هیچ زنی نزدیکی نکرده بود، خدمتکار میخانه‌ی درلاروزا آخرین آن‌ها بود. آن هم در بهار سال گذشته اتفاق افتاد و هیچ کس در دنیا پیدا نمی‌شد که برای این نکبت با او حسادت بورزد... نه او نمی‌توانست بفهمد که چه جور آدم‌هایی پیدا می‌شوند، مردم این دنیای بزرگی که او نمی‌شناخت! این مردمی که از هرجای دنیا می‌آیند... از آن‌ها چه می‌دانست؟ حرف‌های مسافری که به برادرش گفته بود: یک پول بیست فرانکی داده‌ام، بدون شک یک سرّی در پشت آن پنهان بود... کارلو این را قبول داشت ولی از خودش می‌پرسید: چه به روز او خواهد آمد؟

چیزی که آشکار بود برادرش در باره‌ی او بدگمان شده بود، این فکر را نمی‌توانست به خودش هموار بکند... نمی‌توانست بگذارد کارها همین‌طور ادامه پیدا بکند... از پلکان به تندی بالا رفت.

ژرونیمو روی نیمکت دراز کشیده بود، چنین وانمود کرد که ملتفت ورود او نشده. ماریا برایشان خوراک و مشروب آورد و در تمام مدتی که خوراک طول کشید کلمه‌ای ردّ وُ بدل نشد. ماریا داشت چیزها را برمی‌چید که یک مرتبه ژرونیمو با خنده‌ی بلندی از او پرسید:

- آیا با این پول چه می‌خری؟

- چه پولی؟

- خیلی خوب، بگو ببینم پاچین نو یا گوشواره؟

ماریا در حالی که روکرد به کارلو، پرسید: «از من چه می‌خواهد؟»

در حیاط صدای خفه‌ی چرخ گاری بارکش شنیده می‌شد، صدای چند نفر که با هم بلند صحبت می‌کردند می‌آمد. ماریا دستپاچه به پائین شتافت. چند دقیقه بعد سه نفر چاروادار وارد اطاق شدند و جلو میزی نشستند. کاروانسرادار آمد سلام کرد. آن‌ها از هوا بسی نگران بودند.

یکی از آن‌ها گفت: «امشب برف خواهد آمد.»

دومی نقل کرد که همین‌جا یک سال در برف گیر کرده بود و نزدیک بود از سرما تلف شود. ماریا آمد پهلوی آن‌ها ایستاد. مهتر هم به نوبت خودش رسید و احوال خویشانش را که در پرمیو منزل داشتند پرسید.

خبر دادند که یک درشکه رسیده. ژرونیمو و کارلو پایین رفتند. ژرونیمو می‌خواند و کارلو کلاهش را به دست گرفته گذرندگان در آن صدقه می‌گذاشتند. به نظر می‌آمد ژرونیمو آرام است. فقط می‌پرسید: «چه قدر؟» و به جوابی که کارلو می‌داد با سر اشاره‌ی بلی می‌کرد. کارلو با

خودش بیهوده دلیل می‌آورد و چیزی نمی‌دانست مگر این‌ که بـدبختی ترسناکی به او روی آورده و او بدون دفاع مانده است.

وقتی که دو برادر بالا رفتند چاروادارها که شراب می‌نوشیدند، بـا خنـده‌ی گستاخی از آن‌ها پذیرائی کردند. آن‌که از همه جوان‌تر بـود به ژرونیمـو گفت: «برای ما یک چیزی بخوان، پولت می‌دهیم، همچنین نیست؟»

رو کرد به رفقایش. ماریا که می‌آمد و دستش یک شیشه شراب قرمز بود، به آن‌ها گفت: «ولش بکنید، امروز اوقاتش تلخ است.»

در جواب او ژرونیمو که میان اطاق ایستاده بـود، زد زیـر آواز. وقتـی کـه آوازش تمام شد چاروادارها برایش دست زدند.

یکی از آن‌ها گفت: «بیا این‌جا کارلو! ما می‌خواهیم مثل مسـافرها پـول را در کلاهت بیندازیم.»

پول کوچکی را در آورد و بالای کلاهی که کارلو به سمت او دراز کـرده بـود نگه داشت. اما کور بازوی گاریچی را کشید و به تندی گفت: «بده به خـودم بهتر است این پول ممکن است جای دیگر بیفتد، آری جای دیگر.»

- چه طور جای دیگر؟

- آری میان لنگ ماریا.

- همه آن‌ها منجمله کاروانسرادار و خود ماریا زدند زیر خنـده. تنهـا کـارلو صدایش درنیامد. هرگز برادرش با او ازاین جور شوخی‌ها نکرده بود.

چاروادارها فریاد زدند: «بیا پهلوی ما بنشین - چه آدم بانمکی است!» خودشان را به هم فشار دادند تا این‌که یک جا برای او باز بکنند و صداها بـا هیاهوی بزرگی بلند می‌شد. کور در آن میان خوش‌صحبتی می‌کرد. او بـیش از معمول شوخ و زنده‌دل بود. پی هم شراب می‌نوشید. وقتی که ماریا آمـد ژرونیمو کوشش کرد او را بغل بزند. یکی از چاروادارها به او گفت:

- لابد تو گمان می‌کنی خوشگل است اما نه او پیر و زشت است.

ولی کور ماریا را گرفت و روی زانویش نشانید و گفت:
- شماها عقل‌تان پاره سنگ می‌برد من به چشمم احتیاجی ندارم که ببینم الان من می‌دانم کارلو کجاست هان! او نزدیک بخاری است آنجا دست‌هایش در جیبش است، می‌خندد.

همه برگشتند به طرف کارلو که پشتش به بخاری بود و دهانش نیمه‌باز و لب‌هایش با خنده‌ی زورکی بازمانده بود چون او میل داشت موافق حدس برادرش رفتار کرده باشد.

مهتر آمد به چاروادارها خبر داد که آن‌قدر وقت ندارند تا پیش از اول شب به برمیو برسند. آن‌ها بلند شدند و با همهمه رفتند. دو برادر در اطاق تنها ماندند. به نظر می‌آمد که کاروانسرادار پس از ناهار در خواب بعدازظهر غوطه‌ور شده بود. ژرونیمو سرش روی میز بود. چنان می‌نمود که چرت می‌زند. کارلو چند دقیقه از درازا و پهنای اطاق قدم زد بعد نشست. بی‌اندازه خسته شده بود مثل این‌که کابوس هولناکی او را خرد کرده. اندیشه‌های او پریشان و از هم گسیخته بود. چیزهایی را که صبح دیده بود به نظرش دور و ناپدید می‌آمد. روزهای گرمی که با برادرش روی جاده‌های پر از گرد و غبار راه می‌رفتند، به یادش افتاد. همه آن‌ها به نظرش دور، گمشده و باورنکردنی بود مانند این‌که ممکن نبود هرگز اتفاق بیفتد.

چاپاری که از تنرل می‌آمد طرف تنگ عصر رسید. دنبال آن چند درشکه بود که به فاصله‌های کمی قرارگرفته بودند و همه آن‌ها به طرف جنوب می‌رفتند. دو برادر چهار بار پایین رفتند و بالا آمدند. هوا تاریک می‌شد، تنگ غروب بود. وقتی که آن‌ها بعد از راه افتادن آخرین درشکه برگشتند یک چراغ روغنی کوچک به یک تیر پیش آمده‌ی سقف آویزان بود و کور کورکی می‌سوخت. کارگرهایی که کمی دورتر در یک معدن کار می‌کردند و

در نزدیکی کاروانسرا برای خودشان آلونک ساخته بودند رسیدند ژرونیمـو رفت پهلوی آن‌ها. کارلو تنها جلو میز ماند. این تنهایی برای او خیلی دشـوار بود. از دور صدای ژرونیمو را که بلند حرف می‌زد می‌شنید. از بچگی خودش صحبت می‌کرد، می‌گفت هنوز خیلی چیزها را که با چشمش دیده بود به یاد می‌آورد. به خاطرش می‌آمد که پدرش در کشتزار کار می‌کرد، باغ کوچک، درخت زبان‌گنجشک نزدیک دیوار کوتاه خانه‌شان، دو دخـتـر کفـش‌دوز، تپه‌های پشت کلیسا آنجایی که موستان بود و همچنین صورت بچگی خودش را همان‌طوری که در آینه دیده بود به یـاد مـی‌آورد. کـارلو اغلـب هـمـین جمله‌ها را شنیده بود ولی امشب نمی‌توانست آن‌ها را بشنود، بـه نظرش می‌آمد که لحن او تغییر کـرده و معنـی تـازه‌ای در پشـت هرکـدام ازایـن حرف‌ها پنهان شده بود یک سرزنش مرموزی که به او دشنام می‌داد.

نصف‌شب بود کارلو خودش را کشانید به سوی در و رفت در جاده بزرگ. باران بند آمده بود، هوا سرد بود. کارلو فکر کرد دید که لذتی در خـودش حس می‌کند که برود و ناپدید بشود، خودش را در ایـن تـاریکی گـوارا گـم بکند، در یک چاله بخوابد و دیگر بیدار نشود، ناگهان صدای چرخ درشکه‌ای سر او را بلند کرد روشنایی دو فانوس را که آهسته نزدیک می‌شدند دید. دو نفر مرد در درشکه بودند یکی از آن‌ها با چهـره پژمـرده بـدون ریـش. وقتی که سایه کارلو را دید در تاریکی جلو روشنایی فانوس قد برافراشت از جا جست. کارلو که ایستاده بود کلاهش را برداشت. درشکه ناپدید گردید و روشنایی خاموش شد. کارلو دوباره در تاریکی مانـد. بـه خـودش لرزیـد. می‌ترسید برای اولین بار در دوره زندگانیش تاریکی او را می‌ترسانید ترسی که حس می‌کرد با ترحم شدیدی که برای برادرش حس می‌نمود بـه طـرز مرموزی وابستگی داشت. قدم‌های خودش را تند کرد نفس‌زنان مثل این‌که کسی او را دنبال کرده باشد به کاروانسرا برگشت.

وقتی که در اطاق کوتاه را باز کرد دید دو نفر مسافری که الان از او گذشتند کنار میز جلوی یک بطری شراب قرمز نشسته‌اند و به‌طوری گـرم صحبت بودند که ملتفت او نشدند.

کاروانسرادار از همان دور که او را دید گفت: «کارلو کجا قایم شده بـودی؟ چرا برادرت را تنها می‌گذاری؟»

کارلو با حال پریشان پرسید: «مگر چه شده؟»

ـ ژرونیمو شراب به ناف همه می‌بندد می‌دانی برای من یکسان است ولی شما باید به فکر روزهای بدی که می‌آید باشید.

کارلو نزدیک ژرونیمو رفت، بازوی او را گرفته گفت: «بیا برویم!»

کور جوابش را داد: «از جان من چه می‌خواهی؟»

کارلو گفت: «برویم بخوابیم!»

ـ ولم کن، ولم کن! من هستم کـه پـول درمـی‌آورم و هرکـاری کـه دلم می‌خواهد می‌کنم، هان! تو نمی‌توانی همه‌اش را توی جیـب خـودت بریـزی! لابد شما گمان می‌کنید که همه‌اش را به من می‌دهد؟... هرگز! من یک آدم کور بیچاره هستم اما مردمانی هستند پر بذل و بخشش که می‌گویند: «مـن بیست فرانک به برادرت دادم.»

کارگرها زدند زیر خنده.

کارلو گفت: «بس است! دنبال من بیا.»

و برادرش را کشید به سـوی پلکـان بـاریکی کـه در اطـاق زیـر شـیروانی می‌رفت، همان جایی که می‌خوابیدند. در بیـن راه ژرونیمـو فریـاد مـی‌زد: «آری پته‌ات روی آب افتاد، فضیلت آخوند صاحب معلـوم شـد. آری مـن همه‌اش را می‌دانم. حالا دیگر چشم به راه بمان. پس ماریا کجاست؟ شـاید پول را در قلک او گذاشتی، هان! من هستم که آواز می‌خوانم و گیتار می‌زنم و این منم که تو را نان می‌دهم و تو یک دزد هستی.»

افتاد روی رختخوابش.

روشنایی ضعیفی که از دالان می‌آمد تا زیرشیروانی تراوش مـی‌کـرد و دری که به یگانه اطاق در همسایگی آن‌ها باز می‌شد نیمه‌باز بود. ماریا تختخواب را آماده می‌کرد. کارلو جلو برادرش ایستاده او را مـی‌نگریسـت. صـورت آماس کرده، لب‌های آبی‌رنگ و موهای نوچش که روی پیشانی او چسبیده بود او را بیشتر از سنش پیر می‌نمود. کارلو داشت پی می‌برد کـه بـدگمانی کور در باره او ازاین روز شروع نشده بود بلکه در ته دل او از قـدیم نقـش بسته بود و تاکنون هیچ موقع مناسبی پیدا نکرده بود تا احساسات خودش را فاش بکند. ژرونیمو در این باب حرفی نزده بود یعنی جرأت نمـی‌کـرد کـه اقرار بکند و این همه زحمتی که کارلو برای او کشیده همه بی‌نتیجـه مانـده بود، همه غصه‌خوری‌ها، فداکاری دوره زندگانیش همه این‌ها بیهـوده بـود. آیا چه خواهد کرد؟ آیا می‌بایستی ایـن پیشـه را ادامـه بدهـد؟ گـام‌هـای برادرش را راهنمایی بکند، برای او دریوزگی بنمایـد؟ از او پرسـتاری بکنـد، همه روزهای زندگانی را صرف این کار بنماید؟ در صورتی که مـزد دسـتی نداشت مگر بی‌اعتمادی و دشنام! اگر برادرش گمان می‌کرد او دزد اسـت هر بیگانه دیگری نزد ژرونیمو می‌توانست به خوبی جانشـین او بشـود. تنهـا چیزی که باقی مانده بود می‌بایسـتی از او جـدا بشـود و همیشـه او را تنهـا بگذارد. شاید ژرونیمو به ستمگری که در باره برادرش مرتکب شـده بـود پی‌می‌برد آنوقت می‌فهمید کـه چگونـه گـول مـی‌خورنـد، چگونـه چاپیـده می‌شوند، رانده می‌گردند و بدبخت می‌شوند. خدایا چه بـه روز او خواهـد آمد؟ ولی خود او پیرنبود و کار برای کسی مانند او قحط نبود. مـی‌توانسـت جایی به‌طور کارگری در مزرعه پیدا بکند. در همان حالی که‌اندیشه‌هـای او پریشان بود چشم‌های او خیره شد به صورت برادرش، جلوی چشم او مجسم شد که برادرش تنها کنار جاده آفتابگیری نشسته چشم‌های درشت سفید او

که روشنایی آن‌ها را نمی‌زد به سوی آسمان است در حالی که با دست‌های خودش تاریکی که او را فراگرفته بیهوده می‌سنجد. پس حس کرد که نه تنها کور کس دیگری جز او نداشت بلکه خود او هم نمی‌توانست از برادر دست بکشد و مهربانی که از او در دل داشت سبب قوت قلب او در زندگانی شده بود. ولی برای اولین بار پی برد که فقط اطمینان و مهربانی از هر دو جانب و پوزش خواستن کور برای او ناگزیر بود تا بتواند بدبختی‌های خود را با این همه بردباری تحمل بکند. او نمی‌توانست به این زودی از این امید چشم بپوشد و احتیاج به برادر داشت همان‌طور که برادرش محتاج او بود. هرچه فکر می‌کرد نمی‌خواست و نمی‌توانست برادر را ترک بکند در این صورت یا باید زیر بار این زخم زبان‌های او برود و یا به یک جوری این ناروها و بدگویی‌های برادر را به او ثابت بکند... آه اگر او می‌توانست پول طلا گیر بیاورد! اگر فردا می‌توانست به برادر بگوید «من آن را قایم کردم برای این‌که با این آدم‌ها خرج شرابخواری نکنی، برای این‌که از تو نزنند»... اگر می‌توانست یک چیزی در همین زمینه به او بگوید...

صدای پا در پله‌کان چوبی نزدیک شد. مسافرها رفتند در اطاق خودشان. به فکر او رسید برود در را بزند گزارش روزانه را برایشان نقل بکند و از آن‌ها بیست فرانک بخواهد ولی به زودی فهمید که این آزمایش فایده‌ای نداری زیرا که حرف‌های او را باور نخواهد کرد. به یادش افتاد آن مرد جوان رنگ پریده وقتی که سایه او را در تاریکی دید چقدر ترسید. روی کیسه‌ی به کاه انباشته خود دراز کشید. شب تاریک بود. صدای پای سنگین کارگرها که از پله چوبین پایین می‌رفتند شنیده می‌شد. آن‌ها دور شدند و باهم گفتگو می‌کردند.

دو در کالسکه‌خانه بسته شد. مهتر یک بار دیگر از پلکان گذشت همه جا را خاموشی فراگرفت. کارلو به جز صدای خرو پف ژرونیمو چیز دیگری

نمی‌شنید. قبل از این‌که خوابش ببرد افکار او به هم آغشته شد و هنگامی که بیدار شد تاریکی شب هنوز او را احاطه کرده بود. با چشم‌هایش پنجره را جستجو کرد. درست دقت کرد یک چهارگوشه خاکستری تیره‌ای در تاریکی یکنواخت تشخیص داد. ژرونیمو هنوز خواب بود در خواب سنگین آدم شرابخوار. کارلو به روزی که برایش آماده می‌شد فکر کرد و قبلاً به خود لرزید. آن روز تقریباً از جلو چشمش گذشت. شب آن را باز فردای آن را و همه آینده خود را دید. از فکر آن روزها و تنهایی که به او خواهد گذشت هول و هراس دست به گریبان او شد. چرا سر شب او دلاوری به خرج نداد؟ چرا بیست فرانک را از این خارجی‌ها نخواست؟ شاید به او رحم می‌کردند، ولی کی می‌داند از طرف دیگر بهتر شد که این کار را نکرد... آری ولی چرا این بهتر بود؟... به یک خیز بلند شد روی رختخوابش بلند شد نشست. حس کرد قلبش می‌زند. می‌دانست چرا این بهتر بود اگر رویش را زمین می‌انداختند، در نظر آن‌ها بدگمان می‌ماند، در صورتی که این جور... لکه‌ی خاکستری را که شروع کرده بود سفید بشود، خیره نگاه کرد... فکری که بدون اراده برایش آمد یک چیز عملی نبود... غیر ممکن بود...! در اطاق را حتماً کلون کرده‌اند و بعد بی‌شک بیدار خواهند شد. لکه‌ی خاکستری که خرده خرده روشن می‌شد طلوع صبح را اعلام می‌کرد.

کارلو بلند شد خودش را کشانید به طرف پنجره، پیشانیش را چسبانید به شیشه سرد. چرا بلند شده بود. برای فکر کردن؟... برای این‌که دست به کار قضیه‌ای بشود؟ اما کدام قضیه؟... او می‌دانست که ممکن نیست و به اضافه یک جنایت است! یک جنایت!

آیا بیست فرانک چه اهمیتی دارد آن هم برای کسانی که مسافرت‌های آن‌قدر گران در پیش می‌گیرند، تنها برای خوش‌گذرانی خودشان؟ آیا به گم شدن این مبلغ پی خواهند برد؟... رفت نزدیک در آهسته آن را باز کرد در

سه قدمی او در دیگر بود که طبیعتاً بسته بود. یک میخ به دیوار رخت‌های خارجی‌ها را که به آن آویخته بود نگه می‌داشت. کارلو در خاموشی آن‌ها را وارسی کرد... آه اگر مردم عادت داشتند که کیف پول خودشان را در جیب بگذارند زندگانی آسان می‌شد!...

ولی جیب‌ها تهی بود، چه بکند؟ باید برگردد به همان جایی که آمده، برود در رختخواب شاید یک راه دیگری برای به چنگ آوردن بیست فرانک پیدا بکند راهی که کمتر خطرناک و بیشتر عادلانه باشد! اگر کوشش می‌کرد هر دفعه که به او صدقه می‌دادند چند شاهی پس‌انداز بکند تا این‌که مبلغ لازم را گرد بیاورد: بیست فرانک یا یک اشرفی طلا بگیرد؟ اما این آن‌قدر طولانی می‌شد... برای این کار... ماه‌ها شاید یک سال لازم بود. بالا برویم، کمی دلاوری. او همین‌طور در راهرو مانده بود و جلو خود را نگاه می‌کرد. خط افقی روشن چه بود که به نظر می‌آمد از بالای در روی زمین افتاده؟ آیا ممکن بود که مسافرها فراموش کرده باشند در را از پشت ببندند؟ چرا تعجب می‌کرد؟ ماه‌ها بود که این در بسته نمی‌شد و هرکار می‌کردند بی‌فایده بود. به هرحال در جریان تابستان سه دفعه بیشتر این اطاق اشغال نشده بود و دو دفعه به توسط دو نفر کارگر که از آن‌جا می‌گذشتند و یک مرتبه هم به توسط یک نفر جهانگرد که پایش در رفته بود. در بسته نمی‌شود. آه، ولی باید کمی دل و جرأت به خرج بدهد و بخت هم با او مساعدت بکند. کمی دلاوری، برفرض آن‌ها که خوابیده‌اند بیدار بشوند لابد یک بهانه‌ای برای‌شان خواهد تراشید. از لای درز نگاه تندی به دور اطاق انداخت. در سایه هیکل دو نفر مسافر را تشخیص داد که روی تخت‌ها دراز کشیده بودند. صدای نفس کشیدن مرتب آن‌ها را شنید. آهسته در را پس زد و با پاهای برهنه بدون صدا جلو رفت. دو تا تختخواب به بدنه‌ی اطاق روبه‌روی پنجره گذاشته شده بود. کارلو کشاله رفت به سوی میز

میان اطاق و با دست به چالاکی چیزهای روی میز را جستجو کرد: یک دسته کلید، یک قلم‌تراش، یک کتاب کوچک و دیگر هیچ. معلوم بود چگونه می‌توانست امیدوار باشد که پول را روی میز بیابد!... باید برگردد ولی یک خرده تردستی، یک جو زرنگی، می‌توانست او را نجات بدهد... به تختی که کنار در بود نزدیک شد. روی صندلی یک چیزی بود. دست را جلو برد. این ششلول بود. کارلو دلش تو ریخت... آیا نباید آن را بردارد؟ چرا این مرد اسلحه خودش را در دسترس گذاشته بود؟ اگر بیدار بشود و او را ببیند... چه اهمیتی دارد؟ او خواهد گفت: «آقا بلند بشوید سه ساعت از دسته گذشته.»

ششلول را سرجایش گذاشت و جستجوی خود را دنبال کرد. به طرف صندلی دیگر نزدیک شد. این پیراهن است و بعد خدایا همان چیزی را که جستجو می‌کرد... یک کیف پول... آن را برداشت و دردست گرفت. صدای خس خس آمد. کارلو به چابکی پهلوی یکی از تخت‌ها دراز کشید... صدای خس خس دیگر بلند شد و نفس پرصدای یکی از آن خوابیده‌ها... یک سرفه‌ی آهسته و بعد خاموشی، یک خاموشی ژرف. کارلو که کیف پول را در دست داشت بدون حرکت همانجا خشک شده بود، هیچ‌چیز تکان نمی‌خورد.

افق سفید شد. کارلو جرأت نمی‌کرد بلند بشود. بعد چهاردست وُپا به سوی در باز رفت از آن گذشته خود را در راهرو کشانید. آهسته بلند شد. نفس تازه کشید و کیف پول خود را که سه تا جا داشت باز کرد. در طرف چپ و راست آن چندین پول نقره بود. حفره‌ای که در میان داشت با قلاب مخصوصی بسته شده بود. کارلو وظیفه خودش می‌دانست که آن را باز کند و دو انگشت خود را در آن میان فرو برد. سه پول طلا به دستش خورد. اول فکر کرد دو تا از آن‌ها را بردارد اما این وسوسه را از خود دور کرد. یکی از

آن بیست فرانکی‌ها را برداشت و در آن را بست. سپس به زانو نشسته از لای در نیمه باز اطاق را که دوباره خاموش شده بود دوباره نگاه کـرد و بـا یک حرکت تند کیف را سرانید تا زیر تختخواب دوم. اگر مسافر بیدار بشود گمان خواهد کرد که کیف از روی صندلی افتاده و تا آن‌جا لغزیده. کـارلو آهسته بلند شد. ناگهان خش و خش آهسته‌ای شنیده شد و صدایی آمد که پرسید:

- چه شده؟ چه است؟

کارلو جلو نفسش را گرفت، چند قدم پس پسکی رفت و خودش را کشـانید در اطاق زیر شیروانی. آنجا مطمئن بود. گـوش داد بـاز هـم شـنید کـه از رختخواب صدا کرد. بعد خاموشی برقرار شد. پول طلا را مابین دو انگشتش نگه داشته بود. او به مراد دلش رسیده بـود! بیست فرانـک را داشـت و می‌توانست به برادرش بگوید: «می‌بینی که من دزد نیستم» و از سـفیده‌ی صبح به راه خواهند افتاد، به طرف جنوب خواهند رفت و بـه طـرف برمیـو بعد والتلین... تیرانو... ادل... برنو... تا به دریاچه ایزو... هیچ‌کس از این حرکت ناگهانی آن‌ها مشکوک نخواهد شد چون که دیروز کاروانسرادار را از تصمیم خودش آگاه کرده به او گفته بود: «چند روز دیگر ما خواهیم رفت».

تاریکی شب پراکنده شد، اطاق زیر شیروانی با روشنایی خاکسـتری روشـن گردید. حالا می‌بایستی که ژرونیمو بیدار بشود تا این‌کـه سـپیده‌دَم بـه راه بیفتند چـون مسافرت پیـاده گـوارا نیسـت مگـر صبح زود. بعـد از یـک خدانگهداری مختصر با کاروانسرادار مهتر و ماریا، برود، هرچه زودتر برود و هنگامی که خیلی راه پیمودند بعد از چند ساعت وقتی کـه بـه دره نزدیـک شدند آن‌وقت با ژرونیمو گفتگو خواهد کرد.

ژرونیمو غلت می‌زد، خستگی درمی کرد. کارلو گفت:

- ژرونیمو!

- چه خبر است؟

به کمک دو دستش بلند شده نشست:

- ژرونیمو، بلند بشویم!

- چرا؟

و با حالت منگ دو چشم مرده‌ی خود را به صورت برادرش دوخت. کـارلو می‌دانست که کور کم کم پیش‌آمدهای دیروز را به یاد می‌آورد ولی در این موضوع چیزی نمی‌گوید مگر وقتی که مست بشود.

هوا سرد شده، ژرونیمو، ما الان باید به راه بیفتیم، موسـم خـوب گذشـت. برویم! برای ناهار به بلادر خواهیم رسید.

ژرونیمو برخاست. از هر سر هیاهوی خودمانی بیدار شدن شنیده می‌شد. در حیاط، کاروانسرادار با مهتر حرف می‌زد. کارلو رختش را پوشید، پـائین رفت. او اصلاً سحرخیز بود و اغلب پیش از طلوع آفتـاب درجـاده گـردش می‌کرد. نزدیک کاروانسرادار رفت و گفت:

- ما دیگر می‌رویم.

کاروانسرادار پرسید :«شما امروز به راه می‌افتید؟»

- آری در حیاط شما خیلی سرد است با بادهایی که می‌وزد ما یخ می‌زنیم.

- خیلی خوب، اما از قول من به بالدتی سـلام برسـان اگـر او را دیـدی بگـو روغنی را که وعده کرده بود یادش نرود.

- من پیغامت را می‌رسانم و بعد هم این برای جای امشب ما، دست کرد در جیبش.

کاروانسرادار جواب داد: «نمی‌خواهد این بیست سانتیم مال بـرادرت، آخـر من هم آواز او را گوش کردم، خدا نگهدارتان باشد».

کارلو گفت: «دستتان درد نکند درهرصورت همین الان دوباره تو را خواهیم دید ما آنقدرها هم دست پاچه نیستیم و ژرونیمو از جایش راه نمی‌افتد».

زد زیر خنده و از پله کان چوبی بالا رفت.

ژرونیمو میان اطاق زیر شیروانی ایستاده بود گفت:

– برای حرکت حاضرم.

کارلو جواب داد: «همین الان».

اسباب آن‌ها که در یک دولابچه‌ی کهنه بود به یک چشم بـه هـم زدن بـه صورت بسته درآمد. کارلو گفت:

– روز خوبی است ولی کمی سرد است.

کور جواب داد: «آری من می‌دانم».

هر دو آن‌ها از اطاق زیر شیروانی بیرون آمدند.

کارلو گفت: «کمی یواش‌تر دو نفر مسافری که دیشـب رسیده‌انـد هنـوز خواب هستند.»

آن‌ها آهسته پایین رفتند.

کارلو گفت: «کاروانسرادار به من گفت که از جانب او به تو سلام برسانم، او رفته نزدیک آلونک‌های چوبی دو ساعت دیگر مـی‌آیـد و بیسـت سـانتیم کرایه‌ی شب را به ما بخشید، سال آینده دوباره او را می‌بینیم.»

ژرونیمو هیچ نگفت و راه جاده بزرگ را که در روشنایی لرزان طلـوع فجـر ممتد می‌شد در پیش گرفتند. کارلو بازوی چپ برادرش را گرفتـه هـر دو آن‌ها در خاموشی به سوی دره رهسپار شدند. مدتی گذشت رسیدند بـه یک جایی که جاده پیچ و خم زیاد داشت، مه دور آن را گرفته بود و به نظـر می‌آمد که قله‌ی کوه‌ها مابین ابرها فشرده شده بود.

کارلو فکر کرد: «حالا به او می‌گویم.»

بدون این‌که چیزی بگوید پول طلا را از جیبش درآورد و داد به برادرش که آن را مابین دو انگشتش گرفت و برد تا روی گونه و پیشانیش و سر خـود را تکان داده گفت:

- من خودم می‌دانستم.

کارلو با تعجب به ژرونیمو نگاه کرد و جویده جویده گفت: «آری، آری»

- اگر آن مرد خارجی هم به من نگفته بود من آن را فهمیده بودم.

کارلو با حالت وحشت‌زده تکرار کرد: «آری آری آیا تو می‌دانی چرا من نخواستم آن بالا جلو همه مردم آن را به تو بدهم؟ می‌ترسیدم مبادا همه‌اش را ولخرجی بکنی... این‌طور نیست؟ من گمان می‌کنم موقعش رسیده که برایت رخت نو بخرم، یک پیرهن و یک پوتین، به همین جهت بود که من...»

کور به تندی سرش را تکان داد و گفت: «برای چه؟» دست زد زیر رختش، «این خوب است، گرم است وانگهی ما به سمت جنوب می‌رویم.»

به طرزی که ژرونیمو پیش آمدها را تلقی می‌کرد کارلو تعجب نمود. به نظر نمی‌آمد که او راضی بوده باشد و پوزش هم نخواست. کارلو گفت:

- ببین ژرونیمو، بگو که حق به جانب من بوده چرا خوشحال نشدی ما که آن را داریم پول طلایت هیچ دست نخورده. اگر من راستش را آن بالا به تو گفته بودم کی می‌داند نه بهتر بود که این کار را بکنم...

ژرونیمو فریاد زد: «کمتر دروغ بگو، بس است.»

کارلو بازوی برادرش را ول کرده و ایستاد:

- من دروغ نمی‌گویم.

- من می‌دانم که تو دروغ می‌گویی تو همیشه دروغ می‌گویی... تو اغلب به من دروغ گفته‌ای... تو می‌خواستی همه‌اش را برای خودت نگه داری اما ترسیدی، همین است.

کارلو سرش را به زیر انداخت بدون این‌که جـواب بدهـد بـازوی کـور را دوباره گرفته به راه افتادند. از حرف‌های برادرش کمی افسرده شـد ولـی در تعجب بود که هیچ دلخور نشده.

مه پراکنده می‌شد. این دفعه ژرونیمو بعد از مـدتی خاموشـی را شکسـت: «هوا دارد گرم می‌شود.»

اما این با لحن ساده و طبیعی گفته شد. مثل این‌کـه هـیچ اتفـاقی نیفتـاده و کارلو پی برد که در حقیقت هیچ سوء تفاهمی بین آن‌ها رخ نداده زیرا کـه برادرش همیشه او را دزد گمان می‌کرد.

از او پرسید: «گشنه‌ات هست؟»

ژرونیمو با سرش اشاره کرد آری و یک تکه نان و پنیر از جیب نیم‌تنه‌اش در آورده می‌خورد و همین‌طور راه می‌رفتند.

دلیجانی که چاپار برمیـو را مـی‌آورد از آن‌هـا گذشـت. سـورچی از بـالای نشیمنگاه خودش پرسید:

- شما به این زودی به دره هم رسیدید؟

درشکه‌های دیگری از چپ و راست گذشتند.

ژرونیمو گفت: «هوای جلگه» و درهمین بین جاده یک پـیچ ناگهانـی خـورده والتلین نمایان شد.

کارلو فکر کرد: «راستی هیچ تغییری پیدا نشده من از بـرای او دزدی کـردم و زحمتم به باد رفت.»

آن پایین مه پراکنده شده بود، پرتو خورشید از میان آن تراوش مـی‌کـرد. کارلو به فکر خودش فرو رفته بود آیا این از روی احتیاط بود که کاروانسـرا به این زودی ترک کرد؟.. کیف پول که زیر تخت افتاده باید آن‌ها را خبردار کرده باشد... اما همه این‌ها برای او یکسان بود آیا چه پـیش‌آمـد نـاگواری ممکن بود برایش رخ بدهد.

برادرش که از خطای او از بینایی محروم شده بود گمان مــی‌کــرد کــه او را دزدیده غلتانیده و گول زده. این را از دیرزمانی است که بــاور مــی‌کنــد و همیشه باور خواهد کرد. آیا ازاین بدتر چــه اتفــاقی ممکــن اسـت بــرای او بیفتد؟

جلو آن‌ها مهمان خانه‌ای با ساختمان سفید و بزرگ واقــع شــده و خورشـید بامداد بدنه آن را روشن کرده بود. کمی پایین‌تر در سراشیب آن جایی که دره پهن می‌شد، دهکده‌ای بــه درازای آن ممتــد مــی‌شــد. هــر دو آن‌هــا خاموش بودند. بدون این‌که دست کارلو لحظه‌ای از بــازوی ژرونیمـو جــدا بشود راه می‌رفتند. از کنار باغ مهمان‌خانه که می‌گذشتند کارلو مسافرها را دید که لباس روشن پوشیده و در مهتابی مشغول ناهــار خــوردن بودنــد. پرسید:

- می‌خواهی که کجا خستگی‌مان را در بکنیم؟
- مثل همیشه در میکده‌ی عقاب.

ازمیان دهکده گذشتند جلو میخانه ایستادند و بعد از آن که در آن‌جا جــای گرفتند شراب خواستند.

صاحب میخانه پرسید: «شما به این زودی در این‌جا چه می‌کنید؟»
این پرسش کارلو را کمی هراسان کرد.

- هوا زود تغییر کرد، مگر ما در دهم یا یازدهم سپتامبر نیستیم؟»
- سال گذشته خیلی دیرتر آمدید!

- کارلو جواب داد: «آن بالا سـرد بــود دیشـب مــا یـخ کـردیم بــه عــلاوه کاروانسرادار به من پیغام داد روغنی را که باید بــرایش بفرسـتی یـادآوری بکنم.»

در این میخانه نفس آدم پس می‌زد. کارلو را هول و هراس غریبـی دسـت داده بود و می‌خواست برود در هوای آزاد، بــرود در جــاده‌ی بزرگـی کـه

می‌رفت به تیرانو، به ادل، به طرف دریاچه‌ی ایزو باز هم دورتر. ناگهان از جا برخاست.

ژرونیمو پرسید: «به این زودی؟»

- آری، چون برای ظهر ما باید در بلادر باشیم و در مهمان خانه «گوزن» چیـز می‌خوریم که ایستگاه درشکه‌هاست، در آن جا خیلی خوش می‌گذرد.

آن‌ها به راه افتادند. بنوزی دلاک که جلو دکان خودش سیگار می‌کشید بـه آن‌ها گفت:

- آهای سلام! آن بالا چه خبر است؟ باید دیشب برف آمده باشد!

کارلو در حالی که قدم‌های خودش را تند کرد جواب داد: «بلی، بلی.» پشت به دهکده کرده و جاده‌ای را که جلو آن‌ها ممتد مـی‌شـد در پیش گرفتند. رودخانه زمزمه‌کنان از میان چمنزار و موستان می‌گذشت. آسـمان لاجوردی روشن بود. کارلو فکر کرد: «برای چه این کار را کردم؟» یک نگاه دزدکی به برادرش کرد: «چهره او تغییر نکـرده بـه همان حالـت هرروزه است. همه این روزها من یکه و تنها بودم چون که او هیـچ وقـت از عقیده خودش برنگشته که من دزد هستم و از من متنفر است.» ازایـن بـه بعد حس می‌کرد که یک بار سنگینی روی شانه‌هـای او را فشـار مـی‌داد و همین‌طور راه خـودش را مـی‌رفت مـی‌دانسـت کـه حـق نـدارد او را از سرخودش باز بکنـد. روشـنایی خورشـید کـه روی جاده مـی‌تابیـد بـه او نمی‌رسید. به نظرش آمد که در یک شب خیلی تاریکی راه مـی‌رود، خیلـی تاریک تر از شبی که برادرش را احاطه کرده بود.

آن‌ها پیوسته راه می‌پیمودنـد، همین‌طـور مـی‌رفتنـد. ساعت‌هـا گذشـت ژرونیمو گاهگاهی روی سنگ کنار جاده می‌نشست و گاهی هردو آن‌ها برای این‌که خستگی خودشان را به در بکنند به نرده پل تکیه می‌دادنـد. بـاز هـم یک دهکده‌ی دیگر. درشکه‌هایی که جلو مهمان‌خانه ایستاده بودنـد دلیـل

آمد و شد مسافرها بود ولی دو نفر ولگرد توقف نکردند و دوباره بـه راه افتادند. درجاده بزرگ خورشید درآسمان بالا می‌آمد، نزدیک ظهر بود باز هم یک روز مانند هزاران روز دیگر!

ژرونیمو گفت: «برج بلادر»

کارلو سرش را بلند کـرد و از موشـکافی ژرونیمـو کـه چگونـه مسافت را می‌سنجید تعجب نمود. برج بلادر که سر به آسمان کشیده بود نمایان شد. کارلو از دور دید که کسی به سوی آن‌ها می‌آید. به نظرش آمـد کـه ایـن آدم کنار جاده نشسته بود و به محض دیدن آن‌ها بلند شد. هیکل او نزدیک می‌آمد و کارلو از دور یک نفر ژاندارم را تشخیص داد. اگرچه او به این جور برخوردها آمخته بود ولی با وجود این از جا جسـت. امـا وقتـی کـه تنلـی را شناخت اضطراب او آرام گرفت چون شش ماه نگذشته بود که این دو نفر گدا با او یک جام شراب پیش لاگازی میخانه‌دار مـرینین نوشـیده بودنـد و ژاندارم برای آن‌ها حکایت ترسناک گردنـه‌گیـری را نقـل کـرده بـود کـه می‌خواسته به او زخم خنجر بزند.

ژرونیمو گفت: «کسی ایستاده؟»

کارلو جواب داد: «این تنلی ژاندارم است.»

جلو او ایستادند: «سلام تنلی!»

ژاندارم گفت: «من کاری از دستم برنمی آید جز این‌که شـما را عجالتـاً بـه شعبه بلادر ببرم.»

کور فریاد زد: «هان!»

کارلو رنگش را باخت و با خودش گفت: «آیا ممکن است! اما نه به این ربطی ندارد، این‌جا هنوز کسی بدگمان نشده.»

ژاندارم با لبخند گفت: «بلادر سرراهتان است لابد بدتان نمی‌آید کـه مـن دنبالتان بیایم.»

ژرونیمو پرسید: «کارلو چرا هیچ نمی‌گویی؟»
- چطور؟ من ساکت نمی‌مانم... ببخشید آقای ژاندارم، چطور ممکن است... ازما چه می‌خواهند؟... یا از من چه می‌خواهند حقیقتاً نمی‌فهمم...
- به من دخلی ندارد، شاید تو بی‌گناه باشی، این هم ممکن است، ولی به اداره‌ی ژاندارمری بلادر حکمی رسیده که شما را دستگیر بکنند چون نسبت به شما مظنون شده‌اند که آن بالا از جیب مسافرها پول زده اید... در هر حال ممکن است راست نباشد، حالا راه بیفتیم!
ژرونیمو پرسید: «کارلو چرا هیچ نمی‌گویی؟»
- من که دارم حرف می‌زنم، من که می‌خواهم حرف بزنم...
- برویم، تندتر باشید، چه فایده دارد که درجاده بایستید؟ آفتاب بالا می‌آید، یک ساعت دیگر می‌رسیم کمی تندتر از این برویم!
کارلو دستش را روی بازوی ژرونیمو گذاشت و با حرکت مخصوصی که او آشنا بود آهسته راه خودشان را در پیش گرفتند. ژاندارم هم به دنبال آن‌ها به راه افتاد.
ژرونیمو برای سومین بار پرسید: «کارلو چرا هیچ نمی‌گویی؟»
- چه می‌خواهی، ژرونیمو؟ می‌خواهی چه بگویم؟ آخرش معلوم می‌شود... من نمی‌دانم.
فکر کرد: «آیا پیش از این‌که ازما سؤال بکنند قضایا را برای او نقل بکنم؟... کار آسانی نیست، جلوی ژاندارمی که به ما گوش می‌دهد. چه اهمیتی دارد؟ بعد هم در استنطاق من راستش را به آن‌ها خواهم گفت، می‌گویم: «آقای قاضی، این یک دزدی معمولی نیست، مطالب ازاین قرار است...» و برای این‌که قاضی را متقاعد بکند پی لغت‌هایی می‌گشت تا وقایع را خوب شرح بدهد: «یک مردی از گردنه‌ی استلوییو در درشکه گذشت... بدون شک یک نفر دیوانه... شاید هم او سهو کرده بود... به زودی این مرد...»

همه این‌ها چرند است! کی باور خواهد کرد؟ لابد نخواهند گذاشت که او حرفش را تمام بکند... هیچ کس این افسانه را باور نخواهد کرد چنان که خود ژرونیمو هم باور نمی‌کند... زیرچشمی به او نگاه کرد دید کور مثل همیشه گام‌های خودش را با حرکت هم آهنگ سرش مرتب کرده. چهره‌ی او تودار بود، چشم‌هایش تهی و در فضا بیهوده می‌چرخید. کارلو گمان کرد فکرهایی را که پشت این پیشانی می‌گذشت می‌تواند آشکارا بخواند، کور باید با خودش بگوید: «خیلی خوب، این دیگر چیز تازه‌ای است، کارلو نمی‌دزدید مگر مال من را، حالا معلوم می‌شود مال دیگران را هم می‌دزدد. او خوشبخت است، چشم‌های خوب دارد و از آن‌ها استفاده می‌کند.» حتماً این چیزی بود که ژرونیمو فکر می‌کرد... کارلو باز فکر کرد: «ازاین که پول را پیش من پیدا نمی‌کنند مرا نه جلو قاضی‌ها ونه در مقابل ژرونیمو بی‌گناه جلوه نخواهد داد، مرا در زندان خواهند انداخت و او... او را هم در زندان می‌اندازند چون پول طلا پهلوی اوست.»
اندیشه‌های او در هم و پریشان شد. به‌اندازه‌ای اضطراب او زیاد بود که به نظرش آمد ازاین پیش‌آمدها هیچ سردر نمی‌آورد وگرنه او حاضر بود یک سال بلکه ده سال در زندان بیفتد به شرطی که برادرش بالاخره پی ببرد که او دزدی نکرده است مگر برای دلبستگی که به او دارد.
ناگهان ژرونیمو ایستاد و کارلو هم ناچار بود بایستد.
ژاندارم ناراضی پرسید: «چه شده؟ یالا جلو بیفتید، جلو بیفتید!» ولی با شگفتی دید که کور گیتار خودش را انداخت، بازوها را بلند کرد، کورکورانه برادرش را جست و پیش از این‌که کارلو بتواند مقصود او را بفهمد سر او را بین دو دستش گرفت، دهنش را نزدیک لب او برد و او را بوسید.
ژاندارم گفت: «غلط نکنم که شما سرتان معیوب است، برویم، زود باشید من نمی‌خواهم جلو خورشید کباب بشوم.»

ژرونیمو بدون این‌که کلمه‌ای ادا بکند گیتار خودش را برداشت. کارلو نفس راحتی کشید و دستش را گذاشت روی بازوی کور. آیا ممکن بود کـه سـوء ظن برادرش درباره او مرتفع شده باشد؟ شاید او پی برده؟ با تردید به او نگاه کرد.

ژاندارم داد زد: «برویم، آیا راه می‌افتید؟» و زد روی پشت کارلو. کارلو در حالی که کور را با فشار محکم دستش راهنمایی مـی‌کـرد بـیش از پیش زنده‌دل و شادمان به راه افتاد. قدم‌هایش را تند کـرد، چـون لبخـند ژرونیمو را آمیخته با یک حالت مهربانی و خوشـوقتی دیـد و ایـن حالـت را ندیده بود مگر در هنگام بچگی او. کارلو به نوبت خودش لبخند زد. آیا حـالا چه اتفاق ناگواری ممکن است به او روی بدهد؟ محکمه‌ی جزا و همه‌ی دنیـا در مقابل او ناتوان بود - او دوباره برادر خود را به چنگ آورده بود... آه... نه. بهتر ازاین، دل او را به دست آورده بود.

یازدهم اسفندماه ۱۳۱۰

الکسندر لانژکیلاند

کلاغ پیر

آن بالا، برفراز جنگل، کلاغ کهنسالی پرواز می‌کرد. او فرسنگ‌ها بـه سـوی شرق می‌پیمود تا کنار دریا گوش خوکی را که در زمان فراوانی پنهان کـرده بود از زیر زمین بیرون بیاورد. حالا آخر پاییز بود و چیز خوراکی پیدا نمی‌شد. «وقتی که یک کلاغ می‌پرد»، بابا برهم گفته، باید دور خودشان را نگاه بکنند تا دومی آن را ببینند. اما این کلاغ یکه و تنها بود و آسوده خاطر در هـوای نمناک با بال‌های نیرومند و سیاه مانند زغالش، سـیخکی بـه سـوی شـرق می‌پرید.

ولی کلاغ در همان حالی که آرام و اندیشناک پرواز می‌کرد چشم‌های تیزبین او به دورنمایی که پایین او گسترده شده بود می‌نگریست و قلب پیـرش از خشم لبریز شده بود.

هر سال کشتزارهای کوچک به رنگ زرد یا سبز، آن پایین، زیادتر و فراخ‌تـر می‌شد و جنگل را خرده خرده فرا می‌گرفت. بعد هم خانه‌هـای کوچـک بـا بام‌های سرخ و دودکش‌های کوتاهی که دود زغال از آن بیـرون مـی‌آمـد، پدیدار می‌شد. همه جا آدم‌ها و هرسو کار آدمیزاد! دوره جوانیش را به یاد آورد، چندین زمستان از آن می‌گذشت. آن‌وقت به نظر می‌آمـد کـه ایـن سرزمین، به خصوص برای یک کلاغ دلیر وخانواده‌اش درست شده. جنگـل بی‌پایان گسترده بود، با خرگوش‌های جوان، گروه بی‌شمار پرندگان کوچک و کنار دریا مرغ‌های آبـی بـا تخم‌هـای درشـت قشـنگ و هرچـه دلشـان می‌خواست. ولی اکنون به جای این‌ها چیزدیگری دیده نمی‌شد مگر خانه‌ها، لکه‌های زرد کشتزار و سبز چمن‌زار و آن‌قدر کم چیز پیدا می‌شد کـه یـک کلاغ پیر نجیب‌زاده باید فرسنگ‌ها بپیماید تـا یـک گـوش پلیـد خـوک را جستجو بکند. آه آدم‌ها – آدم‌ها، کلاغ پیر آن‌ها را می‌شناخت.

او بین آدم‌ها بزرگ شده بود، آن هـم بـین اشخاص بـزرگ. در یـک ده اشرافی نزدیک شهر بود که دوره بچگی و جوانی او گذشته بـود. ولـی هـر

دفعه که ازآنجا می‌گذشت در آسمان، خیلی بالا پرواز می‌کرد تا او را نشناسند. هر وقت که در باغ سایه‌ی زنی را می‌دید گمان می‌کرد همان دختری است که او می‌شناخت، با سفیداب روی گونه‌هایش و گره‌ای که بیخ گیسویش زده بود، در صورتی که حقیقتاً او همان دختر بود ولی با موهای سفید و لچک بیوه‌زن‌ها به سرش.

آیا او پیش این اشخاص ممتاز خوشبخت بود؟ تا اندازه‌ای آری، چه در آنجا به‌اندازه فراوان خوراک داشت و می‌توانست خیلی چیزها را بیاموزد ولی در هر صورت آنجا برایش زندان بود. سال اول بال چپ او را چیده بودند، بعد هم بالاخره چنان که آن آقای پیر می‌گفت، یک زندانی التزام داده بود.

همین التزام بود که او زیرش زد و یک روز بهاری این اتفاق افتاد، چون یک زغن سیاه درخشانی را دید که از روی آسمان پرید و گذشت.

مدتی بعد چندین زمستان گذشته بود، او به قصر برگشت. ولی بچه‌هایی که نمی‌شناخت به سوی او سنگ پرتاب کردند. آقای پیر و دختر جوان آنجا نبودند. با خودش گفت: «لابد آن‌ها رفته‌اند به شهر.» چندی بعد آمدند و همان پذیرایی را از او کردند.

پس کلاغ پیر – چون در این مدت اوپیرشده بود – حس کرد که ته دلش از این پیش‌آمد مجروح شده. حالا او پیوسته خیلی دور از بالای خانه پرواز می‌کرد چون نمی‌خواست که سرو کارش با آدم‌ها باشد آقای پیر و دختر جوان اگر مایل بودند می‌توانستند چشم به راه او بمانند زیرا کلاغ مطمئن بود که آن‌ها انتظارش را دارند.

او آن‌چه نزد این‌ها آموخته بود فراموش کرد. همچنین لغت‌های آن‌قدر سخت فرانسه را که آن دختر در اطاق پذیرایی به او یاد داده بود و اصطلاحات آن‌قدر تند و زننده‌ای که او پیش خود در آمیزش با نوکرها و خدمت کارها فراگرفته بود.

در خاطره‌اش دو جمله بیشتر نمانده بود که نماینده‌ی دو قطب دانش گم گشته‌ی او به شمار می‌آمد و وقتی که سردماغ بود گاهی اتفاق می‌افتاد بگوید: «خانم سلام»، ولی هنگامی که خشمناک می‌شد فریاد می‌زد: «خاک به گور شیطان».

در هوای نمناک، تند و خدنگ می‌پرید. کلّه سفید پشته‌های کنار دریا را که از دور می‌درخشید دید. در این هنگام یک لکّه سیاه بزرگی به چشمش خورد که آن پایین ممتد می‌شد، این باتلاق بود. اطراف آن روی بلندی‌ها خانه‌هایی وجود داشت، ولی روی هامون که یک فرسنگ درازای آن می‌شد هیچ نشان آدمیزاد پیدا نبود. توده‌های زغال، و در انتهای آن تل‌های کوچک سیاه دیده می‌شد که بین آن‌ها چاله‌های آب تلألو می‌زد.

کلاغ پیر فریاد زد: «خانم سلام»، و روی هامون شروع کرد به رسم کردن دایره‌های بزرگ، آهسته و با احتیاط پایین آمد و میان مرداب روی کنده‌ی درختی نشست.

آن‌جا تقریباً مانند روزهای باستان دنج و خاموش بود. گوشه و کنار، جاهایی که زمین کمی خشک‌تر بود، ریشه‌های بزرگ از هم گسیخته‌ی خاکستری از زمین بیرون آمده مانند ریسمان گره‌خورده به هم پیچیده بودند. کلاغ پیر پی برد که پیش از این در اینجا درخت بود ولی اکنون نه جنگل نه شاخه و نه برگ هیچکدام نبودند. تنها تنه درخت‌ها در زمین سیاه و نرم مانده بود ولی بیش از این ممکن نبود که تغییر بکند باید به همین شکل بماند، آدم‌ها کاری از دستشان برنمی‌آید.

کلاغ پیر کمی در هوا بلند شد، خانه‌ها از این‌جا دور بودند. میان مرداب به قدری مطمئن و آرام بود که دوباره نشست و پرهای سیاه خود را با تکش براق کرده چند بارگفت: «خانم سلام».

ولی ناگهان، از خانه‌ای که نزدیک‌تر از همه بود، دید چند نفر آدم با یک ارابه و یک اسب می‌آیند، دو بچه هم به دنبال آن‌ها افتادند و راه پر از پیچ‌وُخمی را مابین تپه‌ها در پیش گرفتند که آن‌ها را به مرداب راهنمایی می‌کرد، کلاغ فکر کرد: «آن‌ها به زودی خواهند ایستاد». ولی آن‌ها نزدیک می‌شدند. پرنده‌ی پیر هراسان شد چون خیلی شگفت‌انگیز بود که آن‌ها جرأت کردند آن‌قدر دور بروند. بالاخره ایستادند. مردها تبر و بیل برداشتند. کلاغ دید که به کنده‌ی درختی می‌زنند که می‌خواستند آن را از زمین در بیاورند.
با خودش گفت: «به زودی خسته خواهند شد.»
ولی این‌ها خسته نمی‌شدند و با تبرهای تیز برنده که کلاغ می‌شناخت پیوسته می‌نواختند. آن‌قدر زدند که آخر کنده به پهلو خوابید و ریشه‌های بریده‌ی خود را در هوا بلند کرد.
بچه‌ها از جوی کندن در بین چاله‌ها خسته شده بودند. یکی از آن‌ها گفت: «این زاغی را ببین!» سنگ برداشته و پاورچین پشت تپه‌ی کوچکی رفتند.
کلاغ خیلی خوب آن‌ها را می‌دید ولی آن‌چه تاکنون دیده بود خیلی بدتر بود. هر کس پیر وُ سالخورده بود هیچ‌جا آرامش و آسودگی نداشت آن‌جا هم به هم‌چنین. در این مرداب نیز ریشه‌های خاکستری درخت‌هایی که کهنسال‌تر از پیرترین کلاغ‌ها بودند و آن‌قدر سخت در زیرزمین متحرک به هم پیچیده بودند آن‌ها نیز می‌بایستی جلو تیغه تبر تن به قضا بدهند. در این وقت بچه‌ها خوب نزدیک شده بودند و خودشان را آماده می‌کردند که سنگ‌ها را بیندازند. او با بال‌های سنگین خودش پرواز کرد.
ولی در همان حالی که در هوا بلند شد آدم‌هایی را که مشغول کار بودند و این بچه‌ها را که آنجا احمقانه با دهان باز مانده به او نگاه می‌کردند دید. پرنده‌ی پیر حس کرد که خشم گلوی او را فشرده. پس مانند عقاب روی

بچه‌ها فرود آمد و همان وقتی که بال‌های بزرگ خود را در گوش آن‌ها به هم می‌زد با آواز ترسناکی فریاد زد: «خاک به گور شیطان!»

بچه‌ها فریاد زننده‌ای کشیده روی زمین افتادند. وقتی که جرأت کردند سرشان را بلند بکنند دوباره همه جا خلوت و خاموش شده بود، تنها از دور یک پرنده‌ی سیاهی پرواز می‌کرد.

آن‌ها تا آخر عمرشان مطمئن بودند که شیطان به صورت یک پرنده‌ی سیاه با چشم‌های آتشین در باتلاق به آن‌ها جلوه کرده بود.

ولیکن این چیز دیگری نبود مگر یک کلاغ پیر که به سوی شرق پرواز می‌کرد تا گوش خوکی را که چاله کرده بود از زیر زمین بیاورد.

۲۸ اردیبهشت ۱۳۱۰

آنتوان چخوف

تمشک تیغ‌دار

از صبح زود تکه‌های بزرگ ابر روی آسـمان را پوشـانده بـود. هـوا ملایـم، نیم‌گرم و کسل کننده بود، مانند روزهای خفه که پس از مدتی ابرها وعـده باران می‌دهند و بالاخره نمی‌بارد. این هوا روی کشتزار سـنگینی مـی کـرد. ایوان ایوانیچ بیطار و پروفسور بورگین، نفس زنان راه می‌رفتند و کشتزار به نظرشان بی‌پایان می‌آمد. از دور به دشواری آسیاهای بادی میرونوسیسـتکو را می‌شد تشخیص داد. دست راست یک دسته تپه‌های پست ممتد می‌شد که در افق پشت دهکده ناپدید می‌گردید. این دو نفرشکارچی می‌دانستند که آنجا کنار رودخانه چمنزار، بیدهای سبزوُخرم و خانه‌های اشـرافی وجـود دارد. از بالای یکی از تپه‌ها یک کشتزار دیگر به همان بزرگی دیده می‌شد، با تیرهای تلگراف و یک قطار راه آهن که مانند کرم می‌خزید و مـی‌گـذشـت. روزهایی که هوا خوب است، شهر هم دیده می‌شود؛ اکنون در آرامـش بـه نظر می‌آمد که همه‌ی طبیعت فرمانبردار و اندیشناک است. ایوان ایوانیچ و بورگین حس می‌کردند که عشق این کشتزار به سرشان زده بـود و هـردو آن‌ها فکر می‌کردند که مملکت آن‌ها چقدر بزرگ و زیباست.

بورگین گفت: «دفعه پیش در انبار کدخدا پروکفی می‌خواستید حکایتی برایم نقل بکنید.»

- آری حکایت برادرم را می‌خواستم بگویم.

ایوان ایوانیچ آه بزرگی کشید و چپق خود را آتش زد تـا حکـایتش را شـروع بکند، ولی درست در همین وقت بـاران گرفـت و پـنج دقیقـه بعـد بـاران درشت و سنگینی شد به‌طوری که نمی‌شد پیش‌بینی کرد که کی بند خواهد آمد.

ایوان ایوانیچ و بورگین اندیشناک ایستادند. سگ‌ها که خیس شـده بودنـد دم‌ها را بین پاهایشان گرفته با حالت غمناکی به آن‌ها نگاه می‌کردند.

بورگین گفت: «باید به جایی پناهنده بشویم. برویم پیش آلیوخین ،دور از ما نیست».

- برویم.

کمرشان را سفت کردند و همین‌طور از روی مرزهای درو شده راه جلو خودشان را در پیش گرفتند، تا این‌که از جاده‌ای سر درآوردند؛ ناگهان درخت‌های تبریزی یک باغ و بعد بام‌های سرخ انبارها پدیدار شد. رودخانه نمایان گردید و چشم‌انداز تا روی بند آب پهنی با یک آسیا و یک دستگاه حمام سفید کرده ممتد می‌شد. اینجا سوفینو جایگاه آلیوخین بود.

آسیا که کار می‌کرد صدای باران را خفه کرده بود، بند آب موج می‌زد، پهلوی ارابه‌ها اسب‌های ترشده با سرهای خمیده انتظار می‌کشیدند، در صورتی که یک دسته کارگر که کیسه روی کول‌شان بود می‌آمدند و می‌رفتند. منظره‌ای گل‌آلود، اندوهناک و غم انگیز بود و بند آب حالت سرد و موذی داشت. ایوان ایوانیچ و بورگین حالا خودشان را تر وُ تلیس، چرک وُ ناراحت حس کردند. پاهای آن‌ها از تپله سنگین شده بود و زمانی که راه جاده را پیش گرفتند و به سوی انبارها بالا می‌رفتند، ناگهان خاموش شدند، مثل این‌که میانشان شکرآب شده بود.

در یکی از انبارها یک آسیا تق و تق خرمن باد می‌داد، از درباز آن خاک و خاشاک بیرون می‌زد. جلو آستانه‌ی آن خود آلیوخین ایستاده بود. مردی بود چهل ساله، بزرگ، تنومند با موهای بلند که بیشتر به یک هنرمند یا دانشمند شبیه بود تا به خداوند ده. پیراهن سفیدی داشت که خیلی وقت پوشیده بود. یک کمربند از ریسمان، یک زیرشلواری به جای شلوار و به کفش‌های او گل و کاه چسبیده بود؛ بینی او مانند چشم‌هایش ازگرد و غبار سیاه شده بود؛ ایوان ایوانیچ و بورگین را شناخت، اظهار شادمانی کرد.

با لبخند گفت: «آقایان! بفرمایید منزل. همین الآن خدمت می‌رسم.»

خانه‌ی او بزرگ و دو طبقه بود. آلیوخین طبقه پائین در دو اطاق با سقف طاقی و پنجره‌های کوچک که پیش از این اطاق صاحب ملک بود با دم و دستگاه ساده و مختصری که داشت منزل کرده بود. بوی نان چاودار، ودکا و یراق درشکه در آن‌جا پراکنده بود. آلیوخین به ندرت در اطاق‌های بالا می‌رفت که آن هم وقت پذیرایی. یک خدمتکار جوان و خیلی خوشگل که مهمان‌ها از دیدن او ایستادند و به هم چشمک زدند از دو نفر شکارچی پذیرایی کرد.

آلیوخین در حالی که در دالان به آن‌ها برخورد گفت: «آقایان شما نمی‌توانید تصور بکنید که چقدر از دیدن شما خوشحالم. این یک اتفاق ناگهانی بوده!...» پس از آن به خدمتکار گفت: «پلاگییا، به این آقایان هرچه لازم دارند بده تا لباس‌شان را عوض بکنند و من هم همین کار را خواهم کرد، ولی اول باید برویم خودمان را بشوییم چون به نظرم می‌آید که از بهار تا حالا خودم را نشُسته‌ام. آقایان! آیا می‌خواهید به حمام بروید؟ در این مدت همه چیز آماده خواهد شد.»

پلاگییای تروُتازه و خوشگل، با دلربایی رخت زیر وصابون آورد و آلیوخین با مهمان‌هایش به سوی رودخانه رفتند.

با لبخند به آن‌ها گفت: «آری خیلی وقت است که من خودم را خوب نشُسته‌ام، شما می‌بینید که من حمام خوبی راه‌انداخته‌ام. پدرم آن را ساخته ولی من وقت ندارم از آن استفاده بکنم.»

روی یک پله نشست. موهای بلند و گردن خود را صابون زد، آب دور او رنگ دارچین شد.

ایوان ایوانیچ گفت: «آری... راستی هم که...» و سرش را با حالت پرمعنی تکان داد.

آلیوخین با حالت شرمنده تکرار کرد: «خیلی وقت است که من خودم را به این خوبی نشسته بودم.» و دوباره صابون زد، آب دور او مثل مرکب آبی تیره شد.

ایوان ایوانیچ زیر باران خودش را در آب انداخت تا بیرون از حمام شنا کرد، دست‌ها را از هم باز می‌کرد و دور او امواج مرتب می‌زد که نیلوفرهای روی آب را تکان می‌داد. او تامیان بند آب شنا کرد، زیرآبکی رفت و یک دقیقه بعد از جای دیگر سردرآورد بعد دورتر شنو کرد. دوباره زیرآبکی رفت. می‌خواست به رودخانه برسد در حالی که کیف کرده بود تکرار می‌کرد: «آه خدایا... آه خدایا!» تا آسیا شنا کرد آنجا چند کلمه با موژیک‌ها حرف زد. برگشت میان بند آب طاق‌واز شنا کرد، روی صورتش باران می‌آمد.

آلیوخین و بورگین رخت پوشیده بودند و خودشان را آماده‌ی رفتن می‌کردند ولی هنوز او شنا می‌کرد و زیرآبکی می‌رفت.

می‌گفت: «آه خدایا ما را ببخش، پروردگارا...!»

بورگین به او تشر زد: «برویم، دیگر بس است.»

به خانه برگشتند. وقتی که چراغ آن بالا در اطاق بزرگ روشن شد، ایوان ایوانیچ و بورگین به ریخت خنده‌آوری بالاپوش خانگی ابریشمی و پاپوش‌های گرم پوشیدند و روی صندلی‌ها نشستند. در صورتی که آلیوخین شسته و روفته با موهای شانه کرده و نیم تنه‌ی نو می‌رفت و می‌آمد و ظاهراً از پاکیزگی لباس خشک و کفش سَبُک کیف می‌کرد. در این هنگام پلاگییای خوشگل که به آهستگی روی قالی راه می‌رفت، با لبخند افسونگر در سینی چایی و مربا آورد، همین وقت بود که ایوان ایوانیچ حکایتش را شروع کرد.

چنان می‌نمود که نه تنها آلیوخین و مهمانش به او گوش می‌کردند بلکه همه خانم‌های پیرو جوان، صاحب منصب‌ها که با حالت آرام و سختی در قاب‌های دوُر طلایی خودشان نگاه می‌کردند به او گوش می‌دادند.

ایوان ایوانیچ شروع کرد: «ما دو برادر هستیم من و نیکلای برادر دو سال کوچکترم – من در قسمت علمی کار کردم و بیطار شدم و نیکلای از سن نوزده سالگی وارد مالیه شد. پدرمان چیمشامالایسکی که بچه قدیمی قشون بود، صاحب منصب شد و برای ما اسم خانوادگی و کمی دارایی گذاشت که به علت بدهکاری‌های او ما نتوانستیم پس از مرگش نگاه داریم. ولی دوره بچگی خودمان را در دهات و در آزادی پرورش یافتیم. مثل دهاتی‌ها شب و روز را در کشتزارها یا جنگل‌ها به سر می‌بردیم، اسب‌ها را نگه می‌داشتیم، پوست درخت‌ها را می‌کندیم، ماهی می‌گرفتیم و غیره... و می‌دانید کسی که در دوره زندگانیش یک ماهی کوچک گرفت، یا موسم پائیز یک دسته پرنده را دید که یک روز سرد و روشن از بالای دهکده پرواز می‌کنند این آدم هرگز شهرنشین نمی‌شود و تا آخرین روز زندگیش کشش مخصوصی به سوی کشتزار در خودش حس می‌کند.

«برادرم در مالیه پکر می‌شد، سال‌ها می‌گذشت و او سر یک کار مانده بود، همیشه همان کاغذها را سیاه می‌کرد و فکری نداشت مگر این‌که برود در دهات.

«کم کم این دلگیری او مبدل به یک میل قطعی شد. آرزو می‌کرد که جایی کنار رودخانه یا دریاچه، ملک کوچکی برای خودش بخرد.

نیکلای آدم خوب و آرامی بود و من او را دوست داشتم، اما بدون این‌که با این آرزوی او همراه باشم که همه عمرش را آدم در یک خانه دهاتی در زندان بماند. می‌گویند که آدم بیشتر از سه آرشین زمین احتیاج ندارد ولی سه آرشین به درد مرده می‌خورد، برای یک نفر آدم زنده کافی نیست. همچنین می‌گویند که هرگاه مردمان تحصیل کرده به طرف دهات کشیده بشوند و ملکی برای خودشان دست وپا بکنند بهتر است. ولی این ملک‌ها درست سه آرشین چاله است. شهرها، کشمکش‌ها، داد و غوغای آدم‌ها

همه این‌ها را ترک بکنند و خودشان را در یک ده کوره به خاک بسپرند!
این‌که زندگی نمی‌شود ،این خودستایی است، تنبلی است؛ یک جور زندگی رهبانی، زندگی تارک دنیا، بدون کار نمایان است. آدمیزاد نه محتاج به سه آرشین زمین و نه احتیاج به ده دارد، او محتاج به همه کره زمین و تمام طبیعت است تا بتواند آزادانه همه تراوش افکار خودش را آشکار بکند.

«برادرم در اطاق تحریرش نشسته بود، آرزو می‌کرد که یک سوپ کلم از سبزی‌کاری خودش بخورد، جلو خورشید بخوابد، و ساعت‌های دراز روی نیمکت جلوی خانه‌اش بنشیند، کشتزار و جنگل را تماشا بکند.

«کتاب‌های کشاورزی و دستور سالنامه‌ها موجبات خوشحالی او را فراهم می‌کرد و بهترین سرگرمی او بود. همچنین او دوست داشت روزنامه بخواند، ولی در آن اعلان‌های فروش فلان‌قدر مساحت زمین، چمنزار با ساختمان و آب جاری و باغ و آسیا و مرداب را می‌خواند و در فکر او خیابان‌ها، باغ، گل‌ها، میوه‌ها، لانه‌های سار، ماهی‌های مرداب و هزارگونه از این‌جور چیزها نقش می‌بست. این پرده‌ها مطابق اعلان‌هایی که او می‌دید تغییر می‌کرد، ولی هرکدام از این ملک‌ها به‌طور قطعی معلوم نبود چرا همیشه تمشک تیغ‌دار داشت. او نمی‌توانست هیچ ملکی، هیچ گوشه‌ی شاعرانه‌ای را تصور بکند که تمشک تیغ‌دار نداشته باشد.

«می‌گفت: زندگانی در ده از خیلی جهات برتری دارد، جلو ایوان چایی می‌خوردند در صورتی که روی مرداب اردک‌ها شنا می‌کنند. بوی آن گواراست و... و همچنین تمشک تیغ‌دار هم هست.

«نقشه ملک خودش را کشید و همیشه یک جور بود:

۱- خانه‌ی ارباب. ۲- خانه رعیت‌ها. ۳- سبزی‌کاری. ٤- تمشک تیغ‌دار. او به سختی زندگی می‌کرد، بد می‌خورد، بد می‌نوشید و پی‌درپی پس‌انداز می‌کرد و صَرفه‌جویی خودش را در بانک می‌گذاشت به‌اندازه‌ای پس‌انداز

می‌کرد که من دلم به حال او می‌سوخت. هر وقت به او پول می‌دادم یا در موقع عید برایش می‌فرستادم آن را کنار می‌گذاشت. وقتی که کسی فکری در کله اش جایگیر شد هیچ کاری نمی‌شود کرد.

«سال‌ها گذشت برادرم را در اداره‌ی دیگر نامزد کردنـد، او چهل سـالش شده بود و همیشه اعلان روزنامه‌ها را می‌خواند و پیوسته تیغ‌دار مـی‌کـرد. بعدها شنیدم زناشویی کرده با همین فکر که یک ده با تمشک تیغ‌دار بخرد، زن بیوه زشتی را گرفت بدون این‌که کمتر تمایلی نسبت به او داشته باشد، فقط برای این‌که او قدری پول داشت. با زنش بـه همـان سـختی زنـدگی می‌کرد، به دشواری شکمش را سیر می‌کرد و پـول او را در بانـک بـه اسـم خودش گذاشته بود. آن زن سابقاً زن رئیس پُست بود. آمخته به خـوراک و مشروب خوب بود ولی با شوهر دومی با نان سیاه هم سیر نمی‌شد. بـا ایـن طرز زندگی بنیه‌اش از دست رفت و سال سوم روحش را به خدا داد. طبیعتاً برادرم یک دقیقه از فکرش نگذشت که سبب مرگ او شده باشـد. پـول و الکل آدم را چیز غریبی می‌کند، در شهر ما یک تـاجر هنگـام مـرگش گفـت برای او یک بشقاب عسل آوردند و هرچه اسکناس و برات داشت بـا عسـل خورد تا این‌که کس دیگری از آن بهره‌مند نشـود. یـک روز در ایسـتگاه راه آهن من به چارپایان وارسی می‌کردم در همین موقع خریدار آن‌ها افتاد زیر قطار راه آهن، یک پایش بریده شد. ما او را روی دست مـی‌بـردیم، خـون فوران می‌زد، دیدن آن ترسناک بود و خود او پـی‌درپـی پـای بریـده‌اش را می‌خواست برایش پیدا بکنند و می‌ترسید مبادا صد روبل که درچکمـه‌ی او بود گم بشود.»

بورگین گفت: «این‌جا شما از موضوع خارج شدید.»

ایوان ایوانیچ گفت: «بعد از مرگ زنش، برادرم فکرش را جمـع کـرد و یـک ملک را انتخاب نمود، طبیعتاً بی‌خود بود که پنج سال استخاره بکند چون سـر

خرید کلاه سر آدم می‌رود و چیز دیگری را می‌خرند تا آنچه را آرزو می‌کرده‌اند. برادرم با میانجیگری یک کمپانی سیصد و سی و شش گز زمین با ساختمان و اطاق رعیتی و باغ خرید. اما بدون سبزیکاری و بدون تمشک خاردار و بدون مرداب و اردک بود.

«از میان ملک او یک رودخانه می‌گذشت، اما آب آن قهوه‌ای رنگ بود و در نزدیکی آن استخوان می‌سوزانیدند. ولی نیکلای اهمیتی نداد. تمشک تیغ‌دار وارد کرد کاشت و در ملک خودش زندگی می‌کرد.

«سال‌ها گذشته رفتم به او سری بزنم، با خودم گفتم باید دید چگونه او خودش را اداره کرده، برادرم در کاغذهایش ملک خود را کیمالایسکووه می‌نامید. یک روز بعد از ظهر وارد کیمالایسکووه شدم. هوا گرم بود، همه جا قناتها، نهرها، پرچین‌ها، مرزبندی‌ها و کاج‌هایی که ردیف کاشته بودند، معلوم نبود چطور باید وارد حیاط شد و اسب را باید کجا بست.

«رفتم به طرف خانه، یک سگ چاق سرخ رنگ شبیه به خوک از من پذیرایی کرد. خواست پارس بکند ولی تنبلی او را منصرف کرد. از آشپزخانه زن آشپز بیرون آمد با پاهای برهنه‌ی کپلی، او هم شبیه خوک بود، به من گفت که اربابش بعد از ناهار خوابیده. رفتم پیش برادرم، روی تختش نشسته بود و یک لحاف تا روی زانویش کشیده بود. پیر و فربه شده بود، از ریخت برگشته بود، گونه‌ها، بینی و لب‌هایش جلو آمده بود؛ مانند این‌که تمام اسباب صورتش چشم به راه بود که او زیر لحاف صدای توپ بکند.

«ما در آغوش یکدیگر افتادیم و از شادی و غم گریه کردیم، به فکر این‌که پیش از این جوان بودیم و حالا هردومان موهای خاکستری داشتیم و هنگام این رسیده بود که به فکر مرگ بیفتیم. رختش را پوشید و همراه من آمد تا ده خودش را نشان بدهد.

«از او پرسیدم: چطور در اینجا به تو خوش می‌گذرد؟

«جوابم داد: ای خوب است، خدا راشکر! من خوب زندگی می‌کنم!
«او یک مستخدم فکسنی اداره بیش نبود، حالا یک مالک حقیقی شده بود، یک صاحب اختیار. آب و هوای آنجا به او ساخته بود، عادت کرده بود و به میل و سلیقه‌ی خودش آنجا را درآورده بود. او خیلی می‌خورد، حمام بخار می‌رفت، چاق می‌شد و با اتحادیه رعیت‌ها و با دو کارخانه مرافعه داشت. اگر موژیک‌ها او را حضرت والا خطاب نمی‌کردند به او برمی خورد و همچنین مثل یک بارین[1] به تزکیه نفس خود جداً می‌کوشید. او کارهای خیر می‌کرد، نه از روی خلوص نیت بلکه برای خودنمایی.
«آن‌هم چه کارهای خیری؟ به موژیک‌ها در هر ناخوشی که می‌گرفتند جوش شیرین و روغن کرچک می‌داد. روزهای جشن فرمان می‌داد در میان ده سرود مذهبی بخوانند، بعد هم یک نصف سطل ودکا بخشش می‌کرد، گمان می‌کرد که لازم است – آه، این همه سطل‌های ترسناک ودکا...! امروز یک مالک بزرگ برای خسارت چمنزار، موژیک‌ها را به محکمه می‌فرستد و فردا روز عید به ایشان یک سطل ودکا می‌دهد. آن‌ها می‌نوشند و فریاد هورا می‌کشند و در حال مستی به خاک پای او می‌افتند و به او سلام می‌دهند. بهبود زندگی و فراوانی، در روس‌ها تنبلی و لاف و گزاف خیلی بی‌شرمانه تولید می‌کند. برادرم در مالیه می‌ترسید کمترین عقیده شخصی ابراز بکند، حالا با لحن وزارت‌مآب حقیقت‌گو شده بود: تعلیم و تربیت لازم است، ولی برای مردم عوام هنوز خیلی زود است. تأدیب جسمانی عموماً زیان آور می‌باشد ولی در بعضی مواقع سودمند و به موقع است.
«او می‌گفت: من دهقان را می‌شناسم و می‌دانم با او چگونه رفتار بکنم. دهقان مرا دوست دارد، همین که لب تر بکنم جانش را نثار من می‌کند.

---

[1] خداوند ده

«با لبخند بزرگمنش و صورت حق‌به‌جانب که به خود گرفته بود گفت:
«به همه این مطالب خوب دقت بکنید، و بیست مرتبه تکرار می‌کرد: «ما نجبا » یا «من با وجود نجابت خانوادگی»، به یادش نمی‌آمد که پدربزرگ ما موژیک بود و پدرمان یک کهنه سرباز و نام خانوادگی سردرگم ما: «چیمشاکیمالایسکی » به نظر او معروف، خیلی گوارا و درگوش خوب صدا می‌کرد.
«اما این مربوط به او نیست، راجع به خودم است. در این چند ساعت که پیش او بودم تغییر عجیبی در افکارم پیدا شد. برایتان بگویم، شب وقتی که ما چایی می‌خوردیم آشپز یک بشقاب پر از تمشک درشت آورد، آن‌ها را نخریده بودند از حاصل باغ بود. اولین چینی بود که از بته‌های جوان زده بودند. برادرم خندید و یک دقیقه در خاموشی با چشم‌های پر از اشک تمشک‌ها را تماشا کرد. اضطراب نمی‌گذاشت او حرف بزند. بعد یکی از آن‌ها را گذاشت دردهانش، با فیروزی بچه‌ای که اسباب بازی دلپسند خودش را به چنگ آورده به من نگاه کرد:
«چه خوب است؟
«و با حرص آن‌ها را می‌خورد و تکرار می‌کرد:
«آه چه خوب است! ازآن میل کنید.
«تمشک‌ها سفت و ترش بودند اما همان‌طور که پوشکین گفته: «فریبی که ما را خورسند می‌کند بیش از صد حقیقت برایمان ارزش دارد.» من یک آدم خوشبخت را می‌دیدم که به آرزوی مقدس خودش رسیده بود، به مقصد زندگانیش نایل شده بود و آن چه را می‌خواست به او داده بودند، از خود و از سرنوشت خود راضی بود. فکری که من از خوشبختی می‌کردم همیشه آغشته با قدری غم و اندوه می‌شد، ولی از مشاهده‌ی یک آدم خوشبخت

احساس سختی که همپایه ناامیدی بود به من دست داد به خصـوص شـب خیلی بد گذشت.

«تختخوابم را بغل اطاق برادرم درست کرده بودند و مـن مـی‌شـنیدم کـه برادرم خوابش نمی‌برد؛ بلند می‌شد نزدیک بشقاب تمشک می‌رفت و یکی از آن می‌خورد.

«من پیش خودم تصور می‌کردم که روی هم رفته چقدر اشـخاص راضـی وجود دارند و چه توده‌ی بیشماری را تشکیل می‌دهند. به این زندگی نگاه بکنید، کناره‌گیری و تن‌پروری زورمندان، نادانی ناتوانان و شباهت آن‌هـا بـا جانوران، به دور یک زندگی مسکنت‌آمیز و دور از حقیقت زیست می‌کنند و با فساد، شراب‌خواری و دروغ به سر می‌برند. با وجود همه این‌ها در همـه خانه‌ها، در کوچه‌ها، چه خاموشی و چه آرامشی! میان پنجاه‌هزار مردم شـهر، یک نفر پیدا نمی‌شود که فریاد بزند و ناسزا بگوید. می‌بیـنم مـی‌رونـد بـه بازار، روز می‌خورند، شب را می‌خوابند، حرف‌های بی‌مزه به هم مـی‌زننـد، زناشوئی می‌کنند، پیر می‌شوند، با چهره گشاده مرده‌هـای خودشـان را بـه گور می‌سپارند. ولی آن‌هایی که درد می‌کشند ما نمی‌بینیم، ما نمی‌شنویم و آن‌چه در زندگی ترسناک است می‌گذرد و کسی نمی‌داند که کجا در پـس پرده پنهان است. همه جا آرامش و خاموشی است، تنها سرشـماری گنـگ اعتراض می‌کند: آن‌قدر دیوانه، آن‌قدر سطل‌های عرق که نوشیده شـده، آن‌قدر بچه‌هایی که از گرسنگی مرده‌اند... و یک چنین نظمـی تقریبـاً لازم است. آدم خوشبخت خوشبختی خودش را حس نمی‌کنـد مگـر وقتـی کـه بدبخت‌ها را ببیند که بار خودشان را در خاموشی به دوش می‌کشند. بدون این خاموشی خوشبختی غیرممکن است، این یـک منتـر عمـومی اسـت کـه چشم‌ها را خیره کرده، باید که پشت در هر آدم راضی و خوشبخت، یک نفر دیگر با زنگوله بایستد و از تکـان دادن پـی‌درپـی آن، او را آگـاه بکنـد کـه

بدبختی‌هایی وجود دارند و خوشبختی بی‌خودی است و دیر یا زود زندگی چنگال خودش را به او نشان خواهد داد. بدبختی ناگهان روی می‌دهد. ناخوشی، تنگدستی، ورشکست و هیچ کس نخواهد دید، نخواهد شنید، چنان‌که اکنون او مال دیگران را نمی‌بیند و نمی‌شنود. اما کسی که زنگوله در دستش باشد نیست. آدم خوشبخت زندگی می‌کند و همان گیرودارهای زندگی او را به تکان می‌آورد. تقریباً همان‌طوری که باد درخت تبریزی را به لرزه می‌اندازد و همه چیز به خوشی می‌گذرد.

ایوان ایوانیچ برخاست و گفت: «در این شب پی‌بردم که من هم چقدر از خوردن و شکار کردن راضی و خوشبخت بوده‌ام، من هم می‌آموختم که چگونه زندگی باید کرد، به چه چیز باید اعتقاد داشت و چگونه باید دهاتی‌ها را راهنمایی کرد. هم‌چنین می‌گفتم که تعلیم و تربیت یک روشنایی است که لازم است ولی برای توده مردم خواندن و نوشتن کفایت می‌کند ،می‌گفتم آزادی یک نعمت است، نمی‌شود از آن چشم پوشید، همان‌طوری که از هوا نمی‌شد صرف نظرکرد، ولی باید انتظار کشید. آری من از این‌جور حرف‌ها می‌زدم و حالا از شما می‌پرسم و بورگین را با حالت خشم آلود نگاه کرد – آدم به نام کی انتظار بکشد؟ «آن‌ها به چه دل‌خوشی انتظار بکشند؟ از شما می‌پرسم ؟... به نام کدام عقیده؟ به من می‌گویند که همه کارها را یک مرتبه نمی‌شود کرد و هرفکری در زندگی خرده خرده عملی می‌شود و به موقع خودش. ولی این را که می‌گوید؟ که ثابت کرده که این مطلب راست است؟... شما برای خودتان اساس کارها را روی نظام طبیعی چیزها قرار می‌دهید. آیا مطابق قانون است که من آدم با فکر و زنده، پهلوی یک چاله بایستم و چشم به راه بمانم که چاله خود به خود انباشته بشود و یا گل و لای آن را پر بکند؟ در صورتی که شاید بتوانم از روی آن بگذرم و یا رویش یک پل بیندازم – و باز هم به نام که چشم به راه بمانم؟... انتظار بکشند هنگامی

که یارای زندگی ندارند! ولی در هر صورت باید زندگی کرد و همگی آن را دوست دارند!...

«من صبح زود از پیش برادرم رفتم. از این به بعد ماندن در شهر برایم تحمل‌ناپذیر بود. آرامش و خاموشی مرا خفه می‌کند. من می‌ترسم که به پنجره‌ها نگاه بکنم چون حالا هیچ منظره‌ای برایم آن‌قدر سخت نیست مگر این‌که یک خانواده خوشبخت را که دور هم نشسته‌اند و چایی می‌خورند ببینم. من دیگر پیر شدم و به درد کشمکش نمی‌خورم، هم‌چنین توانایی ابراز تنفر را هم ندارم. فقط در روح خودم شکنجه می‌شوم، ازجا در می‌روم و خودم را می‌خورم. شب‌ها از بس که فکر می‌کنم سرم درد می‌گیرد و نمی‌توانم بخوابم... آه اگر من جوان بودم!»

ایوان ایوانیچ قدم می‌زد و به حالت اندیشناک تکرار می‌کرد:

«اگر جوان بودم!

ناگهان نزدیک آلیوخین رفت و دست او را فشرد و با آهنگ خراشیده گفت:

«پاول کنستانتی‌ییچ، از بنیه خودتان نکاهید، به خواب غفلت نروید! تا جوان و نیرومند هستید، چالاک هستید، ازکارخوب کوتاهی نکنید! خوشبختی وجود ندارد و نباید وجود داشته باشد. اگر زندگی یک معنی و مقصدی دارد این معنی و مقصد خوشبختی ما نیست بلکه چیزی عاقلانه‌تر و بزرگ‌تر است: «خوبی بکنید!»

ایوان ایوانیچ همه این‌ها را با لبخند خیرخواهانه و تمنّاآمیز گفت، مانند این‌که برای خودش می‌خواست.

بعد سه نفری که روی صندلی‌های خودشان در گوشه‌های مختلف تالار نشسته بودند خاموش ماندند. حکایت ایوان ایوانیچ به بورگین و آلیوخین مزه نکرد، در صورتی که صاحب منصب‌ها و خانم‌ها که به نظر می‌آمد زنده‌اند و از درون قاب دوُرطلایی خودشان نگاه می‌کردند برایشان خسته

کننده بود که حکایت یک مستخدم بیچاره‌ای را گوش بدهند که تمشک و ماهی می‌خورده، نمی‌دانستند برای چه می‌خواستند حرف اشخاص دولتمند و زن‌ها را بشنوند و حضور عکس اشخاصی که سابق بر این اینجا می‌زیستند و چلچراغ روپوش‌دار، صندلی‌ها و قالی‌های گرانبها گواهی می‌داد که آن‌ها پیشتر همین‌جا راه می‌رفتند، می‌نشستند و چایی می‌خوردند. هم‌چنین حضور پلاگییای خوشگل که آهسته می‌خرامید به همه این سرگذشت می‌ارزید.

آلیوخین خیلی مایل بود برود بخوابد، چون برای سرکشی به کارهایش از سه ساعت به صبح مانده بیدار شده بود. چشم‌هایش به هم چسبیده بود ولی می‌ترسید مبادا مهمان‌هایش در پنهانی او چیز قابل توجهی نقل بکنند، از این جهت مانده بود.

آن چه ایوان ایوانیچ نقل کرده بود آیا خوشمزه بود؟ آیا راست بود؟ دنبال آن نمی‌گشت، ولی مهمان‌هایش نه از گندم حرف زدند و نه از یونجه و نه از شیره درخت. اما از چیزهایی که مستقیماً با زندگی او بستگی نداشت. او با زندگانی خودش خوشبخت بود و می‌خواست به آن ادامه بدهد.

بورگین بلند شده گفت: «وقت رفتن و خوابیدن است، اجازه بدهید بگویم شبتان به خیر.»

آلیوخین خدانگهداری کرد و پایین رفت. مهمان‌هایش بالا در اطاق بزرگی ماندند که دو تخت خواب چوبی منبّت‌کاری آنجا بود. دست راست کنج دیوار یک صلیب عاج بود. تخت‌خواب‌های پهن و نوکه پلاگییای خوشگل درست کرده بود بوی گوارای شمد تازه می‌داد.

ایوان ایوانیچ رخت‌هایش را کند و خوابید، لحاف به سرش کشید: «خدایا ما را ببخش، گناهکارهایی که ما هستیم!»

چپق خودش را روی میز گذاشت. بوی تند چوب سوخته می‌داد و بورگین تا مدتی خوابش نبرد، نمی‌توانست بفهمد این بوی بد از کجا می‌آید.

تمام شب را باران به پشت شیشه پنجره می‌خورد.

۸ تیرماه ۱۳۱۰

گاستون شرو

مرداب حبشه

طرف صبح که ما کنار مرداب رسیدیم روی فرش [1] خلوت بود. در اثر طوفان شب پیش زمین هنوز نمناک بود و پرندگان زیادی آن جا دیده می‌شد.

ناگاه ماده آهوی کوچکی بی‌سروصدا ازمیان سبزه‌ها پدیدار شد و این خود غریب می‌نمود، چه در این ساعت هنگام آب خوردن آهوها نبود. پوزه‌ی سیاه قشنگش را بالا گرفته هواخوری می‌کرد. گوش‌های پهن او تکان می‌خورد. پس از آن که مطمئن شد به سوی آب رفت، گردنش را دراز کرده وارد مرداب گردید و مشغول آشامیدن شد.

در این وقت ما برآمدگی غیرطبیعی شکمش را دیدیم. این حیوان آبستن و زائیدنش نزدیک بود. او خیلی آهسته می‌نوشید. گاهی سرش را از آب بیرون می‌آورد و با حرکت تند و ناگهانی که به او حالت بی‌صبری می‌داد، نفس تازه می‌کرد.

پشت سرش نی‌ها تکان خورد و یک آهوی نر که جفت او بود پیدا شد و مومویِ آهسته که مانند زمزمه ملایمی بود، کرد. ماده آهو رویش را برگردانید. آهوی نر نزد ماده خود آمد، او را بویید و از روی بی‌میلی یک جرعه آب با او نوشید.

اول ماده آهو برگشت و جفت او به دنبالش افتاد. ماده آهو جای شنزاری را انتخاب کرد، دست‌هایش را تا نموده با احتیاط دراز کشید.

طوری واقع شده بود که ما آشکارا برجستگی شکمش را می‌دیدیم. با دوربین لب‌های سیاه حیوان کوچک زیبا که آهسته نشخوار می‌کرد پیدا بود. به نظر می‌آمد که نگاه دلربای او متوجه چیزی نبود.

---

[1] به ضم «ف» به زبان گیلکی ماسه‌زار کنار دریا را گویند که فرانسه‌ی آن «پلاژ» است.

آهوی نر پهلوی او ایستاده گاهی پـف پـف مـی‌کـرد و دم کـوچکش تکـان می‌خورد.

ماده آهو دوباره بلند شد، رفت آب نوشید و هربار به همـان جـای اولـش برگشت و به همان وضع خوابید. آهوی نـر ازاو جـدا نمی‌شـد و هرلحظـه صدای زمزمه اش به گوش ما می‌رسید: به جفت خودش که مـی‌نگریسـت زمزمه می‌کرد، او را می‌بویید بعد کمی دور می‌شد، گردش می‌کرد. سرش پائین بود، کمی سبزه زار باب دندان پیدا نموده مشغول چریدن شد.

ناگهان راهنمای ما که نزدیک من بود به آرنجم زده آهسته گفت:

– دابید

«دابید» یعنی مار.

این یک مار بود با تنه اژدها.

چگونه آنجا آمده بود؟... آیا از بیشه آمده یا از لای دو تا سنگ بیرون لغزیده بود و تاکنون زیر سایه پنهان بود که ما او را ندیده بودیم؟

آهسته می‌غلتید. به‌طور نامحسوس، مانند بلای ناگهانی می‌لغزید و هنگـامی که با ماده آهو یک گز فاصله داشت به جای خودش خشک شـد. سـرش را که بالا گرفته بود یک مرتبه بلند کرد و به شکل یک چوب دستی درآمد کـه موازی با زمین بود.

تن دراز او به هم کشیده شد، چنبر زد و بدون حرکت ماند، به‌طوری که بـا دوربین تنفس آهسته او را نمی‌توانستیم تشخیص بدهیم. ماده آهو سـرش را برگردانیده به او نگاه می‌کرد.

در ده قدمی جفت او نیز سرجایش ماند و خیره به او می‌نگریست. شاید ده دقیقه گذشت. ما طوری واقع شده بودیم که نمی‌توانسـتیم او را بـا گلولـه بزنیم. بعد راهنمای بومی در گوشم گفت:

– می‌خورد. ما او را زنده می‌گیریم!

ناگاه کله مار مانند گلوله توپ روی گردن غزال فرود آمد و به‌اندازه‌ای این کار جلد و چابک انجام گرفت که ما حمله او را ملتفت نشدیم.
پیش‌آمدی هولناک روی داد. پرده نمایش شروع شده:
مار سه حلقه روی تن ماده آهوی خوابیده، که پاهایش را با حرکت‌های مرتب مانند تپش قلب به دشواری تکان می‌داد، زد.
آن‌وقت آهوی نر با دو جست کوتاه در رسید. خودش را جمع‌وُجور کرد، سر خود را به سوی جانور خزنده پایین گرفته پس رفت، پیش آمد و دوشاخ به او زد.
اژدها دهن خود را از گلوی شکارش برداشت، سرش را به سوی جانور گستاخ گرفت و به او نگاه کرد.
آهوی نر سرجایش خشک شد.
ولی حلقه‌های مار آهو را فشار می‌داد و پاهای شکار که به هوا بلند شده بود دیگر تکان نمی‌خورد.
ما دیدیم که از تن شکنجه شده ماده آهو، توده تیره فامی بیرون آمد که از خون می‌درخشید و به روی شن‌زار افتاد.
اژدها سرش را روی سرماده آهو گذاشت، مثل این‌که او را نوازش می‌کرد. تن دراز او به‌طور نامحسوس تن شکار را فرا گرفته روی آن سنگینی می‌نمود و منتظر بود حلقه‌های تازه‌ای دور او بزند.
یک توده تیره رنگ کوچک دوباره از تن ماده آهو بیرون آمد ولی تولد ناگوار انجام نگرفت.
در این وقت آهوی نر گردنش را با بی‌صبری تکان می‌داد و پایان این پیش‌آمد ترسناک و بچه خود را که می‌جنبید می‌نگریست. بعد جلو رفت او را لیسید و زمزمه‌های کوچک کرد.

در این مدت اژدها بر فشار خود افزوده بود و بدون این‌که ما ببینیم چگونه این کار را صورت داد، تن او دور شکارش مانند فنر پیچیده بود. سرش را به سوی مرداب گرفت و با تنه خود شکار خویش را که می‌فشرد و از ترکیب انداخته بود به همراه می‌کشید. دهن باز مانده بچه آهو با زبان بیرون آمده‌اش پیدا بود.

به این ترتیب دو جانور که یک تن بیشتر نداشتند، داخل آب شدند.

آهوی نر آرایش بچه‌اش را تمام می‌کرد و به آب که گاه‌گاهی پیچ‌وُخم مِسی‌رنگ جانور خزنده از رویش پدیدار می‌شد، می‌نگریست.

ما از تماشای این دو نمایش به جای خودمان بی‌حرکت مانده بودیم.

دسته‌های پرندگان می‌آمدند، آب می‌نوشیدند و شنا می‌کردند. طبیعت منظره خاموش و آرام به خود گرفته بود.

ما دیدیم که بچه آهو سرپا ایستاد. روی پاهایش پیل پیلی می‌خورد. سرش را تکان می‌داد مانند این‌که خودش را برای حرکت آماده می‌کرد. آهوی او را با فشار پوزه نرم خود به سوی بیشه می‌راند. سپس هر دو داخل بیشه شدند.

مدتی بعد دیدیم اژدها از آب بیرون آمد.

چنبرهای او از هم باز شده بود. دم او روی ماسه کشیده می‌شد. و باقیمانده تنه آهو را به دنبال خودش می‌آورد.

وقتی که تنه ماده آهو نمایان شد ممکن نبود که شکلش را تشخیص بدهیم. سر نداشت و تن زیبای او با استخوان خرد شده به شکل یک کیسه شل و سر خالی در آمده بود.

اژدها بیش از یک ساعت طول داد تا خوراکش را تمام بکند. آدم‌های ما که راهنما خبرکرده بود، با قلاب و ریسمان رسیدند. خزنده بزرگ مانند

مرده‌ی لمس و بادکرده از حال رفته بود. دهنش ازکار افتـاد و بـی‌حرکـت بود.

غروب آفتاب که شد در همان نزدیکی روی زمین ماسه زار کوچک، رد پای یک گله آهو را پیدا کردیم. اگرچه کمی دور بودند ولی آن‌ها را دیدیم: پـنج ماده آهو با آن‌ها بود که بچه به دنبالشان می‌دوید و بچه آهوی یتیم با یکی از آن‌ها بود.

۲۶ تیرماه ۱۳۱۰

فرانتس کافکا

جلو قانون

جلو قانون پاسبانی دم در قد برافراشته بود. یک مرد دهاتی آمد و خواست که وارد قانون بشود. ولی پاسبان گفت که عجالتاً نمی‌تواند بگذارد که او داخل شود. آن مرد به فکر فرو رفت و پرسید آیا ممکن است که بعد داخل شود. پاسبان گفت: «ممکن است اما نه حالا». پاسبان از جلو در که همیشه چهارطاق باز بود رد شد، و آن مرد خم شد تا درون آن‌جا را ببیند. پاسبان ملتفت شد، خندید و گفت: «اگر با وجود دفاع من این‌جا آن‌قدر تو را جلب کرده سعی کن که بگذری. اما به خاطر داشته باش که من توانا هستم و من آخرین پاسبان نیستم. جلو هر اطاقی پاسبانان تواناتر از من وجود دارند، حتی من نمی‌توانم طاقت دیدار پاسبان سوم بعد از خودم را بیاورم.» مرد دهاتی منتظر چنین اشکالاتی نبود؛ آیا قانون نباید برای همه و به‌طور همیشه در دسترس باشد، اما حالا که از نزدیک نگاه کرد و پاسبان را در لباده‌ی پشمی با دماغ نک‌تیز و ریش تاتاری دراز و لاغر و سیاه دید ترجیح داد که انتظار بکشد تا به او اجازه دخول بدهند. پاسبان به او یک عسلی داد و او را کمی دورتر از در نشانید. آن مرد آن‌جا روزها و سال‌ها نشست. اقدامات زیادی برای این‌که او را در داخل بپذیرند نمود و پاسبان را با التماس و درخواست‌هایش خسته کرد. گاهی پاسبان از آن مرد پرسش‌های مختصری می‌نمود. راجع به مرزوُبوم او و بسیاری از مطالب دیگر از او سؤالاتی کرد ولی این سؤالات از روی بی‌اعتنایی و به طرز پرسش‌های اعیان درجه اول از زیردستان خودشان بود و بالاخره تکرار می‌کرد که هنوز نمی‌تواند بگذارد که او رد بشود. آن مرد که به تمام لوازم مسافرت آراسته بود به همه وسایل به هر قیمتی که بود متشبث شد برای این‌که پاسبان را از راه در ببرد. درست است که او هم همه را قبول کرد ولی می‌افزود: «من فقط می‌پذیرم برای اینکه مطمئن باشی چیزی را فراموش نکرده ای». سال‌های متوالی آن مرد پیوسته به پاسبان نگاه می‌کرد. پاسبان‌های دیگر را فراموش

کرد. پاسبان اولی به نظر او یگانه مانع می‌آمد. سال‌های اول به صدای بلند و بی‌پروا به طالع شوم خود نفرین فرستاد. بعد که پیرتر شد اکتفا می‌کرد که بین دندان‌هایش غرغر بکند. بالاخره در حالت بچگی افتاد و چون سال‌ها بود که پاسبان را مطالعه می‌کرد تا کیک‌های لباس پشمی او را هم می‌شناخت، از کیک‌ها تقاضا می‌کرد که کمکش بکنند و کج خلقی پاسبان را تغییر بدهند، بالاخره چشمش ضعیف شد به‌طوری که در حقیقت نمی‌دانست که اطراف او تاریک‌تر شده است و یا چشم‌هایش او را فریب می‌دهند. ولی حالا در تاریکی شعله‌ی باشکوهی را تشخیص می‌داد که همیشه از در قانون زبانه می‌کشید. اکنون از عمر او چیزی باقی نمانده بود. قبل از مرگ تمام آزمایش‌های این همه سال‌ها که در سرش جمع شده بود به یک پرسش منتهی می‌شد که تا کنون از پاسبان نکرده بود. به او اشاره کرد زیرا با تن خشکیده‌اش دیگر نمی‌توانست از جا بلند بشود. پاسبان در قانون ناگزیر خیلی خم شد چون اختلاف قد کاملاً به زیان مرد دهاتی تغییر یافته بود. و از پاسبان پرسید: «اگر هر کسی خواهان قانون است، چطور در طی این همه سال‌ها کس دیگری به جز من تقاضای ورود نکرده است؟» پاسبان در که حس کرد این مرد در شرف مرگ است برای این‌که پرده‌ی صماخ بی‌حس او را بهتر متأثر بکند در گوش او نعره کشید: «از این‌جا هیچ کس به جز تو نمی‌توانست داخل شود، چون این در ورود را برای تو درست کرده بودند. حالا من می‌روم و در را می‌بندم.»

آرتور کریستینسن

گورستان زنان خیانت‌کار

همان‌طور که در فهرست آثار هدایت اشاره شد، آرتور کریستینسن خاورشناس مشهور دانمارکی که تعدادی داستان ایرانی نیز به زبان فرانسه نوشته است، زمانی برخی از داستان‌های مزبور را نزد صادق هدایت فرستاده بود و ازوی تقاضا نموده بود که آن‌ها را به زبان فارسی ترجمه ومنتشر کند. «گورستان زنان خیانتکار» یکی از این گونه داستان‌هاست که به وسیله‌ی هدایت ترجمه شده و نخستین بار در شماره‌ی هفتم و هشتم سال اول مجله سخن مورخ بهمن و اسفند ۱۳۲۳ به چاپ رسیده است.

ح. ط.

بیا لحظه‌ای کنار حوض بنشینیم زیرا من پیر و ناتوانم و از راه رفتن زود خسته می‌شوم. آن بته‌ی گل سرخ را می‌بینی که روی امواج لرزان آب منعکس شده؟ گوئی دنیایی است پراز گل و عطر لطیف آن در هوا پراکنده شده. در هیچ نقطه‌ی عالم مثل باغ‌های شیراز گل سرخ نمی‌روید. آن‌جا مردم کنار قبر نویسنده گلستان استراحت می‌کنند و ساعت‌های دراز در فکر زندگی و مرگ فرو می‌روند. من پیرشده‌ام و ازین جهت اغلب به فکر زندگی و مرگ می‌افتم.

آن سراشیب لغزنده‌ی تپه را در آن طرف می‌بینی؟ اسمش سرسرک است و پسران و دختران کوچک با خنده و شادی روی آن می‌لغزند. بالای آن برفراز تخته سنگ یک چاه طبیعی وجود دارد که تاکنون کسی عمق آن را نتوانسته‌اندازه بگیرد. وقتی یک طبیب فرنگی ریسمانی به بلندی ششصد ذرع در آن انداخت ولی سر طناب به ته چاه نرسید. اگر یک قلوه سنگ در آن بیندازند با صدای خفیفی متدرجاً به برآمدگی‌های اطراف چاه می‌خورد و

بالاخره در میان سکوت و تاریکی ناپدید می‌شود. پیش از این زن‌های خیانتکار را در آن می‌انداختند که فریاد آن‌ها خفه می‌شد و صدایی که از افتادن آن‌ها در ته چاه تولید می‌شد به گوش نمی‌رسید. سرسره‌ی بچه‌ها و قبر زنان بی‌وفا منظره زندگی و مرگ را نشان می‌دهد.
ای کسی که خارجی هستی و در خانه‌ام سر سفره نان و نمک مرا خورده‌ای حالا برایت حکایت جانسوزی نقل می‌کنم که خیلی پیش از این، شاید شصت سال می‌گذرد که اتفاق افتاده، چون پیری یاد و هوش درستی برای آدم باقی نمی‌گذارد. زمانی که سرگذشتم شروع می‌شود من یک پسربچه بودم و دخترعمویم عذرا دخترکوچکی بود. من و عذرا پسرعمو و دخترعمو در خانه خویشان او همبازی یکدیگر بودیم. عذرا دختر شاد و خرم و بازیگوشی بود. به قدری تروُتازه و ظریف و بانمک بود که ممکن نبود کسی او را ببیند و دوستش نداشته باشد. به غیراز مادرم و یک دده سیاه او تنها زنی بود که من بی‌چادر دیده بودم. البته تعجبی ندارد. هرچند بچه بودم ولی عشق سرشار و لطیفی در قلب خودم برای عذرا حس می‌نمودم و هم‌چنین درچشمان او دیده بودم که علاقه او نسبت به من سوای علاقه او نسبت به دیگران بود. بی‌آن‌که از راه و چاه و موضوع عشق سررشته داشته باشم حس می‌کردم که رمزی در میان ما دو نفر موجود بود. یک رمزی که هیچ‌کس در دنیا نمی‌توانست پی به آن ببرد.
تمام روز را ما در باغ مشغول بازی بودیم. اغلب توپ بازی می‌کردیم. به این ترتیب که به دیوار نشانه می‌گذاشتیم و سعی می‌کردیم که نشانه را با توپ بزنیم و یا این‌که من توپ را با تمام زور بازویم پرتاب می‌کردم و هرکدام ازما که زودتر می‌رسید و توپ را برمی‌داشت بازی را برده بود. یک روز در هنگام بازی او پایش به سنگ گرفت و روی بته‌ای زمین خورد. نک یک شاخه پیرهن او را درید و سینه‌اش را زخم کرد. او روی زمین غلطید. با صدای

خراشیده‌ای فریاد زد و بیهوش شد. من با دست لرزان بلندش کـردم و بـا احتیاط او را روی چمن خوابانیـدم. پیـرهنش را بـاز کـردم و بـا آب چشـمه جراحتش را شستشو دادم. بعد ازکنار ململ شال کمـرم یـک تریشـه پـاره کردم و روی زخمی که ازآن خون جاری بود بستم. در این موقـع بـا تعجـب نگاهم افتاد به برآمدگی پستان‌های لیموئی اوکه سر هر کدام یک دگمـه‌ی سرخ بود. هرچه به آن نگاه می‌کردم سیر نمی‌شـدم. مـن درسـت چیـزی نمی‌فهمیدم و بیخود به گریه افتـادم. سـپس گیسـوان مشـکی او را از روی پیشانی‌اش رد کردم. با دو دستم صورتش را گرفتم و روی لب‌های ارغوانی اش را مکرر بوسیدم. زخم او چیز مهمی نبود فقط از ترس بیهوش شده بود. بوسه‌های من او را به هوش آورد و لبخند زد. من هرگز ندیده بودم کـه او این‌طور لبخند بزند. درین روز ما باهم پیمان بستیم که تا ابد نسبت به هـم وفادار بوده باشیم. ولی افسوس فرامـوش کـرده بـودیم کـه پـدر عـذرا جواهرفروش دولتمند و پدر من چاروادار فقیری بود.

اغلب در مسافرت‌هائی که پدر از ایـن شـهر بـه آن شـهر مـی‌رفـت مـن همراهش بودم و می‌توانستم به انواع مختلف به او کمک بکنم از قبیل توجـه کردن به چارپایان، خریدن خوراکی و تهیـه کـاه و یونجـه، و از زنـدگی آزاد بیابانی لذت می‌بردم. به الاغ‌ها و قاطرها انس گرفته بودم و زمـانی کـه در کاروانسراها بار می‌انداختیم من از جان و دل بـه سرگذشـت‌هـای عجیـب مسافران راجع به ممالک دوردست و شـرح زنـدگی و راه و روش مـردم و سرنوشتی که آن‌ها را راهنمایی می‌کرد گوش می‌دادم.

در این ضمن برای پدرم یک مسافرت ناگهانی به طرف شمال تا مشهد پیش آمد کرد. من آن‌قدر به او التماس و درخواست کردم که در این مسـافرت مرا همراه خودش ببرد که او هم بالاخره قبول کرد. در قافله‌ی ما چند نفـر تاجر بود که به قصد اصفهان و تهران می‌رفتند و مخصوصاً عده زیـادی زوار

برای مشهد همراه داشتیم. زوار دیگر هم در بین راه به ما ملحـق شـدند. بدون هـیچ پـیش‌آمـد نـاگواری وارد تهـران شـدیم و چنـد روز در آن‌جـا استراحت کردیم بعد کاروان ما از دروازه شاه عبدالعظیم حرکت کرد و پس ازآن‌که پنج شش روز راه پیمودیم وارد لاسگرد شدیم.

در این نواحی می‌بایستی شب و روز مواظب خودمان باشیم چون هر دقیقـه در معرض تاخت و تاز دسته‌ی ترکمن‌های ملعون بودیم که از طرف شمال مثل باد سام به دهکده‌ها هجـوم مـی‌آوردنـد و زن و مـرد و بچـه‌هـا را اسیر کرده با خودشان می‌بردند و کسانی را که به دردشان نمی‌خـورد قتـل عام می‌کردند. مسافران بیچاره‌ای که سر راه آن‌ها واقع می‌شدند در نتیجه مرگ و غارت نصیب‌شان می‌شد. در این زمان پیش از این که روس‌ها این ترکمن‌های دیومنش را که پدرشان بسوزد مطیع بکنند از این‌گونه تاخت و تازها خیلی اتفاق می‌افتاد.

لاسگرد یکی از منزل‌های خطرناک جاده بود. در آن‌جا یک قطعه بـزرگ بـا دیوارهای محکم از خشت خام ساخته بودند. درون آن یک رشته اطاق‌هـای کوچک شبیه زندان طبقه طبقه ساخته شده بود و فقط طبقات فوقانی دارای پنجره‌های کوچک بود. دروازه قلعه به وسیله یک تخته سنگ که روی پاشنه خودش می‌چرخید بسته و به این وسیله اسباب سهولت دفاع فراهم می‌شد. در مواقع عادی قلعه خالی بود ولی به مجرد این‌که خبـر هجـوم تـرکمن‌هـا می‌رسید همه اهالی شهر با توشه و آذوقه‌ای که به تعجیل فراهم می‌کردند به قلعه پناه می‌بردند و آن‌قدر درآن جا می‌ماندنـد تـا ایـن کـه راهزنـان برمی‌گشتند.

درست در همـان اوان کـه مـا در کاروانسـرا بـار انداختـه بـودیم مـردی فریادزنان خبر نزدیک شدن ترکمن‌ها را آورد و می‌گفت سرنیزه‌های آن‌ها را که ازمیان گرد و غبار می‌درخشید دیده بود. به یک چشـم بـه هـم زدن

تمام اهالی شهر به جنب و جوش افتادند ما نیز به اهالی وحشت‌زده ملحــق شدیم و به زودی در قلعه مکان مطمئنی به دست آوردیم و در پناه دیوارها سه چهار روز به سربردیم. در این وقت دسته راهزنان با اسب‌هــایی کــه از غنایم بار شده بود بازگشت می‌کردند. برای اولین بار من دلــم را بــه دریــا زدم و از قلعه بیرون رفتم تا ببینم راه‌ها از دست دشمن در آمده اســت یــا نه. ولی من چندان ملتفت اوضاع نبودم که ناگاه چنــد نفــر از تــرکمن‌هــای عقب‌مانده مراگرفتند، دست‌هایم را از پشت بستند، روی اسب انداختند و شلاق‌کش به سوی رفقای خودشان تاختند. به این ترتیب دور افتاده از پــدر و آشنایانم از میان کشتزارها می‌گذشــتم و بــه حــواس‌پرتــی خــودم گریــه می‌کردم.

نمی‌خواهم بیش از این سر شما را درد بیاورم همین‌قدر کافیست بگویم که پنجاه سال متوالی با زندگی اسارت در اردوی ترکمن‌های سرحد شمال ایران به سربردم و پیوسته به دست این جنگجویان قهار آزار و شکنجه می‌شــدم. بالاخره یک شب موفق شدم که از چادر نمدی (ابه) صاحبم فرار کنم و پس از مواجه شدن با هزاران خطر به وطنم رسیدم.

شش ماه آزگار راه‌ها را می‌پیمودم و از شهری به شهر دیگر می‌رفتم و نــان روزانه خود را در می‌آوردم تا این‌که در اصفهان در خدمت یک نفر مفتش مخصوص وارد شدم که از طرف دولت عازم شیــراز بــود و از تصــدّق ســر حضرت سیّدالشهدا صحیح و سالم به وطن اصلی خودم مراجعت کردم.

پدرم نیز بعد ازمسافرت ناگواری که به مشهد کرد تن‌درســت برگشــت و دو سال بعد به رحمت ایزدی پیوست. مادر مهربانم کــه بــه خیالش مــن مرده‌ام و گریه فراوانی برای من کرده بود چون دید به جای پسر بچه‌ای که از او خدانگهداری کرده بود بعد ازاین همه مدت حالا یک مرد جوان برایش برگشته‌ام از دیدارم ذوق زده شد.

بعد ازاین که ازخبر مرگ پدرم قـدری گریـه کـردم اولیـن پرسشـی کـه ازمادرم کردم این بود که به سر دختر عمویم عذرا چه آمده است؟ او برایم حکایت غم‌انگیزی نقل کرد و گفت کمی بعد از حرکت من از شیراز یک نفر مـردی که طرف توجه حاکم بود از عذرا خواستگاری کرد. در آن زمان عـذرا ده سال بیشتر نداشت و آن مرد سالخورده بود ولی پدر عذرا که از داشتن داماد متنفذی خوشبخت بود به این کار راضی شد. دخترک بیچاره سیل خون گریه کرد و هرچه خواست که دل پدرش را نرم بکند سودی نبخشید. بعد، ازاو که ناامید شد به مادرش متوسل شد و در دامانش اشک‌ها ریخت به‌طوری که اشک‌های هر دو آن‌ها به هم آغشته می‌شـد. او هرچـه پیـش شوهرش پافشاری می‌کرد و می‌گفت زناشوئی یک دختر کوچک کـه هنـوز ده سالش نشده با یک مرد چاق و بزرگ حکم فیل و فنجان را دارد ولی نـه اشک‌ها و نه سرزنش‌ها بـه خـرج او نرفـت. مـرد جـواهرفروش زنـش را خاموش کرد و به وسیله تهدید و ضربه‌های چوب استقامت عذرا را ازمیـان برد.

روز غم انگیزی که عقد باید بسته بشود مادرم با زن‌های محله در اطاق عقد حضور داشتند. وقتی که ناخن انگشت‌های حنابسته‌ی پا و دست او را بعـد از حمام گرفتند و رخت‌های قشنگ نـو بـه او پوشـانیدند و بـا گـردن‌بنـد و النگوهای طلا او را آراستند همه‌اش گریه و ناله می‌کرده و مـی‌گفتـه: «مـن نمی‌خواهم شوهر بکنم، هرگز نمی‌خواهم» ولی کسی به ناله و زنجموره‌هـای او وقعی نمی‌گذاشته. با همه آرایشی که شده بود و گل‌هایی که در زلـف او زده بودند او را جلوی یک آینه قدی میان خوانچه‌ها و چـراغ‌هـای روشـن و ظرف‌های شیرینی که از طرف داماد فرستاده شـده بـود نشـانیدند. در سینی جلو عروس نان و پنیر و آب و اشیاء مخصوص سر سفره عقـد بـود از

قبیل قالب کره، نخ گره زده و حبوبات که علامت دارائی و عقد دائمی و کثرت نسل بود.

اطاق عقد به وسیله یک پرده از اطاق مجاور مجزا شده بود و در آن‌جا مهمانان مرد بودند. در همان اطاق بود که آخوند به صدای بلند خطبه عقد را جاری می‌کرد وبه این سؤال منتهی می‌شد: «عذرا خانم آیا راضی هستید که شما را به عقد دائمی و قائمی آقا اسمعیل درآوریم؟» خاله‌ها و عمه‌ها و خویشان شوهرش در گوش او گفتند: «بگو بله.» ولی او اشک ریزان جواب می‌داد: «والله من نمی‌خواهم.» آخوند از پشت پرده پرسش خود را تکرار کرد. باز هم او جواب منفی داد. همین که برای سومین مرتبه سؤال تکرار شد زن‌ها به زور فحش و نفرین و بامچه و نیشگون او را وادار کردند که اقرار بکند. عذرا که هنوز کف پاهایش ازضربه‌های چوب کرخت شده بود خیلی آهسته با صدای خراشیده گفت: «بله» آخوند پرسید: «آیا خودش گفت؟» همه زن‌ها با هم گفتند: «خود او بله گفت» آخوند اظهار کرد که عقد بر طبق قوانین شرع انور انجام گرفته و از درگاه حق تعالی برای نوعروس و داماد خیروخوشی درخواست کرد. زن‌ها روی سر عروس نقل شاباش کردند و برای برکت آن شیرینی‌ها را میان خودشان قسمت کردند. بعد با ضرب دنبک که رنگ گرفته بودند و کف می‌زدند و مبارک باد می‌گفتند بالاخره داماد پیربا صورت کریهش وارد شد و عروس را درآینه دید. ولی برای چه بیخود به شرح و بسط زیادی بپردازم؟ همین قدر کافی است بگویم که در این شب عروسی با دم و دستگاه شایان و مطرب چنانکه درین جور مواقع معمول است انجام گرفت.

در حرم آقا اسمعیل دختر بچه مبدل به زن شد و هیچ‌کس نمی‌دانست که او از سرنوشت خودش راضی است یا نه چون که او همیشه خاموش و ساکت بود و هرگز از احوال خودش پیش کسی درد دل نمی‌کرد.

از شنیدن شرحی که مادرم داد دلم کباب شد و حس کردم زمین دهن بـاز کرده می‌خواهد مرا توی خـودش بکشـد. همیشـه در مـدت دراز اسـارت خودم به فکر دخترعمویم و پیمانی که با هم بسته بودیم می‌افتادم و این فکر به منزله‌ی آبی بود که سبزه‌ی امید مرا شاداب نگه می‌داشت. ولـی سـعی می‌کردم از اضطراب درونی که در من تولید شده بود خودداری بکنم زیـرا می‌دانستم که مادرم با خیالاتی کـه در سـرخودم مـی‌پخـتم همـراه نبـود. موضوع صحبت را عـوض کـرده و حـرف را روی مقاصـد آینـده‌ی خـودم کشانیدم. مادر من از این‌که حاضر شدم در آتیـه شـغل پـدرم را در پـیش بگیرم خوشنود شد. مادرم به کم قانع بـود و نـان خـودش را از حضـور در مجالس عقد و آداب و رسوم عوامانه دیگر در می‌آورد به این سبب مقـدار وجهی را که پدرم بعد از مرگ خودش گذاشته بـود دسـت نخـورده نگـه داشته بود. این مبلغ را من برای خرید چند رأس الاغ در نظرگرفتم ولـی در این کار چندان شتابی نداشتم زیـرا هنـوز مقـداری اندوختـه از مـزدوری و مواجب اخیری که دریافت کرده بودم برایم باقی مانده بـود و در حقیقـت می‌خواستم قبل از شروع به مسافرت حساب خودم را با عذرا تفریق بکنم.

در همین روز رفتم و یکی از این پیرزن‌هایی که در خانه‌ی زن‌های شـوهردار آمدوُشد دارند و در امور عشق و عاشقی کهنه کار هستند پیدا کردم و به او کاغذی سپردم که در موقع مناسب آن را به دست عـذرا برسـاند. درین کاغذ شرح سرگذشت‌ها و رنج هائی که کشیده بودم نوشـتم و آن پیمانی که با هم بسته بودیم و او آن را شکسته بود یادآوری کردم.

دو روز بعد پیرزن یک کاغذ و یک کلید برایم آورد که تریـاق روح مجـروح من بود. این کاغذ را چندین بار از سرتا ته خوانـدم بـه‌طـوری کـه آن را از برشده‌ام:

«محبوب از جان عزیزترم. دور سرت بگردم. از دیدن دست خط تو چشمم روشن شد. تو زنده هستی؟ آیا راست است که تو زنده ای؟ اگر رنج کشیدن زندگی است پس من هم زنده هستم. آیا می‌توانی تصور بکنی جوان در کنار پیر چه می‌کشد و یک روح تشنه محبت در کلبه‌ی احزان و خشونت چه روزگاری دارد؟ تو جملات سخت به من نوشتی ولی نمی‌دانی با چه اسباب چینی و حیله‌ای مرا مغلوب کردند.

«می‌خواستم پیش از آن‌که دق مرگ بشوم یک بار دیگر رویت را ببینم. کلیدی را که با کاغذ فرستادم باخودت بردار و امشب سه ساعت بعد از اذان مغرب دری را که در کوچه جلال‌آباد روبروی خانه حاجی بهرام است باز کن. در پنجاه قدمی آن به کلاه فرنگی مدوری خواهی رسید آن‌جا منتظر من باش. این‌ها را با دست لرزان می‌نویسم. کاغذت را سوزانیدم تا هیچ چشم بیگانه‌ای آن را نبیند. من می‌آیم. خواهم آمد. نه روی پاهایم بلکه به روی سر خواهم آمد. من بمیرم تورا به همان نان‌وُنمکی که با هم خورده‌ایم مرا فراموش مکن.

ریخت از ابر تجلی روی تو باران نور

خانه چشم و دلم را ساخت بام و درسفید

«والسّلام»

این روز به من یک سال گذشت. وقتی که تاریکی شب روی زمین را فراگرفت سه از شب گذشته من جلو در خانه‌ی واقع در کوچه جلال آباد بودم. آهسته در را باز کردم و پشت سرخودم بستم. همین‌که پنجاه قدم شمردم جلو کلاه‌فرنگی مدوری رسیدم. در آن باز بود لحظه‌ای در تاریکی حس کردم که دوبازوی باز مرا در آغوش کشید. گیسوانی که عطر ملایمی از آن استشمام می‌شد به پیشانی‌ام مالیده شد و بوسه‌ی گرمی لب‌های مرا قفل کرد. این همان لب‌هایی بود که سابق براین، خیلی پیش به لب‌های من

خورده بود ولی این بوسه همان بوسه‌ی سرسرکی و بچه‌گانه نبود. این بوسه‌ای بود که از شدت التهاب آن نفس هردومان بند آمد.
بالاخره خودش را آهسته از آغوشم بیرون کشید و یک شمع روشن کرد. آیا چگونه می‌توانم آن همه زیبائی را که به چشم خودم دیدم بیان کنم؟ من همیشه پیش خودم عذرا را یک موجود تروتازه‌ای مانند گل اول بهار تصور می‌کردم همان‌طوری که دفعه آخر او را دیده بودم. ولی حالا او را زنی رعنا و دلربا به قد سرو و پر ازحجب و افسون دیدم. رنگش سفید مثل نقره‌ی خام، چشم‌هایش مثل نرگس شهلا و گیسوان سیاه و بلندش مانند شب یلدا بود و تبسم شیرینش بسان آسمان لاجوردی حکایت از مهر و وفا می‌کرد. همین‌قدر به من فرصت داد تا دیدگانم از سیروُگشت گلستان رویش توشه‌ای بردارد. بعد مرا پهلویش به طرف دشک کشانید. به سروُرویم دست کشید و زلف‌هایم را نوازش کرد. قلب من مثل توپی که ازروی بازی به زمین بخورد در قفس سینه‌ام می‌تپید.
به او گفتم: آخر چیزی راجع به خودت بگو. بگو ببینم این سال‌های دراز را چطور گذرانیده‌ای؟
او گفت: نه، نه، گذشته را فراموش بکنیم. درین لحظه خوش هستیم. شاعر می‌گوید: «فردوس دمی ز وقت آسوده ماست» این دم به منزله بهشت است و امشب تنها سکوت وخاموشی زبان حال ما خواهد بود.
خاموشی درین شب زبان حال ما بود. او بلند شد شمع را کشت و دوباره روی دشک پیش من آمد. تنها هلال ماه پرتو رنگ پریده‌ای در اطاق ما انداخته بود. شعر:

زبوی یاسمن جامه‌ات چنان مستم
که رفته یک سره صبرو قرار از دستم

حقیقته بهشت یک لحظه آسایش در میان هزاران در دست. هرگز من دمی به این خوشی نگذرانیده بودم.

ناگهان ملتفت شدم که ازدور پرتو روشنائی از لای درز در، در اطاق افتاد و سه چهار نفر فانوس به دست نزدیک می‌شدند. من ازجا جستم و بالاپوش خودم را برداشتم روی شانه‌هایم انداختم. درست همان وقتی که من از پنجره پریدم مردها وارد شدند. دوان دوان از باغ عبور کردم. دلم در سینه‌ام به شدت می‌تپید. نفس زنان به دیوار باغ رسیدم ولی کلید را در اطاق جا گذاشته بودم. به حال شوریده و هراسان برگشتم از پشت شیشه‌ی پنجره عذرا را دیدم که با موی پریشان در دست مردی پیچ و تاب می‌خورد و از روشنائی دو فانوس که در خیابان‌های باغ سو می‌زد فهمیدم که در تعاقب من هستند. من جست زدم شاخه یک درخت را گرفتم و از دیوار بالا رفتم و از آن‌جا به خارج پریدم. ولی زانویم خیلی سخت به سنگ تیزی خورد به‌طوری که از شدت درد نزدیک بود بیهوش بشوم. اما ازترس قوای خودم را جمع کردم و ازمیان کوچه افتان و خیزان در تاریکی می‌دویدم برای این‌که مبادا بلغزم و در چاله‌های پراز آب بیفتم. یک بار خودم را میان دو جرز پنهان کردم تا این‌که داروغه گذشت. همین که به راه افتادم حس کردم که به درد زانویم افزوده شد. به زحمت خودم را می‌کشیدم تا بالاخره بی‌آن‌که مادرم ملتفت بشود وارد خانه شدم.

فردا صبح مادرم که سر بالینم آمد مرا ناخوش و رنگ پریده در رخت خوابم دید. به او گفتم که سفیده‌ی صبح بلند شدم روی بام را بامغلتان بزنم به زمین خوردم و زانویم زخم شد. مادر خدابیامرز با چند جور گیاه‌های طبی مرهم درست کرد و روی زانوی آماس کرده‌ام گذاشت و آن را شستشو داد. تمام این روز را من در رختخواب ماندم. کمی تب کردم ولی در حقیقت

تب و دردهای بدنی به نظرم هیچ می‌آمد و پیوسته افکار مغشوش من متوجه وقایع گذشته و نتیجه آن‌ها بود.
البته من از ترس فرار کردم و هم‌چنین امیدوار بودم که به این وسیله در صورتی که مرا نه بینند خیانت عذرا کمتر ثابت بشود ولی چقدر من خر و احمق بودم چون در آن‌جا لباس‌ها و کلید در باغ را جا گذاشته بودم که به منزله برگه مسلم خیانت ما به شمار می‌آمد. در مقابل تقدیر صید از پی صیاد می‌دود و هیچ تدبیری که ازآن سنجیده‌تر نباشد نمی‌توانست آن‌چه را که آشکار شده بود پنهان بکند. من نخود آب خودم را با آتش دیگری بار گذاشته بودم و شریک جرم من محبوبه‌ام عذرا بود که می‌بایستی به تنهایی سزای این خیانت را متحمل بشود و چه نتایجی! من جرأت نمی‌کردم راجع به آن فکر بکنم ولی دست خودم نبود و ناچار افکارم متوجه این پیش‌آمد وحشت‌انگیز می‌شد. هیچ‌گونه اقدامی از طرف من نمی‌توانست او را از عقوبت و شکنجه برهاند برعکس با یک کلمه او می‌توانست مرا به کشتن بدهد. آیا اسم مرا به زبان خواهد آورد؟ آیا به وسیله چه شکنجه‌هایی از او اقرار خواهند گرفت؟
طرف شب مادرم به زخم بسته زانویم رسیدگی کرد بعد صورتم را نوازش کرد و رفت که بخوابد. ولی من خوابم نمی‌برد و همان افکار دایم جلو چشمم مجسم می‌شد. به هرحال من حساب خودم را یکسره کرده بودم. مگر زندگی چیست؟ دنیا دو روز است.
اما دوباره حس جوانی در من شورش کرد. چه آدم پست و رذلی که من بودم. چون بدبختی محبوبه‌ام مرا کمتر متوحش می‌کرد تا بدبختی که خودم را تهدید می‌نمود. هنوز سفیده ندمیده بود که من با نهایت رذالت تصمیم گرفتم به وسیله فرار خودم را نجات بدهم تا بتوانم گریبان خود را از دست پاداش و کیفر عدالت برهانم. یک کاغذ به مادرم نوشتم که حالم بهتر شده

و برای خرید چند رأس الاغ که به معرض فروش گذاشــته مــی‌خـواهم بــه زرقان بروم و چون پنج فرسنگ راه است این بود که سفیده‌ی صبح حرکت کردم. در نظرم هیچ اهمیتی نداشت کــه مــادر بیچــاره‌ام گــول ایــن دروغ بچه‌گانه را بخورد در صورتی که من در امان بوده باشم. او هر گمانی می‌برد در نظرمن اهمیت نداشت.

مجبور بودم که پیاده بروم چون وسیله سواری نداشتم و گمان می‌کردم که اگر درین موقع طلوع فجر از یک نفر خری کرایه بکنم به من مظنون خواهند شد. از هر چیزی بدگمان بودم و هرجا نگاه می‌کــردم خطــری مــرا تهدیــد می‌کرد و به هر قیمتی شده بود می‌خواستم شیراز را ترک بکنم و خــودم را در بیابان و یا شهری پنهان بکنم که کسی مرا نشناسد. چوب دستی خــودم را برداشتم و افتان و خیزان روانه شدم. زانوهایم به شدت درد می‌کــرد. هــر گامی که برمی‌داشتم به منزله‌ی عذابی بود. دندان‌هایم را به هم می‌فشردم و در کوچه‌های خلوت خودم را می‌کشانیدم وقتــی کــه مــؤذن مســلمانان را دعوت به نماز صبح می‌کرد من در یک محله دیگر شهر بودم ولی قدم‌هایم پیوسته آهسته‌تر می‌شد. هر دفعه که پایم را روی زمین می‌گذاشــتم مثــل این بود که زانوهای رنجورم می‌خواست از شدت درد بترکد. بالاخره وقتــی که در همین مکان که الان هستیم و در آن زمان یک تکه زمین بــایر و پــرت افتاده بود رسیدم قوایم به تحلیل رفت و دیگر نمی‌توانستم راه بروم از روی ناامیدی کنار یک بته خار افتادم و به ناتوانی خودم گریه کردم. بعد ازآن‌کــه کمی از نان و پنیر و سبزی که با خودم برداشــته بــودم خــوردم روی زمــین بی‌حرکت دراز کشیدم. چون نمی‌دانستم چه بکنم و امیدوارم بودم که قوایم دوباره سرجایش بیاید.

ساعت‌ها گذشت. مدتی از ظهر گذشته بود که ناگهان صدای خفیفی از دور به گوشم رسید. با خود گفتم. یا علی دیگر این چه دســته‌ای اســت. جلــو آن

چند نفر تقلیدچی و مطرب‌هایی که تاروُنی و دنبک می‌زدند پیدا بود بعد سروُکله رقاص‌هایی که به آهنگ‌ساز می‌رقصیدند و با صدای خراشیده‌ای می‌خواندند نمایان شد. بعد میرغضب با شنل سرخ پدیدار شد که دنبال الاغی افتاده بود که رویش یک زن وارونه سوار شده بود به‌طوری که صورتش طرف دم الاغ بود و پشت آن‌ها گروه انبوهی حرکت می‌کرد.

من به آرنج تکیه کرده از پشت بتّه خار با چشم‌های خیره شده نگاه می‌کردم. به‌طوری که می‌لرزیدم. مثل این‌که نوبه کرده بودم و بغض بیخ گلویم را گرفته بود. خدایا خداوندگارا حدس ترسناکی که زده بودم به حقیقت پیوست. چون زنی که روی الاغ نشسته بود عذرا بود و درین موقع او را به خوبی شناختم. گیسوانش را تراشیده بودند. روی سرش ماست‌مالیده بودند. با گچ و ذغال صورتش را بزک کرده بودند، چهره گشوده اش به طرف جمعیت بود. شلوار مردانه به پایش کرده بودند برای این‌که مثل مرد بتواند سوار بشود. دست‌هایش ازپشت بسته بود. در صورت رنگ پریده‌ی او که مثل گچ دیوار سفید شده بود به‌هیچ‌وجه حالت موجود زنده دیده نمی‌شد. از سفیده‌ی صبح او را به این وضع خواری در کوچه و بازار می‌گردانیدند و سر راه مردم دست از کارشان کشیده و دنبال این دسته افتاده بودند. یک دسته قحبه دور الاغ بودندکه بشکن می‌زدند، قر کمر می‌آمدند و غیه می‌کشیدند و هرکسی محض رضای خدا تف و آب دهان به سرو صورت عذرا می‌انداخت. صدای خنده، فحش‌های هرزه و کف زدن پسربچه‌ها و مردها در هوا پیچیده بود. این کاروان پرجنجال به قدری مفصل بود که آخر آن دیده نمی‌شد. رئیس داروغه سوار اسب و یک سرو گردن از جمعیت بلندتر بود و دنبال او چند قراول و فراشباشی افتاده بودند.

آه کاش مرده بودم. کاش سرم را لجن گرفته بودند. ولی گوش فلک کر بود. استغاثه مرا نمی‌شنید و می‌بایستی که تا آخرقضایا را به چشم خودم ببینم.

پائین تخته سنگ دسته توقف کرد. دلقک‌هایی که برای این کار آمده بودند تصنیف‌های هرزه می‌خواندند و مطرب‌ها داد و جنجال ترسناکی راه‌انداخته بودند. فراش‌های دژخیم عذرا را ازخر پائین کشیدند و او را تا لب چاه سراشیب بردند. مردم از اطراف برای تماشا بالا رفتند به‌طوری که تخته سنگ مانند مورچه از ازدحام مردم سیاه شده بود. چند دقیقه بعد او آن بالا، لب چاه با اعضای بسته شده نشسته بود و میرغضب سرخ‌پوش کنارش بود. یک لحظه سکوت شومی فرمانروائی داشت بعد آواز بلندی شنیده شد که محکوم را نصیحت می‌داد و دعوت می‌کرد که شهادتین را به زبان جاری بکند ولی او مات و مبهوت مانده بود مثل این‌که آن‌چه در اطرافش می‌گذشت ملتفت نبود. بالاخره یک نفر دیگر برای او این کلمات مقدس را به زبان آورد: «لا الله الا الله محمداً رسول الله علیاً ولی الله».

بعد به یک چشم به هم زدن میرغضب لگدی به او زد که او را با سر خمیده از بالای پرتگاه درچاه‌انداخت.

این آخر و عاقبتش بود.

ولی آخر و عاقبت من یک زندگی دراز و آسوده شد چون او اسم مرا به زبان نیاورد و شصت سال می‌گذرد که همیشه یک منظره‌ای در جلو چشمم مجسم می‌شود: یک زن دلربا، خوشگل‌ترین زن‌های دنیا، هم‌بازی طفولیت من و بت من که مثل یک بسته دور او را نخ پیچیده بودند و با صورت گشوده و سر تراشیده به یک لگد مثل چیز تحقیرآمیزی او را در چاه‌انداختند.

خدا روحش را غرق دریای رحمت بکند.

اوراشیما

قصه‌ی ژاپنی

اوراشیما ماهیگیر دریای میانه بود.

هر شب پی کار خـود مـی‌رفت. سـاعت‌هـای دراز در تـاریکی روی دریا ماهی‌های بزرگ و کوچک می‌گرفت، و از این راه می‌زیست.

یکی از شب‌هـا کـه راه دریـایی خـود را در پیش گرفتـه بـود و مهتـاب می‌درخشید، اوراشیما در زورق خود چندک زده دست راسـت خـود را در آب سبز دریا فرو برده بود. به قدری خمیده بـود کـه زلفش روی امـواج کشیده می‌شد، و توجهی به زورقش نداشت که به راه عادی می‌رود یا اینکه ماهی به تورش خورده است. زورق بی‌راهه رفت تا به جایی کـه سـایه زده بود رسید، به‌طوری که اوراشیما نه می‌توانست بیدار بماند و نه می‌توانست بخوابد چون ماه او را گرفته بود.

ناگهان دختر دریای ژرف برخاست و ماهیگیر را در آغوش کشید و بـا هـم غرق شدند و همین‌طور پایین رفتند تا به سردابه‌ی دریایی دختر رسیدند. دختر او را روی بستر شنی خوابانید و مـدت‌هـا بـه او نگریسـت و افسـون دریایی خود را به او خواند و در حالی که چشم‌هـایش را بـه او دوختـه بـود آوازهای دریایی برایش سرود.

او گفت: «خانم تو کیستی؟»

دختر گفت: «دختر دریای ژرف».

گفت: «بگذار به خانه بروم، بچـه‌هـای کـوچکم چشـم بـه راهنـد و خسـته شده‌اند.»

دختر به او گفت: «نی، کمی با من بمان».

«اوراشیما،

ای ماهیگیر دریای میانه،

تو زیبایی،

موی بلند تو دور قلبم پیچیده؛

از من دوری مکن،

فقط خانه‌ات را فراموش کن.»

ماهیگیر گفت: «آه، حالا محض رضای خدا بگذار، من می‌خواهم به خانه‌ام

بروم.»

لکن دختر دوباره گفت:

«اوراشیما!

ای ماهیگیر دریای میانه،

بر بسترت مروارید خواهم افشاند،

بسترت را با جگن و گل‌های دریایی خواهم پوشاند.

تو پادشاه دریای ژرف خواهی شد،

و ما با هم فرمانروایی خواهیم کرد.»

اوراشیما گفت: «بگذار بروم خانه، بچه‌های کوچکم چشم به راه و خسته‌اند.»

ولی دختر گفت:

«اوراشیما،

ای ماهیگیر دریای میانه.

هرگز از طوفان دریای ژرف بیم مدار،

ما تخته سنگ‌ها را به درهای مغاره‌ی خودمان می‌لغزانیم؛ هرگز از مرگ در

آب مترس، تو نباید بمیری.»

ماهیگیر گفت: «آه، حالا محض رضای خدا بگذار، من می‌خواهم به خانه

بروم.»

«همین یک شب را با من بگذران.»

«نی، نه همین یک شب را،»

سپس دختر دریای ژرف گریست و اوراشیما اشک‌هایش را دید و گفت:

«من همین یک شب را با شما خواهم ماند.»

شب که به پایان رسید دختر او را کنار دریا روی ماسه آورد.

دختر گفت: «آیا خانه‌ات نزدیک است؟»

گفت: «به اندازه‌ی سنگ پرتاب است.»

دختر گفت: «این را به یاد من بگیر.» و جعبه‌ای از گوش ماهی کـه بـه رنـگ قوس و قزح می‌درخشید و چفت آن از مرجان و یشم بود به او داد.

دختر گفت: «در آن را باز مکن، ای ماهیگیر، درش را باز مکن.» پس آن دختر دریای ژرف در آب رفت و ناپدید شد.

اما اوراشیما، زیر درختان کاج دوید تا به خانه‌ی گرامیش برسد.

و همین‌طور که می‌رفت از شادی می‌خندید و مجری را جلو خورشید تکان می‌داد و می‌گفت:

«آخ، کاج‌ها چه بوی خوشی دارند.» می‌رفت و همان‌طور که به بچه‌هایـش آموخته بود به آهنگ مرغ دریایی آن‌ها را صدا می‌زد.

با خودش گفت «آیا هنوز خـواب هسـتند؟ عجـب اسـت کـه جـواب مـرا نمی‌دهند.»

چون به خانه رسید، چهار دیوار منزوی دید کـه رویـش خـزه روییـده بـود. بلادون در آستانه‌ی خانه سبز شده بود، زنبق خشکیده در درون آن دیـده می‌شد و تاجریزی و علف هرز به زمین روییده بود و یک نفر جاندار در آنجا نبود.

اوراشیما فریاد زد: «این چه چیـز اسـت؟ آیـا هـوش از سـرم پریـده؟ آیـا چشم‌هایم را در دریای ژرف جا گذاشته‌ام؟»

روی علف‌های زمین نشست و به فکر فرو رفت. با خودش گفت:

«خدایان به دادم برسند! زنم کجاست و چه بر سر بچه‌های کوچکم آمده؟» به دهکده رفت که حتی سنگ‌های سر راهش را می‌شناخت، و هـر سـفال و هر لبه‌ی شیروانی به نظرش خودمانی می‌آمد، آنجا مردمانی را دید که در

آمد و شد بودند و پی کار خود می‌رفتند. اما همه‌ی آن‌ها به نظر او بیگانه می‌آمدند. آن‌ها می‌گفتند: «روز شما به خیر، ای مسافر، روز شما به خیر. آیا شما از همشهری‌های ما هستید؟» بچه‌ها را دید که سرگرم بازی بودند، اغلب دستش را زیر چانه‌ی آن‌ها می‌گذاشت و سرشان را بالا می‌گرفت. افسوس همه‌ی این کارها بیهوده بود.

او گفت: «ای کوانون بانوی بخشایشگر! پس بچه‌های خردسال من کجا هستند؟ شاید خدایان معنی همه‌ی اینها را می‌دانند، این از سر من زیاد است.»

تنگ غروب، قلبش به سنگینی سنگ شد، بیرون شهر رفت و سر جاده ایستاد. همین‌طور که مردم از آنجا می‌گذشتند آستین آن‌ها را می‌کشید و می‌گفت: «رفیق، مرا ببخشید، آیا شما در اینجا ماهیگیری به نام اوراشیما می‌شناسید؟» مردمانی که از آنجا می‌گذشتند جواب می‌دادند: «ما چنین اسمی را نشنیده‌ایم.»

از آنجا برزگران کوه نشین می‌گذشتند، برخی پیاده و بعضی سوار یابوی مردنی بودند. آن‌ها می‌رفتند در حالی که ترانه‌های بومی می‌خواندند، و بارهای تمشک خودرو و سوسن به پشتشان بسته بود و همین‌طور که می‌گذشتند، همه‌ی آن‌ها عصا و کلاه حصیری و پوزار چابک و قمقمه آب داشتند و سفیدپوش بودند هم‌چنین آقایان و خانم‌ها با جامه‌های گرانبها و همراهان بسیار رد می‌شدندو کاگوی زربفت به بر داشتند. شب آمد.

اوراشیما گفت: «امید شیرینم به باد رفت».

اما از آنجا پیرمرد سالخورده‌ای گذشت.

ماهیگیر فریاد زد: «اوه، پیرمرد، تو که روزهای بسیار دیده‌ای آیا چیزی از اوراشیما می‌دانی؟ او در اینجا به دنیا آمده و بزرگ شده.»

پیرمرد گفت: «کسی به این نام بود، ولی آقا، آن شخص زمانی که من بچه‌ی کوچکی بودم، سال‌ها پیش غرق شد. پدربزرگم به ندرت او را به یاد می‌آورد. ای غریبه‌ی عزیز، خیلی سال‌ها پیش این اتفاق افتاد.»
اوراشیما گفت: «آیا مرده؟»
- «خیلی کسان دیگر هم بعد از او مُردند. پسرهایش مُردند و پسرهای آن‌ها هم مُردند، ای غریبه خوش باش.»
اوراشیما ترسید ولی با خودش گفت: «من باید به درّه‌ی سبز، آنجا که مُرده‌ها خوابیده‌اند بروم.» و به طرف دره رهسپار شد.
با خودش گفت: «چه بادِ سرد شبانه‌ای روی سبزه‌ها می‌وزد! درخت‌ها پیچ‌وُتاب می‌خورند و برگ‌ها پشت رنگ پریده‌ی خود را به جانب من می‌کنند.»
باز گفت: «درود به توای ماه‌اندوهگین، که به من همه‌ی گورهای ساکت را نشان می‌دهی. تو هیچ با آن ماه دیرین فرقی نداری.»
باز گفت، «اینجا گورستان پسرانم و گورستان پسران آنهاست. اوراشیمای بیچاره، مردمان بیشماری پیش از او مُرده‌اند. کنون من یکه و تنها در میان سایه‌ها هستم.»
اوراشیما با خود گفت: «که از من دلجویی خواهد کرد؟»
باد شب آهی کشید و دگر هیچ نبود.
سپس اوراشیما به کنار دریا رفت و فریاد کشید: «که از من دلجویی خواهد کرد؟» اما آسمان آرام بود و امواج کوه در دریا روی هم می‌پیچیدند.
اوراشیما گفت: «این جعبه است.» از آستینش آن را درآورد و باز کرد: دود سفید رقیقی از آن بیرون آمد، موج زد و در کرانه دوردست ناپدید گردید.

اوراشیما گفت: «من خیلی شکسته شدم.» در همان لحظه مویش مثل بـرف سفید شد، به خود لرزید، بدنش چین خورد، چشم‌هـایش تـار شـد. او کـه آن‌قدر جوان و شاداب بود همان‌جا که ایستاده بود لغزید و لرزه بر اندامش افتاد.

اوراشیما با خود گفت: «من پیر هستم!»

خواست در مجری را ببندد، ولی آن را پرت کرد و گفت:

«بخار دودی که در آن بود برای همیشه رفت. دیگر به چه درد می‌خورد.»

روی ماسه دراز کشید و مُرد.

تهران- دی ماه ۱۳۲۳

فرانتس کافکا

شغال و عرب

در واحه چادر زده بودیم. مسافرین خوابیده بودند. یک عرب رشید سفیدپوش که شترها را تیمارکرده بود و می‌رفت بخوابد ازجلو من گذشت.
من در سبزه‌زار دراز کشیدم. می‌خواستم بخوابم اما نتوانستم زیرا یک شغال از دور زوزه می‌کشید. دوباره پا شدم نشستم و چیزی که آن‌قدر دور بود ناگهان نزدیک شد. اطراف من شغال‌ها به جوش‌وُخروش درآمدند، چشم‌های طلایی کِدِر روشن و خاموش می‌شد، بدن‌های چست و چالاکی مثل این‌که با تازیانه تعلیم یافته بود و به چابکی و با حرکات موزون تکان می‌خوردند.
یک شغال از پشت سرم رسید، از زیر دستم گذشت و خودش را به من چسباند. مثل این‌که به حرارت من احتیاج داشت، بعد سرش را به جانب من گرفت و در حالی که چشم‌هایش را به چشم‌های من دوخته بود گفت: «من از همه‌ی شغال‌ها پیرترم و خوشحالم از این‌که در این مکان می‌توانم به تو سلام بکنم. تقریباً امیدم قطع شده بود زیرا سالیان درازی است که چشم به راه تو بوده ایم؛ مادرت در انتظارت بود و هم‌چنین مادر او و تمام مادرهایش و مادر همه‌ی شغال‌ها هم انتظار تو را داشت.»
من که فراموش کرده بودم بته را آتش بزنم تا دودش شغال‌ها را بتاراند، جواب دادم: «تعجب می‌کنم، از آن‌چه به من می‌گویی بسیار متعجبم. فقط به‌طور اتفاق و برای مدّت کمی از جانب شمال آمده‌ام. ای شغال‌ها از من چه می‌خواهید ؟»
به نظر آمد از نطق من که شاید زیاد خودمانی بود دلگرم شدند و دایره‌ی دور مرا تنگ‌تر کردند، نفس آن‌ها بریده بریده بود و صدای سوت می‌داد.
شغال پیر گفت: «ما می‌دانیم که تو از جانب شمال می‌آیی، و ما به همین جهت امیدواریم. آنجا عقل وجود دارد و عرب‌ها عاری از آن می‌باشند.

چنانکه می‌بینی به‌هیچ‌وجه نمی‌شود در خودپسندی سرد آن‌ها جرقه‌ی عقلی روشن کرد. آن‌ها جانوران را برای خوردن می‌کشند و از لاشمرده پرهیز می‌کنند.»

من گفتم: «آن‌قدر بلند صحبت نکن، عرب‌هائی در این نزدیکی خوابیده‌اند.»

شغال گفت: «راستی که تو بیگانه‌ای وگرنه می‌دانستی که درتمام تاریخ دنیا شغال هرگز از عرب نترسیده، آیا علتی دارد که از آن‌ها بترسیم؟ آیا بدبختی ما نیست که ناگریزیم در میان چنین ملتی زیست بکنیم؟»

گفتم: «محتمل است، شاید هم راست باشد، اما من به خودم اجازه نمی‌دهم چیزهایی را قضاوت بکنم که آنقدر کم از آن اطلاع دارم؛ این موضوع باید یک کشمکش قدیمی باشد که ارتباط با خون دارد و شاید در خون هم باید خاتمه پیدا کند.»

شغال پیرگفت: «تو خوب پی برده‌ای.» و نفسشان باز هم کوتاه تر شد، هرچند آن‌ها از جایشان تکان نخورده بودند اما نفس آن‌ها به شماره افتاده بود. بوی تلخ‌مزه‌ای که اغلب بی‌فشردن دندان نمی‌شد تحمل کرد از پوزه‌ی باز آن‌ها بیرون می‌آمد: «تو خوب به مطلب پی برده‌ای، آنچه تو گفتی با عقاید قدیمی ما وفق می‌دهد. ما خون آن‌ها را بیرون می‌کشیم و دعوا تمام می‌شود.»

من با لحن خشونت آمیزی بی‌اختیار گفتم: «اوه! آن‌ها از خودشان دفاع خواهند کرد و شما را دسته جمع با تفنگ‌هایشان خواهند کشت.»

او گفت: «تو هم مانند مردمانی که از جانب شمال می‌آیند و به نظر نمی‌آید که عوض شده باشند سهو می‌کنی. موضوع کشتن‌ها نیست. آب رودخانه نیل کفاف نمی‌دهد که این پلیدی را بشوید. فقط منظره هیکل زنده‌ی آن‌ها ما را وادار به فرار می‌کند. وقتی که ما این منظره را می‌بینیم به جستجوی

هوای تمیزتری می‌رویم. ما به بیابان پناه می‌بریم که به این علت وطن ما شده است.»

و همه شغال‌های اطراف که عده‌ی دیگری به آن‌ها افزوده شده بود و از راه‌های دور آمده بودند سر خود را بین پاهایشان خم کردند و با چنگالشان مالش دادند، به نظر می‌آمد که می‌خواستند تنفر شدید خود را پنهان کنند، و اگر من علاقه‌ای به سلامتی خودم داشتم می‌بایستی به یک جست از آن‌ها دور شده باشم.

از آن‌ها پرسیدم: «پس شما چه نقشه‌ای دارید؟» و سعی کردم که برخیزم ولی نتوانستم، دو شغال جوان دندان‌های خود را در پشت نیم تنه و پیرهنم فرو برده بودند و من ناگزیر شدم که بنشینم. شغال پیر با لحن سنگینی برای توضیح گفت: «آن‌ها دنباله‌ی لباست را نگه داشته‌اند و این علامت احترام است.» من در عینِ‌حال شغال پیر و جوان را مخاطب قراردادم و گفتم: «بگویید ولم کنند!» شغال پیرجواب داد: «در صورتی که بخواهی طبیعتاً این کار را خواهندکرد. ولی لحظه‌ای تحمل کن، چون مطابق رسوم دندان خود را عمیقاً فرو برده‌اند و نمی‌توانند دندانشان را بیرون بیاورند مگر به تأنی. ضمناً به دعای ما گوش بده.» به او گفتم: «رفتارشما برای من دل و دماغی نگذاشته.» برای اولین بار به کمک لحن نالان طبیعیش گفت: «به مصیبت ما نخند، ما جانوران بدبختی هستیم، ما فقط دندآن‌ها را داریم که با آن‌ها آنچه ازخوب و بد از دستمان برمی‌آید بکنیم، ما فقط دندان‌هایمان را داریم.» من کمی نرم‌تر شدم و پرسیدم: «پس چه می‌خواهی؟»

فریاد کشید: «ارباب!» و تمام شغال‌ها زوزه کشیدند به‌طوری که از دور نغمه‌ای به گوش می‌آمد: «ارباب، تو باید به این کشمکشی که دنیا را از هم مجزا کرده خاتمه بدهی. تمام علایم کسی که پیران ما خبرداده‌اند که این کار از دستش برمی‌آید در قیافه‌ی تو خوانده می‌شود. باید که اعراب

مزاحم ما نشوند، ما یک هوای قابل استنشاق می‌خواهیم ،ما افقی می‌خواهیم که از وجود آن‌ها پاک باشد، ما نمی‌توانیم ناله‌ی گوساله‌هایی را تحمل بکنیم که اعراب سرمی برند، باید که همه جانوران بتوانند در صلح و صفا جان بدهند، باید که ما بتوانیم به راحتی تا آخرین قطره‌ی خون آن‌ها را بیاشامیم و استخوان‌های آن‌ها را پاک بکنیم. ما فقط خواهان پاکیزگی می‌باشیم و پاکیزگی را تقاضا می‌کنیم.» و همه آن‌ها شروع به گریه و زاری کردند. «چطور تو تحمل این آدم‌ها را می‌کنی، توکه قلب جوانمردانه و حساسی داری؟ سفیدی آن‌ها پلید است؛ سیاهی آن‌ها پلید است و ریش آن‌ها وحشت قلب می‌آورد فقط منظره‌ی گوشه‌ی پلک‌های چشم آن‌ها دل را به هم می‌زند و از انداختن تف نمی‌توان خودداری کرد؛ و زمانی که بازوی خود را بلند می‌کنند زیربغل آن‌ها جاده جهنم را می‌گشاید، به این جهت‌ای ارباب، به این جهت‌ای استاد عزیز، با دست‌های توانایت با این قیچی‌ها گلوی‌شان را قطع کن.» و به اشاره سر او یک شغال آمد که به یکی از دندان‌هایش یک قیچی زنگ زده آویزان بود.

رئیس اعراب کاروان که با وجود وزش باد تا نزدیک ما آمده بود و تازیانه‌ی کلانی در دست داشت فریاد زد: «آه! آه! این هم بالاخره قیچی‌ها، حالا تمام شد!»

شغال‌ها فوراً پراکنده شدند، اما همین که مسافتی دور رفتند بغل هم ایستادند و به هم فشار می‌دادند. به‌طوری خشکشان زده بود و تنگ هم قرار گرفته بودند که به شکل پرچینی درآمده بودند که در اطرافش شعله‌ای موج می‌زد.

عرب در حالی که از روی دلخوشی می‌خندید، یعنی تا همان اندازه که رسوم قبیله به او اجازه می‌داد، گفت: «ارباب شما هم این مسخره‌بازی را تماشا کردید.» من از او پرسیدم: «توهم می‌دانی که این جانوران چه می‌خواهند؟»

جواب داد: «طبیعی است که می‌دانم، از زمانی که اعراب پا به عرصه‌ی وجود گذاشته‌اند این قیچی‌ها را در صحرا می‌گردانند و تا روز قیامت این قیچی‌ها باما خواهد گشت، همین که یک اروپایی از اینجا بگذرد، آن‌ها را به او پیشکش می‌کنند تا دست به اقدام بزرگ بزنند؛ این‌ها به یک نفر از آن‌ها برنمی‌خورند که تصور نکنند او همان مردی است که قضا و قدر قبلاً او را تعیین کرده است. این جانوران امید احمقانه‌ای دارند، آن‌ها دیوانه‌اند، آن‌هم دیوانه‌ی حقیقی. به این جهت ما آن‌ها را دوست داریم، این‌ها سگ‌های ما هستند و قشنگ‌تر از سگ‌های شما می‌باشند. ببین این شتر امشب مُرده است لاش مُرده‌اش را این‌جا آوردم.»

چهار باربر آمدند و جسد سنگین را جلو ما انداختند. هنوز درازش نکرده بودند که شغال‌ها صدای‌شان بلند شد. از روی بی‌طاقتی مثل این‌که با رشته‌هایی کشیده می‌شدند نزدیک آمدند. خودشان را به زمین می‌کشیدند و فاصله به فاصله ایست می‌کردند. عرب و کین توزی را فراموش کرده بودند، از حضور لاشه که بوی تند آن همه چیز را محو می‌کرد مفتون شده بودند. یکی از آن‌ها بی‌تأمل به گردنش آویخت و با یک ضرب دندان شریان را پاره کرد. مثل یک تلمبه‌ی کوچک از جا دررفته که به هر قیمتی شده و بدون امید کامیابی بخواهد حریق وحشتناکی را خاموش کند هریک از عضلات بدنش کشیده می‌شد و می‌لرزید. در عین‌حال تمام شغال‌های دیگر با لاشه مشغول همین کارشده و مثل کوه رویش انباشته شده بودند.

در این موقع کاروان سالار تازیانه‌ی وحشتناک خود را به هرسو تکان داد. آن‌ها سرخود را برداشتند. در حال نیمه مست و نیمه مرده، اعراب را در مقابل خود دیدند، تازیانه را روی پوزه‌ی خودشان حس کردند و جستی به عقب زدند و پس پسکی تا مسافتی فرار کردند ولی خون شتر به قدر یک

حوضچه پخش شده بود. بخاری ازآن متصاعد می‌شد. جسدش از چند جا دریده بود. آن‌ها نتوانستند خودداری کنند و دوباره آنجا حاضر شــدند، دوباره کاروان سالار تازیانه‌اش را بلند کرد. من جلو دستش را گرفتم. او گفت: «ارباب، حق به جانب توست، بگذاریم کار خودشان را بکنند؛ وانگهی موقع مراجعت است. تو آن‌هــا را دیــدی، روی هــم رفتــه جــانوران عجیبــی هستند. این‌طور نیست؟ و چقدر ازما متنفرند!»

اردیبهشت ماه ۱۳۲٤

ژان پل سارتر

دیوار

ما را در اطاق دنگال سفیدی هُل دادند. چشم‌هایم را روشنایی زده بود و به هم می‌خورد. بعد یک میز و چهار نفر را پشت آن دیدم. این‌ها غیر نظامی بودند و کاغذهایی را وارسی می‌کردند. زندانیان دیگر را در ته اطاق جمع کرده بودند و ما بایستی تمام طول اطاق را طی کنیم تا به آن‌ها ملحق شویم. بسیاری از آن‌ها را می‌شناختم ولی بعضی دیگر به نظرم خارجی آمدند. دو نفر از آن‌ها که جلو من بودند و بور بودند کله‌ی گرد داشتند، شبیه یکدیگر بودند: حدس زدم که فرانسوی باشند. آن که کوچکتر بود هی شلوارش را بالا می‌کشید. عصبانی بود.

نزدیک سه ساعت طول کشید، من منگ شده بودم و سرم خالی بود، ولی اطاق حسابی گرم بود و من از گرمیش خوشم آمد – زیرا بیست و چهار ساعت متوالی بود که می‌لرزیدیم. پاسبانان محبوسین را یک به یک جلو میز می‌آوردند. آن چهار نفر از آن‌ها اسم و شغلشان را می‌پرسیدند. اغلب یا سؤال دیگری از آن‌ها نمی‌کردند و یا مثلاً از این جور چیزها می‌پرسیدند: «آیا تو در خرابکاری مهمات شرکت کردی؟» یا «روز نهم صبح کجا بودی و چه می‌کردی؟» به پاسخ‌ها گوش نمی‌دادند و یا این‌طور وانمود می‌کردند که گوش نمی‌دهند. لحظه‌ای ساکت می‌شدند و راست جلوی خودشان را نگاه می‌کردند، بعد شروع به نوشتن می‌کردند، از توُم پرسیدند آیا راست است که در ستون بین‌المللی خدمت می‌کرده است ،چون کاغذهایی در جیبش پیدا کرده بودند. توُم نمی‌توانست انکار بکند. از ژوان چیزی نپرسیدند، اما همین که اسمش را گفت مدت طویلی مشغول نوشتن شدند.

ژوان گفت: «برادرم ژوزه شورش‌طلب است و خودتان بهتر می‌دانید که این‌جا نیست، من در هیچ حزبی نیستم، من هرگز در سیاست دخالت نکرده‌ام.» آن‌ها جواب ندادند. ژوان باز گفت: «من کاری نکرده‌ام. من نمی‌خواهم انتقام دیگران را پس بدهم.»

لب‌هایش می‌لرزید. یک پاسبان او را ساکت کرد و برد. نوبت به من رسید:

- اسم شما پابلو ابی‌یتا است؟

گفتم: آری.

آن شخص کاغذهایش را نگاه کرد و گفت:

رامون گری کجاست؟

من نمی‌دانم.

شما او را از تاریخ ۶ تا ۹ در خانه خودتان پنهان کردید؟

نه.

لحظه‌ای مشغول نوشتن شدند و پاسبانان مرا خارج کردند. در دالان توم و ژوان بین دو پاسبان انتظار می‌کشیدند. همین که حرکت کردیم توم از یکی از پاسبانان پرسید: «خوب بعد؟» پاسبان جواب داد: «که چه؟»

آیا این استنطاق بود یا محاکمه؟

پاسبان گفت: «این محاکمه بود.»

خوب، با ما چه خواهند کرد؟

پاسبان با خونسردی جواب داد: «در زندان رأی محکمه را به شما ابلاغ خواهند کرد».

زندانی که برای ما تعیین شده بود یکی از سردابه‌های بیمارستان بود. هوا به سبب جریان بسیار سرد بود. تمام شب را لرزیده بودیم و روز هم وضع ما بهتر نشده بود. پنج روز قبل را من در دخمه‌ی سرای آرشوک به سربرده بودم، این بنا یک نوع دژ فراموشی بود که از قرون وسطی به یادگار مانده بود: چون عده‌ی زندانیان زیاد و جا کم بود، هرجایی دستشان می‌رسید آن‌ها را می‌چپانیدند. من از زندان خودم راضی بودم. سرما اذیتم نمی‌کرد ولی تنها بودم، و این مرا عصبانی می‌کرد. در سردابه همدم داشتم، ژوان هیچ نمی‌گفت :چون می‌ترسید. و از این گذشته جوان‌تر از آن بود که بتواند

اظهار عقیده بکند. اما تـوُم پرچانـه بـود و زبـان اسـپانیولی را خیلـی خـوب می‌دانست.

در سردابه یک نیمکت و چهار کیسه کاه بود. وقتی که مـا را برگردانیدنـد، نشستیم و در سکوت انتظار کشیدیم. لحظه‌ای نگذشت که توُم گفت:

- کَلَکِ ما کنده است.

گفتم: «من هم این‌طور تصور می‌کنم، اما بـه نظـرم بـا ایـن جوانـک کـاری نخواهند داشت.»

توُم گفت: «به جرم این‌که برادرش داوطلب است نمی‌توانند برای او پاپوش بسازند.» نگاهی به ژوان انداختم. مثل این بود که به ما گوش نمی‌دهد. توم گفت:

- می‌دانی در ساراگوس چه می‌کنند؟ مردم را روی جاده مـی‌خوابانند و از روی آن‌ها با اتومبیل بارکش رد می‌شوند، یک نفر مراکشی فراری برای مـا نقل کرد. می‌گویند برای صرفه‌جویی در مهمات است.

گفتم: «ولی صرفه‌جویی بنزین نیست».

من از توم دلخور بودم: او نبایستی این حرف را بزند.

دوباره گفت: «افسرانی که دست‌هاشـان تـوی جیـب‌شـان اسـت سـیگار می‌کشند و در جاده برای بازجویی گردش می‌کنند. تو گمـان مـی‌کنـی کـه نیمه‌جان‌ها را می‌کشـنـد؟ بشـنو و بـاور نکـن. آن‌هـا را بـه حـال خودشـان می‌گذارند که زوزه بکشند. گاهی یک سـاعت طـول مـی‌کشـد. مَراکِشـی می‌گفت: دفعه اول نزدیک بود از دیدن این منظره قی بکنم.

گفتم: «اگر حقیقتاً مهمات آن‌ها ته نکشیده باشد گمان نمی‌کنم که این کار را این‌جا هم بکنند.»

روشنایی روز از چهار روزنه و یک سوراخ گرد طرف چپ سقف که آسمان از آن‌جا دیده می‌شد نفوذ می‌کـرد. ازایـن سـوراخ گـرد بـود کـه زغـال در

زیرزمین خالی می‌کردند و معمولاً درش را می‌گذاشتند. درست زیر سوراخ یک توده خاکه زغال بود که به مصرف بیمارستان می‌رسید ولی از ابتدای جنگ بیمارها را بیرون کرده بودند و زغال بی‌مصرف آن‌جا مانده بود و گاهی هم روی آن باران می‌آمد زیرا فراموش کرده بودند که در سوراخ را بگذارند.

توُم شروع به لرزیدن کرد و گفت: «بر پدرش لعنت باز هم شروع شد. می‌لرزم».

برخاست و مشغول حرکات ورزشی شد. به هر حرکتی چاک پیرهن روی سینه‌ی سفید و پشمالود او باز می‌شد. به پشت خوابید و پاهایش را با هم به شکل قیچی بلند کرد: کفل‌های چاقش را می‌دیدم که می‌لرزید. توُم قلچماق بود اما پیه زیادی داشت. من پیش خودم تصور می‌کردم که گلوله‌های تفنگ یا تک سرنیزه به زودی در این توده‌ی گوشت نرم و مثل قالب کره فرو خواهند رفت. اگر لاغر بود مرا به این فکر نمی‌انداخت. راستی من سردم نبود اما شانه‌ها و بازوهایم را حس نمی‌کردم. گاه‌گاهی به نظرم می‌آمد که چیزی را گم کرده‌ام و دور و ور خودم دنبال کتم می‌گشتم و بعد ناگهان به یاد می‌آوردم که به من کت نداده بودند. این احساس دردناک بود. لباس‌های مرا به سربازهای خودشان داده بودند و فقط پیراهن به تن ما مانده بود، آن هم از آن چلوارهای کتان که بیمارها در چلّه‌ی تابستان می‌پوشند، کمی بعد توُم بلند شد و نفس‌زنان پهلوی من نشست.

گرم شدی؟

بر پدرش لعنت، نه فقط به نفس افتادم.

طرف ساعت هشت شب یک سرگُرد با دو نفر سرباز فاشیست وارد شد، یک صفحه کاغذ دستش بود. از پاسبان پرسید:

اسم این سه نفر چیست؟

پاسبان گفت: «اشتین‌بوُک، ابی‌یتا و میربال.»
سرگرد عینکش را گذاشت و به کاغذ خود نگاه کرد.
- اشتین‌بوُک... اشتین‌بوک... خوب شما محکوم به مرگ هستید فردا صبح تیرباران می‌شوید.
باز نگاه کرد و گفت:
- آن دو نفر دیگر هم همین‌طور.
ژوان گفت: «غیرممکن است من نیستم.»
سرگرد با تعجب به او نگاه کرد: «اسم شما چیست؟»
گفت: «ژوان میربال.»
سرگرد گفت: «اسم شما هم این‌جاست، شما محکوم هستید.»
ژوان گفت: «من که کاری نکرده‌ام.»
سرگرد شانه‌هایش را بالا انداخت و رو کرد به من و توم:
«شما از اهالی باسک هستید؟»
- ما باسک نیستیم.
با بی‌تابی گفت: «به من گفتند که سه نفر باسک هستند. من در جستجوی آن‌ها وقتم را تلف نمی‌کنم. خوب لابد شما کشیش لازم ندارید؟»
ما جواب ندادیم. او گفت: «یک دکتر بلژیکی همین الآن خواهد آمد. او اجازه دارد که شب را با شما باشد.»
سلام نظامی داد و خارج شد.
توم گفت: «به تو نگفتم کارمان تمام است.»
گفتم: «آره، اما نسبت به این جوانک رذالت کردند.»
این نکته را منصفانه گفتم ولی از این جوانک خوشم نمی‌آمد. او صورت بسیار ظریفی داشت که ترس و درد آن را مسخ کرده و قیافه‌اش را برگردانیده بود. سه روز پیش بچه‌ی تَرگُل و وَرگُل شیطان و دلربایی بود اما حالا به

ریخت کهنه و مخنثی درآمده بود و تصور می‌کردم اگر هم ولش کنند هرگز دوباره جوان نخواهد شد. بد نبود که یک خرده رحم به رخش بکشند، ولی من از رحم دلم به هم می‌خورد، تقریباً از او وحشت می‌کردم. جوانک دیگر چیزی نگفت، رنگش خاکستری شده بود. صورت و دستش هم خاکستری بود. نشست و زمین را با چشم‌های زُک زده نگاه کرد. توم دل رحیم‌بود، خواست بازویش را بگیرد ولی جوان بازویش را با خشونت عقب زد و صورتش را درهم کشید. من یواشکی گفتم: «ولش کن، می‌بینی که الآن به زنجموره می‌افتد.» توم خواهی نخواهی اطاعت کرد؛ او برای سرگرمی خودش می‌خواست به جوان دلداری بدهد تا به حال خودش فکر نکند. اما برای من فکر مرگ دشوار بود. تاحالا هیچ‌وقت به این فکر نیفتاده بودم، چون که وضعیت ایجاب نکرده بود، ولی حالا دیگر وضعیت ایجاب می‌کرد و کاری از دستم برنمی‌آمد مگر آن‌که به این فکر باشم.

توم شروع به صحبت کرد و از من پرسید: «تو کسی را کشته ای؟» من جواب ندادم. توضیح داد که از اول ماه اوت شش نفر را کشته است. توم ملتفت وضعیت نبود و من به خوبی می‌دیدم که نمی‌خواست ملتفت وضعیت باشد. من هم هنوز نمی‌توانستم به‌طور کامل به آن پی ببرم، از خودم می‌پرسیدم که آیا خیلی زجر دارد؟ به فکر گلوله‌ها بودم، فرو رفتن گلوله‌های سوزان را به تنم مجسم می‌کردم. همه‌ی این‌ها خارج از مسئله‌ی حقیقی بود، اما من آرام بودم. چون که تمام مدت شب را برای غور در این موضوع فرصت داشتم. یک لحظه بعد توم ساکت شد و من دزدکی به او نگاه می‌کردم، دیدم که او هم خاکستری شد و حالت زاری به خود گرفت، با خودم گفتم: «دارد شروع می‌شود.» تقریباً شب شده بود، نور تاری از جدار روزنه‌ها و توده‌ی زغال تراوش می‌کرد و لکه‌ی بزرگی زیرآسمان درست می‌کرد. از سوراخ سقف یک ستاره را می‌دیدم: شب سرد و هوای صافی خواهد بود.

در باز شد و دو پاسبان داخل شدند. همراه آن‌ها مرد بوری بود که لباس متحدالشکل نخودی رنگ دربرداشت. به ما سلام داد و گفت: «من دکترم و اجازه دارم که در چنین موقع دشواری به شما کمک کنم.»
صدای او خوشایند و ممتاز بود. من به او گفتم: «شما این‌جا آمده اید چه بکنید؟»
- خودم را در اختیار شما بگذارم و برای این‌که از بار سنگین این چند ساعت شما بکاهم هرچه از دستم برمی‌آید مضایقه نخواهم کرد.
- برای چه پیش ما آمده اید کسان دیگر هم هستند، بیمارستان پراست.
به طرز مبهمی جواب داد: «مرا این‌جا فرستاده‌اند.» به عجله موضوع را عوض کرد و گفت: «آه شما می‌خواهید سیگار بکشید، هان؟ من سیگارت و سیگار برگی هم دارم.»
به ما سیگارت انگلیسی و سیگارت اسپانیولی تعارف کرد، ولی ما رد کردیم. من توی چشم‌هایش نگاه کردم مثل این‌که خجالت کشید. به او گفتم: «شما از راه مهربانی این‌جا نیامده‌اید. گذشته ازاین من شما را می‌شناسم. همان روزی که مرا گرفتند شما را با فاشیست‌ها در حیاط سربازخانه دیدم.»
می‌خواستم باز هم بگویم، اما یک مرتبه تغییری در من حاصل شد که به تعجب افتادم. یعنی ناگهان به حضور این دکتر بی‌علاقه شدم. معمولاً وقتی که به کسی تسلّط پیدا کردم ولش نمی‌کنم. معهذا میل حرف زدن از من ساقط شد، شانه‌هایم را بالا انداختم و نگاهم را برگردانیدم. کمی بعد سرم را بلند کردم دیدم به طرز کنجکاوانه‌ای به من نگاه می‌کند. پاسبان روی یکی از کیسه‌های کاه نشسته بود. پدروُی لنگ دراز لاغر شست‌هایش را دور هم می‌گردانید، دیگری سرش را هی تکان می‌داد که خوابش نبرد.
ناگهان پدروُ به دکتر گفت: «چراغ می‌خواهید؟» او با سرش اشاره کرد که: «بله» گمان می‌کنم که پدروُ تقریباً به قدر یک کنده‌ی درخت باهوش بود،

اما البته آدم بدجنسی نبود. چشمان آبی و سردش نشان می‌داد که از بی‌شعوری معصیت می‌کند. پدروُ خارج شد و با یک چراغ نفتی برگشت و آن را گوشه‌ی نیمکت گذاشت. روشنایی چراغ ضعیف بود، اما بودنش بهتر بود. شب پیش ما را توی تاریکی گذاشتند. مدتی به روشنایی گردی که چراغ به سقف انداخته بود نگاه کردم. خیره شده بودم. بعد همین‌که ناگهان به خودم آمدم روشنایی مدوّر محو شد و حس کردم که زیر بار سنگینی خرد شده‌ام. این احساس از فکر مرگ یا از ترس نبود. مبهم بود. گونه‌هایم می‌سوخت. کاسه‌ی سرم درد می‌کرد.

خودم را تکان دادم و دو رفیقم را نگاه کردم. توم سرش را میان دو دست گرفته بود. گردن چاق و سفیدش را می‌دیدم. ژوان کوچک حالش بدتر شده بود، دهنش باز بود و پره‌های دماغش می‌لرزید. دکتر نزدیک او رفت و با حالت دلداری دهنده دستش را روی شانه‌ی او گذاشت. ولی چشم‌هایش سرد بود. بعد دیدم که دست بلژیکی که به چالاکی روی بازوی ژوان تا مچ او لغزید. ژوان با بی‌میلی مقاومتی نشان نداد بلژیکی گیج مانند مچ او را بین سه انگشتش گرفت. در همین وقت کمی به عقب رفت و پشتش را به من گردانید. اما من به عقب خم شدم و دیدم که ساعتش را بیرون آورد و لحظه‌ای همان‌طور که دست او را نگاه داشته بود به ساعت نگاه کرد. سپس دست بی‌حس او را ول کرد و رفت به دیوار تکیه داد. بعد گویا یاد چیز مهمی افتاد که باید فوراً یادداشت بکند، کتابچه‌ای از جیبش درآورد و چند خط نوشت. من در حالی که از جا در رفته بودم فکر کردم: «کثافت مآب! اگر بیاید نبض مرا بگیرد مشتم را توی پوزه‌ی منحوسش خواهم زد.»

او نیامد اما حس کردم که به من نگاه می‌کند. من هم سرم را بلند کردم و به او نگاه کردم. او با صدای بی‌شخصیتی به من گفت: «شما حس نمی‌کنید که این‌جا آدم لرزش می‌گیرد؟»

به نظر می‌آمد که سردش است، رنگش کبود شده بود. در جوابش گفتم: «من که سردم نیست.»

او دایماً با نگاه سختی به من می‌نگریست. ناگهان ملتفت شدم. دستم را به صورتم مالیدم دیدم غرق عرق شده‌ام. در این سردابه، چله‌ی زمستان، در میان جریان هوا، عرق می‌ریختم. دستم را در موی سرم که از عرق به هم چسبیده بود فرو بردم. همچنین ملتفت شدم که پیرهنم ترَوُ به تنم چسبیده است. اقلاً یک ساعت بود که عرق می‌ریختم و هیچ حس نمی‌کردم. اما از نظر این خوک بلژیکی مخفی نبود. روی گونه‌هایم چکّه‌های عرق را دیده بود و فکر می‌کرد که: این بروز حالت وحشت تقریباً یک جور حالت مرضی است؛ و خودش را سالم حس می‌کرد و به خود می‌بالید که سردش است. خواستم بلند بشوم و بروم دَک وُ پوزش را خرد بکنم ولی تا حرکتی کردم خجالت و خشم من فروکش کرد و با بی‌میلی روی نیمکت افتادم.

خودم را راضی کردم که با دستمال گردنم را مشت و مال بدهم چون حس می‌کردم که عرق از موی سرم روی گردنم می‌ریخت و اذیتم می‌کرد. اما به زودی از مشت‌وُمال دادن گردنم منصرف شدم، چون بی‌نتیجه بود. دستمالم خیس عرق شده بود و همین‌طور عرق می‌ریختم. ران‌هایم عرق کرده بود و شلوار تَرَم به نیمکت چسبیده بود.

یک مرتبه ژوان کوچک گفت: «شما دکتر هستید؟»

بلژیکی جواب داد: «بله.»

- آدم زجر هم می‌کشد، خیلی زجر می‌کشد؟

بلژیکی با لحن پدرانه گفت: «اوه! کی...؟ نه، زود تمام می‌شود.»

مثل این‌که به بیماری که به او پول داده دلداری می‌دهد: «اما من شنیده‌ام... اغلب دو مرتبه شلیک می‌کنند.»

بلژیکی سرش را تکان داد و گفت: «گاهی، چون ممکن است شلیک اول به اعضای رییسه حیاتی اصابت نکند.»

- پس باید تفنگشان را دوباره پر کنند و دوباره نشان بروند؟» پس از تأمل باصدای دورگه‌ای گفت: «این‌که خیلی طول می‌کشد!»

ترس وحشتناکی از زجرکشیدن داشت و مقتضای سن همه‌ی حواسش متوجه همین بود. من چندان به این فکر نبودم و از ترس زجرکشیدن نبود که عرق کرده بودم.

بلندشدم و به طرف تل خاکه زغال رفتم. توُم چرتش پاره شد و نگاه زهرآلودی به من انداخت. چون کفش‌هایم صدا می‌کرد عصبانی می‌شد. از خودم می‌پرسیدم آیا صورت من هم مثل صورت او خاکستری است یا نه، دیدم که او هم عرق می‌ریزد. آسمان باشکوه بود، هیچ روشنایی در این کنج تاریک نفوذ نمی‌کرد و کافی بود که سرم را بلند کنم تا دُبّ اکبر را ببینم ولی با سابق خیلی فرق داشت: شب پیش از زندانم در سرای آرشوک، می‌توانستم یک تکه‌ی بزرگ آسمان را ببینم و دیدن آن در هر ساعت روز برایم یک جور خیال تولید می‌کرد. صبح وقتی که آسمان به رنگ آبی سخت و سبکی بود، به یاد پلاژهای ساحل اقیانوس اطلس افتادم، ظهر خورشید را می‌دیدم و یاد پیاله‌فروشی شهر سِویل افتادم که در آن‌جا مشروب مانزانیلا می‌نوشیدم و ماهی آنشوا با زیتون می‌خوردم، بعدازظهر در سایه واقع شده بودم و به فکر سایه‌ی عمیقی افتادم که روی نیمه‌ی میدان‌های مسابقه می‌افتد در حالی نصف دیگرش جلو خورشید می‌درخشد: درحقیقت احساس دردناکی است که آدم ببیند تمام زمین به آسمان منعکس می‌شود. اما حالا می‌توانستم تا دلم می‌خواست به هوا نگاه بکنم، آسمان هیچ چیزی به خاطرم

نمی‌آورد من این حالت را بیشتر دوست داشتم، رفتم پیش توُم نشستم. مدتی طول کشید.

توُم با صدای خفه‌ای شروع به صحبت کرد. اگر او دائماً وراجی نمی‌کرد، نمی‌توانست فکرخودش را جمع بکند. گمان می‌کنم با من حرف می‌زد اما به من نگاه نمی‌کرد. بی‌شک می‌ترسید که رنگ خاکستری و عرق مرا ببیند، ما برای همدیگر شبیه آینه و بلکه بدتر از آن هم شده بودیم. او مرد بلژیکی زنده را تماشا می‌کرد و می‌گفت: «تو چیزی سرت می‌شود؟ من که عقلم به جایی نمی‌رسد.»

من هم در حالی که به بلژیکی نگاه می‌کردم شروع به صحبت کردم:

- چه چیز را؟ چه شده است؟

- برای ما اتفاقی می‌افتد که من نمی‌توانم بفهمم.

بوی عجیبی دور توُم را احاطه کرده بود. به نظرم آمد که بیش از معمول به بو حساس شده بودم. من زهرخندی زدم:

- به زودی خواهی فهمید.

با سماجت گفت: «واضح نیست، من می‌خواهم به خودم قوّتِ قلب بدهم. اما اقلاً باید بدانم... گوش کن، ما را درحیاط خواهند برد، خوب. اشخاصی جلو ما صف می‌کشند. خیال می‌کنی چند نفر باشند؟»

- من نمی‌دانم، از پنج تا هشت نفر بیشتر نیستند.

- خوب. آن‌ها هشت نفرند. به آن‌ها می‌گویند «آتش!» و من هشت لوله‌ی تفنگ را می‌بینم که رو به من گرفته شده. گمان می‌کنم می‌خواهم در دیوار فرو بروم، با تمام قوا به دیوار فشار خواهیم آورد و دیوار مقاومت خواهد کرد. درست مثل کابوس. همه‌ی این‌ها را می‌توانم تصور بکنم.آه! کاش تو می‌دانستی چطور می‌توانم این‌ها را مجسم بکنم.

من گفتم: «ولش! من هم تصورش را می‌کنم.»

از روی بدجنسی گفت: «آدم را سگ کُش می‌کنند. می‌دانی که به چشم‌هـا و دهن نشانه می‌روند تا آدم را از ریخت بیندازند. من از حالا زخم‌ها را حـس می‌کنم؛ یک ساعت است که سر و گردنم تیر می‌کشد. درد حقیقی نیست، بدتر از آن است. دردهایی است که فردا صبح حس خواهم کرد. اما بعد؟» من خوب می‌فهمیدم چه می‌خواهد بگوید اما به روی خودم نمی‌آوردم ولـی راجع به دردها، من نیز در بدنم یک مشت داغ زخم داشتم، کاری از دسـتم ساخته نبود، من هم مثل او بودم اما اهمیتی نمی‌دادم. با خشونت جواب دادم: «بعد خاک خورد می‌شوی».

او با خودش شروع به صحبت کرد، در حالی که چشمش را به بلژیکی دوخته بود. به نظر نمی‌آمد کـه بلژیکـی بـه حـرف‌هـای مـا گـوش بدهـد. مـن نمی‌دانستم برای چه آمده است! او به افکار ما وقعی نمی‌گذاشت! آمده بود که جسم ما را تماشا بکند، تن‌هایی که زنده و در حال جان کندن بودند.

توُم می‌گفت: «مثل کابوس است، آدم می‌خواهد به چیزی فکـر بکنـد. آدم دائماً حس می‌کند که دست‌آویزی پیدا شد، مفهومی به دسـت آمـد بعـد فرار می‌کند و دوباره می‌افتد. به خودم می‌گویم، بعد دیگر خبری نیست. اما نمی‌فهمم که چه معنی می‌دهد. گاهی تقریباً مـی‌خـواهم درک کـنم. و بعـد دوباره می‌افتد، باز به فکر دردها و گلوله‌ها و انفجار می‌افتم. من به تو قـول می‌دهم که پیرو فلسفه‌ی مادی هستم. دیوانه نشده‌ام اما مثل این‌کـه جـور در نمی‌آید. جسد خودم را می‌بینم. البته چنـدان دشـوار نیسـت ولـی مـن هستم که با چشم‌هایم آن را می‌بینم. باید فکرم را جمع بکنم... فکر کـنم کـه هیچ چیز را نخواهم دید، و نخواهم شنید و زندگی برای دیگران ادامـه پیـدا خواهد کرد. آدم طوری ساخته نشده که این‌طور فکر بکند این‌طور نیسـت پابلو؟ باور کن. سابق برایم اتفاق افتاده که تمـام شـب را در انتظـار چیـزی

بیدار باشم. اما پابلو این چیز دیگری است. این از عقب یخه آدم را می‌گیرد و نمی‌شود قبلاً پیش بینی آن را کرد.

گفتم :«درمشکت را بگذار، می‌خواهی کشیشی برایت صدا بزنم که اعتـراف بکنی؟»

جواب نداد. قبلاً متوجه شده بودم که با لحـن پیغمبـری مـرا پـابلو خطـاب می‌کرد و صدایش بی‌طرفانه بود. من این حرکات را چندان دوست نداشتم، اما به نظر می‌آمد که همه‌ی ایرلندی‌ها این‌طور هستند، به‌طور مبهمی بوی شاش می‌داد. در واقع حس همدردی زیادی برای تُوم نداشتم و هیچ علتـی نداشت که چون باهم می‌مُردیم با هم اُنس داشته باشیم. کسانی بودند که اگر باآن‌ها بودم البتّه وضعیت فرق می‌کرد. مثلاً رامُون گری، ولـی خـودم را بین تُوم و ژوان یکه و تنها حس می‌کردم. از این پیش‌آمد هم خشنود بـودم: شاید اگر با رامون بودم دلم می‌سوخت. اما در این لحظه بـه طـرز غریبـی سنگدل بودم و می‌خواستم سنگدل بمانم.

تُوم کلماتی را جویده جویده از روی حواس‌پرتی می‌گفت. قطعاً برای این‌کـه فکر نکند حرف می‌زد و مانند کسانی که ناخوشی کهنه‌ی سلس‌البول دارنـد بوی تند شاش می‌داد. طبیعی است که بـا او هـم عقیـده بـودم، آن‌چـه او می‌گفت من هم می‌توانستم بگویم. مرگ طبیعی نبود و از هنگامی که محکوم به مرگ شده بودم، هیچ‌چیز به نظرم طبیعی نمی‌آمد: نه توده‌ی زغال، نـه نیمکت و نه پک و پوز شوم پدروُ. چیزی که توی ذوقم می‌زد این بود که بـه همان چیزها که تُوم فکر می‌کرد من هم فکر می‌کردم و خوب می‌دانستم که تمام مدت شب را با اختلاف پنج دقیقه در حالی که به یک چیـز واحـد فکـر می‌کنیم و با هم عرق می‌ریزیم و می‌لرزیم ادامه خواهیم داد. من دزدکی به او نگاه می‌کردم و برای اولین بار به نظرم غریب آمد. مرگ او در قیافه‌اش خوانده می‌شد. به حیثیتم برخورد: بیست و چهارساعت بود که در جوار تُوم

به سربرده بودم، به حرف‌های او گوش کرده بودم، با او حرف زده بودم و می‌دانستم که هیچ وجه مشترکی بین ما نبود. و حالا مثل دو برادر دوقلو شبیه یکدیگر بودیم، فقط به علت این‌که با هم می‌ترکیدیم. توُم بی‌آن‌که به من نگاه کند دستم را گرفت.

– پابلو من از خودم می‌پرسم... از خودم می‌پرسم آیا راست است که آدم نیست و نابود می‌شود؟

من دستم را بیرون کشیدم و گفتم: «کثافت‌مآب، میان پایت را نگاه کن ».

به قدر یک حوضچه آب بین پاهایش بود و قطره‌ها از شلوارش می‌چکید.

به حال وحشت‌زده گفت: «این چیست؟»

گفتم: «تو شلوارت شاشیدی.»

از جا در رفت و گفت: «راست نیست، من نمی‌شاشم، من چیزی حس نمی‌کنم.»

بلژیکی نزدیک شد و با لحن دلداری دهنده‌ی ساختگی پرسید :«آیا حال شما خوش نیست؟»

توُم جواب نداد. بلژیکی آب را نگاه کرد و چیزی نگفت.

توُم با لحن رمیده‌ای گفت: «من نمی‌دانم این چیست، اما نمی‌ترسم، به شما قول می‌دهم که نمی‌ترسم.»

بلژیکی جواب نداد. توُم پا شد رفت یک گوشه‌ای شاشید؛ برگشت در حالی که دگمه شلوارش را می‌انداخت، دوباره نشست و ساکت شد. بلژیکی یادداشت برمی داشت.

ما به او نگاه می‌کردیم، ژوان کوچک هم به او نگاه می‌کرد. هرسه به او نگاه می‌کردیم چون که زنده بود. حرکات یک نفر زنده را داشت، قیود یک نفر زنده را داشت؛ او در این سردابه می‌لرزید همان‌طور که زنده‌ها باید بلرزند. او یک جسم مطیع و فربه داشت. ماها جسم خودمان را حس

نمی‌کردیم. یا اقلاً به طرز او حس نمی‌کردیم. من می‌خواستم شلوارم، میان پایم را دستمالی کنم ولی جرأت نمی‌کردم، به بلژیکی نگاه می‌کردم که روی پاهای خمیده‌اش ایستاده و بر عضلات خودش مسلّط بود و می‌توانست به فکر فردا باشد. ماها آن‌جا مثل سه سایه‌ی بی‌خون به او نگاه می‌کردیم و مانند غول زندگیش را می‌مکیدیم.

بالاخره نزدیک ژوان کوچک رفت. شاید به قصد تحقیق فنی و یا برای دلسوزی خواست گردنش را لمس کند. اگر از راه ترحم بود اولین بار بود که در تمام شب چنین تظاهری می‌کرد. سرو گردن ژوان کوچک را نوازش کرد. ژوان در حالی که به او نگاه می‌کرد مقاومتی از خود نشان نداد، بعد ناگهان دستش را گرفت و به طرز غریبی نگاه کرد. دست بلژیکی را بین دو دستش گرفته بود و این دو انبر خاکستری که این دست تپلی سرخ را فشار می‌داد منظره‌ی دلپسندی نداشت. من در باره‌ی پیش‌آمدی که می‌خواست رخ بدهد مشکوک بودم و توُم هم مشکوک بود. ولی بلژیکی این حرکت را ناشی از التهاب درونی او تلقی می‌کرد و به طرز پدرانه‌ای لبخند می‌زد. لحظه‌ای بعد ژوان کوچک پنجول تپلی و قرمز را به طرف دهنش برد و خواست گاز بگیرد. بلژیکی دستش را به تندی کشید و افتان و خیزان رفت به دیوار یله داد. یک ثانیه به حالت وحشت‌زده به ما نگاه کرد، ناگهان پی برد که ما آدم‌هایی مثل او نیستیم. من شروع به خنده کردم، یکی از پاسبانان چُرتش پاره شد. دیگری که خوابیده بود چشم‌هایش باز و سفیدی آن پیدا بود.

من هم خسته و هم در هیجان بودم. و نمی‌خواستم دیگر به پیش‌آمدهای سحرگاه و مرگ فکر بکنم. فقط به کلمات و یا به خلاء برمی‌خوردم و ارتباطی در فکرم پیدا نمی‌شد. اما همین که می‌خواستم به چیزدیگری فکر بکنم لوله‌های تفنگ به طرف من دراز می‌شد. شاید بیست مرتبه پِی‌دَرپِی

مراسم اعدام خودم را برگزار کردم و نیز یک دفعه گمان کردم که به‌طور قطع این پیش‌آمد انجام گرفته و یک ثانیه خوابم برد. آن‌ها مرا به طرف دیوار می‌کشاندند؛ من تقلا می‌کردم و پوزش می‌خواستم. از خواب پریدم و به بلژیکی نگاه کردم. می‌ترسیدم که در خواب فریادی کرده باشم. اما او سبیلش را تاب می‌داد، چیزی دستگیرش نشده بود. اگر می‌خواستم گمان می‌کنم که می‌توانستم یک لحظه بخوابم. چهل‌وُهشت ساعت می‌گذشت که بیدار بودم و به جان آمده بودم. ولی نمی‌خواستم دو ساعت زندگی را از دست بدهم. آن‌ها سحر مرا بیدار می‌کردند، من گیج خواب دنبالشان می‌افتادم، و بی‌آن‌که فرصت «اوف» گفتن داشته باشم جیغ و داد می‌کردم؛ من این را نمی‌پسندیدم. نمی‌خواستم مثل یک حیوان بمیرم، می‌خواستم هوشم سر جا باشد. به علاوه از کابوس هم می‌ترسیدم. بلند شدم به درازی و پهنا راه افتادم و برای این‌که فکرم را عوض بکنم در باره‌ی وقایع زندگی گذشته‌ام فکر کردم. یک مشت یادگارهای درهم‌وُبرهم جلو چشمم مجسم شد. یادگارهای خوب و بد باهم بودند — و یا بیشتر عادت داشتم که آن‌ها را این‌طور بنامم، قیافه‌ها و پیش آمدها در آن بود. قیافه‌ی جوانی به یادم آمد که در روز جشن در شهر والانس در میدان مسابقه‌ی جنگ گاو شکمش پاره شد. قیافه‌ی یکی از عموهایم و قیافه‌ی رامون گری را به خاطر آوردم. پیش‌آمدهایی به یادم آمد که چطور در ۱۹۲۶ سه ماه بیکاری کشیدم و نزدیک بود که از گرسنگی بمیرم. یاد شبی افتادم که در شهر «گرناد» روی یک نیمکت گذرانیدم. سه روز بود که چیزی نخورده بودم، خشمناک بودم، نمی‌خواستم که بمیرم. ازاین موضوع لبخند زدم. باچه پشتکاری دنبال خوشبختی می‌دویدم، دنبال زن‌ها و دنبال آزادی می‌دویدم. برای چه بود؟ می‌خواستم اسپانی را نجات بدهم، پئی مارگال را ستایش می‌کردم، داخل

جنبش شورشیان شده بودم و در محافل عمومی نطق کرده بـودم، همـه‌ی این قضایا را جدی گرفته بودم. مثل این‌که زنده‌ی جاوید خواهم بود.

در این لحظه حس کردم که همه‌ی زندگیم را جلو خـود مـی‌دیـدم و فکر می‌کردم «چه دروغ پستی!» زندگیم هیچ ارزشی نداشت چون که تمام شده بود. از خودم پرسیدم چطور من توانسته‌ام که با فاحشه‌ها گـردش بکـنم و مسخره‌بازی در بیاورم: اگر بو برده بودم که این‌جور خـواهم مُـرد، هرگـز انگشت کوچکه‌ی خودم را هم تکان نمی‌دادم. زنـدگیم مسـدود و دربسـت مثل یک کیسه جلوم افتاده بود ولی محتوی کیسه نـاقص بـود. یـک لحظـه کوشش کردم که در باره‌ی آن حکمی بکنم. مـی‌خواسـتم بـا خـودم بگـویم: زندگی خوشی است اما نمی‌شد در باره‌ی زندگی من حکم کرد چـون فقـط طرحی بود؛ من وقتم را صرف کرده بودم که از محل حسـاب ابـدیت چـک بکشم. هیچ چیز نفهمیده بودم. تأسفی هم نداشتم. در بـاره‌ی خیلـی چیزهـا می‌توانستم تأسف بخورم مثل مزه‌ی مشروب مانزانیلا یا آب‌تنی‌هایی که در تابستان در یک برکه‌ی کوچک نزدیک قادسیه می‌کردم. اما مـرگ همـه‌ی کیف و لذت آن‌ها را از بین برده بود.

بلژیکی ناگهان فکر بکری به نظرش رسید و گفت: «رفقا - با قید احتیـاط در صورتی که اداره نظام موافقت بکند - من می‌توانم اگر پیغامی داشته باشید به دوستانتان برسانم.»

توُم لندلند کرد که: «کسی را ندارم».

من جوابی ندادم. توُم کمی تأمل کرد بعد با کنجکاوی بـه مـن نگـاه کـرد و گفت:

تو هیچ پیغامی برای کنشا نداری؟

نه.

من از این‌گونه دلجویی‌های محبت‌آمیز بیزار بودم: تقصیر خودم بود، شب پیش راجع به کنشا با او حرف زده بودم. بایستی جلو دهنم را می‌گرفتم. یک سالی می‌گذشت که با این زن بودم. دیروز شاید حاضر بودم که یک بازویم را با تبر بزنند برای این‌که پنج دقیقه او را ببینم. به این علت حرف زده بودم. دست خودم نبود.

حالا هیچ مایل نبودم که او را ببینم، حرفی نداشتم به او بگویم و هیچ دلم نمی‌خواست که او را درآغوش بفشارم. من از تن خودم می‌ترسیدم چون‌که خاکستری شده بود و عرق می‌ریخت. مطمئن نبودم که از تن او وحشت نخواهم کرد.

شاید از خبر مرگ من کنشا به گریه می‌افتاد و ماه‌ها از زندگیش بیزار می‌شد. ولی با وجود همه‌ی این‌ها من بودم که می‌مُردم به یاد چشم‌های قشنگ گیرنده‌اش افتادم. وقتی که به من نگاه می‌کرد چیزی از او به من سرایت می‌کرد. اما فکر می‌کردم که این موضوع هم خاتمه یافته و اگر حالا او به من می‌نگریست نگاهش در چشم خودش می‌ماند و به من تأثیری نداشت. من تنها بودم.

توُم نیز تنها بود، اما نه این جور. چمباتمه نشسته بود و نیمکت را با لبخند مرموزی نگاه می‌کرد. حالت بهت‌زده داشت. دستش را جلو آورد و با احتیاط چوب را لمس کرد، مثل این‌که می‌ترسید مبادا چیزی را بشکند، بعد دستش را به تندی عقب کشید و لرزید. اگر من به جای توُم بودم از لمس کردن نیمکت تفریح نمی‌کردم، این‌ها هم یک‌جور کُمِدی ایرلندی بود؛ اما برای من هم اشیاء حالت عجیبی داشتند. آن‌ها بیشتر به نظرم محو جلوه می‌کردند، مثل این‌که ثقل خود را از دست داده بودند. از دیدن نیمکت و چراغ و توده‌ی خاکه زغال کافی بود حس بکنم که عنقریب خواهم مرد. طبیعی است که نمی‌توانستم آشکارا به مرگ خودم فکر بکنم اما همه جا جلو

چشمم بود، آن‌جور که اشیاء عقب رفته و محرمانه فاصله گرفته بودند مرگم را روی آن‌ها می‌دیدم مثل اشخاصی که سر بالین محتضر آهسته صحبت می‌کنند. توُم مرگ خودش را روی نیمکت لمس کرده بود.
در وضعی که بودم، اگر می‌آمدند و به من می‌گفتند که می‌توانم دل راحت به خانه بروم و زندگیم مصون خواهد بود، این‌هم از خونسردی من نمی‌کاست. وقتی که آدم خیال موهوم ابدیّت را از دست داده چند ساعت و یا چند سال انتظار فرقی نمی‌کند. من به هیچ چیز علاقه نداشتم از طرفی نیز آرام بودم. اما این آرامش موحشی بود، به علت جسم: با چشم‌های تن می‌دیدم و با گوش‌هایش می‌شنیدم اما آن جسم دیگر من نبودم. جسمم به تنهایی عرق می‌ریخت و می‌لرزید و من آن را نمی‌شناختم. من مجبور بودم آن را لمس بکنم و نگاه بکنم برای این‌که از حال آن خبردار باشم، مثل این‌که تن دیگری بود. گاهگاهی هنوز آن را حس می‌کردم، احساس لغزیدن می‌کردم، نزول و سقوط ناگهانی در آن رخ می‌داد، مثل وقتی که آدم در هواپیماست و هواپیما کله می‌کند یا گاهی تپش قلبم را حس می‌کردم.
اما این هم به من دلگرمی نمی‌داد. آن‌چه از بدنم حس می‌کردم کثیف و مورد شک بود. اغلب اوقات، تنم ساکت و آرام بود، به غیر از یک نوع قوه‌ی ثقل و وجود پلیدی که با من در کشمکش بود چیز دیگری حس نمی‌کردم، احساس می‌نمودم که حشره موذی بزرگی را به من بسته‌اند. گاهی شلوارم را دستمالی می‌کردم و حس می‌کردم که تر است، نمی‌دانستم که از عرق یا از شاش تر شده بود، آن‌وقت از روی احتیاط می‌رفتم و روی توده‌ی خاکه زغال می‌شاشیدم.
مرد بلژیکی ساعتش را در آورد، نگاه کرد و گفت: «سه ساعت و نیم بعد از نصف شب است.»

کثافت‌مآب! شاید هم عمداً این کار را کرد. توُم به هوا جست. ما ملتفت گذشتن زمان نبودیم؛ شب مانند یک توده‌ی بی‌شکل و تاریک ما را احاطه کرده بود؛ من ابتدای آن یادم نمی‌آمد.

ژوان کوچک داد و فریاد راه‌انداخت. دست‌هایش را به هم فشار می‌داد و گریه و زاری می‌کرد.

– من نمی‌خواهم بمیرم، من نمی‌خواهم بمیرم.

به طول سردابه دوید و دستهایش را درهوا بلند کرده بود. بعد روی یک کیسه‌ی کاه افتاده و هق هق گریه می‌کرد. توم با چشم‌های بی‌نوری به او نگاه می‌کرد و میل نداشت او را دلداری بدهد. عملاً به زحمتش هم نمی‌ارزید: ژوان کوچک بیش از ما سروُصدا راه‌انداخته بود، در او کمتر تأثیر می‌کرد. او مثل ناخوشی بود که به وسیله‌ی تب از ناخوشی دفاع می‌کند. اما وقتی که تب هم وجود ندارد بسیار سخت‌تر است.

او گریه می‌کرد. من به خوبی می‌دیدم که برای خودش احساس ترحم داشت و به فکر مرگ نبود، یک ثانیه، فقط یک ثانیه من هم گریه‌ام گرفت، برای این‌که از روی ترحّم به حال خودم گریه بکنم، ولی برخلاف آن اتفاق افتاد؛ نگاهی به ژوان کوچک کردم. شانه‌های لاغرش را در حال گریه دیدم و خودم را بی‌رحم حس کردم، من نه می‌توانستم نسبت به دیگران رحیم باشم و نه نسبت به خودم. گفتم :من می‌خواهم صاف و ساده بمیرم.

توُم بلند شد، زیر سوراخ گرد رفت و روشنایی روز را جستجو کرد. من سرم به سنگ خورده بود، می‌خواستم صاف و ساده بمیرم و فقط به این فکر بودم. اما بعد از این‌که دکتر ساعت را به ما گفت زمان قطره قطره می‌چکید و می‌گذشت.

هنوز هوا تاریک بود که صدای توُم را شنیدم: «آره تو می‌شنوی!»

در حیاط صدای پا می‌آمد.

- آیا چه کار دارند؟ توی تاریکی که نمی‌توانند شلیک کنند. لحظه‌ای بعـد دیگر صدایی نشنیدیم. من به توُم گفتم: «صبح شد.»

پدروُ در حال خمیازه بلند شد و چراغ را فـوت کـرد و بـه رفیقش گفت: «سرمای بی‌حیایی است؟»

سردابه به رنگ خاکستری درآمده بود. صدای شلیکی از دور بـه گـوش می‌رسید.

به توُم گفتم: «شروع شد، توی حیاط پشتی این کار را می‌کنند.»

توُم از دکتـر یـک سیگارت خواسـت. مـن لازم نداشـتم؛ مـن نـه سیگار می‌خواستم و نه الکل. ازاین دقیقه به بعد پی‌درپی شلیک می‌کردند.

توُم گفت: «ملتفت هستی؟»

خواست چیز دیگری بگوید ولی ساکت شد و به در نگاه می‌کرد. در باز شـد و یـک ستوان با چهار سرباز وارد شدند. توم سیگارش را انداخت.

- اشتین‌بوُک!

توُم جواب نداد. پدروُ او را نشان داد.

- ژوان میربال؟

- همان است که روی کیسه‌ی کاه افتاده.

ستوان گفت: «بلند شو!»

ژوان تکان نخورد. دو سرباز زیربغلش را گرفتند و روی پا ایسـتاد. امـا بـه محض این‌که ولش کردند دوباره افتاد.

سربازان مردّد ماندند.

ستوان گفت: «این اولین کسی نیست که حالش به هم خورده شما دو تا او را ببرید؛ آن‌جا کارش اصلاح می‌شود.»

به طرف توُم برگشت و گفت: «با من بیایید.»

توُم بین دو سرباز بیرون رفت. دو سرباز دیگر که زیربغل و پشت زانوی ژوان کوچک را گرفته بودند، دنبال آن‌ها بیرون رفتند. او بیهوش نشده بود چشم‌هایش رک زده باز بود و اشک از روی گونه‌هایش می‌ریخت. من که خواستم خارج بشوم ستوان جلوم را گرفت و گفت: «شما ابی‌یتا هستید؟»

- بله.

- همین جا باشید الساعه به سراغ شما خواهند آمد.

آن‌ها بیرون رفتند، بلژیکی و دو زندانبان خارج شدند. من تنها ماندم و نمی‌دانستم چه به سرم خواهد آمد اما آرزو داشتم که هرچه زودتر کارم را یکسره کنند. درفاصله‌های معین صدای شلیک را می‌شنیدم و به هر شلیکی از جا می‌جستم. می‌خواستم زوزه بکشم و موهایم را بکنم. اما دندان‌هایم را به هم می‌فشردم و دست‌هایم را در جیب‌هایم فرو کرده بودم و می‌خواستم که دست از پا خطا نکنم.

یک ساعت بعد دنبالم آمدند و به طبقه‌ی اول در اطاق کوچکی که بوی سیگار می‌داد و از حرارتش نفسم تنگ شد مرا راهنمایی کردند. آن جا دو سروان بودند که در صندلی راحتی نشسته سیگار می‌کشیدند و کاغذهایی روی زانویشان بود.

- اسمت ابی یتا است؟

- بله.

- رامُون گری کجاست؟

- من نمی‌دانم.

کسی که از من استنطاق می‌کرد کوتاه و خپله بود. از پشت عینک نگاه سختی داشت. به من گفت:

- نزدیک شو.

نزدیک رفتم. بلند شد بازویم را گرفت و طوری به من نگـاه مـی‌کـرد کـه می‌خواستم به زمین فرو بروم. در عین حال عضله‌ی بازویم را باتمام قـوایش نیشگان می‌گرفت. این کار از لحاظ این نبود که به من شکنجه بدهد فقـط فوت کاسه‌گری بود، می‌خواست به من مسلط بشود و نیز لازم می‌دانسـت که نفس گندیده‌ی خودش را به صورت من بفرستد. لحظه‌ای طول کشید اما این کار مرا بیشتر به خنده انداخت. باید حقه‌ی مهمتری به کـار بـرد تـا بتوان کسـی را کـه بـه زودی خواهـد مُـرد ترسـاند. این دوز و کلـک‌هـا نمی‌گرفت. مرا به سختی هل داد و دوباره نشست و گفت:

- زندگی تو گرو اوست. اگر گفتی کجاست جانت را در می‌بری.

این دو نفر با وجود تزئینات براق و تازیانه و چکمه باز آدم‌هایی بودنـد کـه می‌مُردند کمی بعد از من امّا نه خیلی بعد از من. مشغول بودند که اسم‌هایی که در کاغذپاره‌هایشان پیدا کنند و آدم‌های دیگری را تعقیب مـی‌کردنـد برای این‌که آن‌ها را به زندان بیندازند و یا اعدام کنند؟ آن‌ها عقایدی راجـع به آینده‌ی اسپانی و موضوع‌های دیگر داشتند فعالیت‌های کوچک آن‌ها توی ذوق می‌زد و به نظرم خنده‌دار بود. من نمی‌توانستم خـودم را جـای آن‌هـا بگذارم و آن‌ها به نظرم دیوانه می‌آمدند.

آدم کوتاه خپله دائماً به من نگاه می‌کرد و با تازیانـه بـه چکمـه‌اش مـی‌زد. همه‌ی این حرکات را قبلاً مطالعه کرده بود برای این‌کـه بـه او حالـت یـک جانور سرزنده و درنده بدهد.

- خوب فهمیدی؟ آیا فهمیدی؟

جواب دادم: «نمی‌دانم که گری کجاسـت. گمـان مـی‌کـنم کـه در مادریـد است.»

سروان دیگر دست رنگ‌پریده‌ی خود را از روی بی‌قیدی بلنــد کــرد. ایـن بی‌قیدی هم از روی عَمد بود. من همه‌ی ریزه‌کاری‌هــای کوچــک آن‌هــا را می‌دیدم و تعجب می‌کردم که آدم‌هایی با این چیزها تفریح می‌کنند.

آهسته گفت: «به شما یک ربع ساعت برای تفکر وقـت مـی‌دهـم. او را بـه رخت‌دارخانه ببرید و بعد از یک ربع ساعت بیاورید. اگر باز هم انکـار کـرد فوراً او را اعدام خواهند کرد.» آن‌ها حساب دستشان بود. تمام شب را مـن در انتظار گذرانیده بودم؛ یک ساعت دیگر هم بعد از این‌که تـوُم و ژوان را تیرباران کردند مرا در سردابه چشم به راه گذاشـتند و حـالا هـم مـرا در رخت‌دارخانه حبس می‌کردند.

شاید نقشه‌ی خودشان را از دیروز کشیده بودند. به خودشان می‌گفتند کـه طول مدت اعصاب را خرد می‌کند و امیدوار بودند که به این وسیله از مـن حرف در بیاورند.

آن‌ها گول خورده بودند. در رخت‌دارخانه من روی یـک چهارپایه نشسـتم، چون که احساس ضعف شدیدی کردم و به فکر فرورفتم اما راجع به پیشنهاد آن‌ها فکر نمی‌کردم طبیعی است که از مکـان گـری بـاخبر بـودم. او پیش پسـرعموهایش در چهار کیلـومتری شـهر پنهان شـده بـود. ایـن را هـم می‌دانستم که پناهگاه او را لو نخواهم داد مگر در صورتی کـه مـرا شـکنجه می‌کردند (اما به نظر نمی‌آمد که این خیال را داشته باشـند). همـه‌ی ایـن مطالب کاملاً معلوم و قطعی بود و به‌هیچ‌وجه اهمیتی به آن نمـی‌دادم. تنهـا می‌خواستم علت رفتار خودم را بدانم. من ترجیح می‌دادم که بمیرم تا گـری را لو بدهم. برای چه؟ من رامون گری را دوست نداشتم. دوستی من برای او کمی پیش از سحر مُرده بود. همان وقت که عشق کنشا و میـل زنـدگی در من مُرده بود ولی بی‌شک همیشه او را محترم داشتم، چون که آدم دلاوری بود. اما این دلیل نمی‌شد که راضی باشم به جایش بمیرم. زنـدگی او ماننـد

زندگی من ارزشی نداشت؛ هیچ زندگی ارزشی نداشت. یک نفرآدم را بغل دیوار می‌گذاشتند وآن‌قدر به او تیر خالی می‌کردند تا می‌ترکید. این آدم خواه من یا گری یا دیگری بود فرقی نمی‌کرد. من می‌دانستم که برای هواخواهی از اسپانی وجود او از من لازم تر بود اما اسپانی و انقلابیون آن هم از چشمم افتاده بودند. هیچ چیز برایم اهمیت نداشت. معهذا من آنجا بودم و می‌توانستم به وسیله‌ی تسلیم گری جان خود را نجات بدهم و با وجود این استنکاف می‌کردم. به نظرم مضحک آمد. فکر کردم شاید لجاجت است. « آیا باید لجوج بود؟» یک نوع شادی عجیبی به من دست داد.

آمدند و مرا نزد دو افسر بردند. یک موش از زیر پایمان در رفت. من شوخیم گرفت. به طرف یکی از سربازان فاشیست برگشتم و گفتم: «موش را دیدی؟»

جواب نداد. اَخم‌آلود بود و خودش را گرفته بود. من خنده‌ام گرفت اما خودداری کردم چون می‌ترسیدم اگر خنده سربدهم دیگر نتوانم جلو خود را بگیرم. سرباز فاشیست سبیل داشت. باز به او گفتم: «احمق، باید سبیل‌هایت را بزنی.»

برای من عجیب بود که با وجود این‌که زنده بود بگذارد مو روی صورتش را بپوشاند. او سرسرکی یک تیپا به من زد و ساکت شدم.

افسر چاق گفت :«خوب فکر کردی؟»

من از روی کنجکاوی به آن‌ها نگاه می‌کردم. مثل این‌که یک نوع حشره‌ی کمیاب را تماشا می‌کنم و به آن‌ها گفتم: «می‌دانم کجاست، در قبرستان قایم شده. در یک سردابه یا در آلونک گورکن‌هاست.»

برای این بود که آن‌ها را دست بیندازم. می‌خواستم ببینم آن‌ها چطور بلند می‌شوند کمرخودشان را سفت می‌کنند و با حالت خیلی جدی دستور می‌دهند.

آن‌ها بلند شدند ایستادند.
– آن‌جا برویم. موله شما از ستوان لوپز پانزده نفر بگیر.
افسر کوچک خپله به من گفت: «اگر راستش را گفته باشی من سر قولم می‌ایستم. اما اگر ما را گول زده باشی شدیداً مجازات خواهی شد.»
در میان همهمه خارج شدند. من با پاسبانان فاشیست به راحتی انتظار می‌کشیدم. گاهگاهی لبخند می‌زدم چون به فکر خط و نشان‌هایی که برایم خواهند کشید می‌افتادم. من خودم را خرف و محیل حس می‌کردم. آن‌ها را در نظر می‌آوردم که سنگ قبرها را برمی‌داشتند و در قبرهای زیرزمینی را یک به یک بازمی کردند. وضعیت را در نظرم طوری مجسم می‌کردم مثل این‌که کَس دیگری بودم! این زندانی لجوج که می‌خواهد ادای پهلوانان را در بیاورد، این سربازان جدی فاشیست با سبیل‌هایشان و این آدم‌های با لباس متحدالشکل که بین قبرها می‌دویدند برایم بی‌اندازه مضحک بود.
بعد از نیم ساعت مرد خپله تنها آمد. گمان کردم می‌آید فرمان اعدام مرا بدهد آنهای دیگر درقبرستان مانده بودند.
افسر به من نگاه کرد در قیافه‌اش به‌هیچ‌وجه اثر یأس خوانده نمی‌شد و گفت: «این را در حیاط بزرگ پیش آنهای دیگر ببرید. بعد از خاتمه‌ی عملیات نظامی محکمه‌ی عادی به کارش رسیدگی خواهد کرد.»
گمان کردم که نفهمیده‌ام. ازاو پرسیدم.
– پس مرا... مرا تیرباران نمی‌کنند؟...
– در هرصورت عجالتاً نه. بعد هم مربوط به من نیست. من باز هم نفهمیدم، به او گفتم: «برای چه؟»
بی‌آن‌که جوابی بدهد شانه‌هایش را بالا انداخت و سربازان مرا بردند در حیاط بزرگ. در حدود صد نفر زندانی زن‌وبچه و چند پیرمرد آنجا بودند. من به حالت مَنگ دور چمن‌کاری میان حیاط قدم می‌زدم. ظهر در اطاق

ناهارخوری به ما غذا دادند. دو سه نفر از من پرسش کردند. گویا آن‌ها را می‌شناختم، اما به آن‌ها جواب ندادم. نمی‌دانستم در کجا هستم.

طرف شب در حیاط یک دوجین زندانی تازه تپاندند. من گارسیای نانوا را شناختم به من گفت: «حقا که خوش‌اقبالی! گمان نمی‌کردم ترا زنده ببینم.»

گفتم: «آن‌ها مرا محکوم به مرگ کردند بعد نمی‌دانم به چه علت عقیده‌شان برگشت.»

گارسیا گفت :«مرا ساعت دو گرفتند.»

- چرا؟

گارسیا در سیاست دخالت نمی‌کرد.

گفت :«نمی‌دانم، هرکسی مثل آن‌ها فکر نکند دستگیرش می‌کنند.»

یواش‌تر گفت: «کار رامون گری راهم ساختند.»

من به لرزه افتادم: «کی؟»

- امروز صبح به سرش زده بود. شنبه از پیش پسرعمویش خارج شد چون که به آن‌ها گوشه کنایه زده بودند. خیلی اشخاص بودند که او را قایم می‌کردند اما نمی‌خواست زیربار منّت کسی برود، گفته بود: «ممکن بود پیش ابی یتا پنهان بشوم، اما حالا که او را گرفته‌اند می‌روم در قبرستان خودم را مخفی می‌کنم.»

- در قبرستان؟

- بله، احمقانه بود. طبیعتاً امروز صبح آن‌ها آنجا آمدند. این اتفاق هم بالاخره می‌افتاد در آلونک گورکن‌ها او را پیدا کردند. او به طرف آن‌ها تیر خالی کرد و آن‌ها هم او را کشتند.

- درقبرستان!

دنیا جلو چشمم چرخید و به زمین نشستم. به قدری خنده‌ام شدید بود که اشک در چشم‌هایم پُر شد.

بهمن ماه ۱۳۲۴

فرانتس کافکا

گراکوس شکارچی

دو بچه روی کرپی بندر نشسته طاس می‌ریختند، مردی در سایه مجسمه پهلوانی که قداره‌ی آخته در دست داشت، روی پلکان بنا نشسته روزنامه‌ای می‌خواند. دختری دلو خود را از چشمه پُر می‌کرد. میوه‌فروشی پشت بساط خود دراز کشیده نگاهش به دریا بود. ازلای درز در وُ پنجره قهوه‌خانه‌ای دو مرد دیده می‌شدند که آن ته نشسته شراب می‌نوشیدند. قهوه‌چی جلو در قهوه‌خانه لمیده چُرت می‌زد. زورقی به خاموشی سوی بندر کوچک می‌آمد. گوئی به وسیله‌ای نامرئی روی آب رانده می‌شد. مردی با پیرهن آبی ازآن پیاده شده بود. و ریسمان زورق را از حلقه اسکله رد می‌کرد. پشت سر کرجی‌بان، دو مرد دیگر سیاه‌پوش که دگمه‌های سیمین داشتند تابوتی را می‌بردند که روپوش بزرگ ابریشمی آراسته به گل‌های نقاشی و شرابه رویش کشیده شده و ظاهراً مردی در آن بود.

هیچ‌کس روی اسکله اعتنائی به گذرندگان نکرد، حتی زمانی که تابوت را به زمین گذاشتند و چشم‌به‌راه کرجی‌بان بودند، که هنوز مشغول گره زدن ریسمان بود، کسی به آن نزدیک نشد؛ کسی ازآنان پرسشی نکرد. کسی از روی کنجکاوی بدانان توجهی ننمود.

کرجی‌بان را زنی که یک بچه در بغلش بود چند دقیقه مشغول داشت، سپس با موی پریشان روی پُل زورق نمایان شد. بعد نزدیک آمد و خانه دواشکوب زردرنگی را نشان داد که به‌طور ناگهان در ساحل چپ نزدیک دریا بنا شده بود. باربران بار خود را برداشته به سوی در کوتاهی که دو طرفش دو ستون نازک ظریف داشت رهسپار گردیدند. درست همان زمانی که جماعت وارد خانه می‌شد پسربچه‌ای یک پنجره‌ای را بازکرد و بعدآن را فوراً بست. اکنون در محکم خانه که از چوب بلوط تیره ساخته شده بود، بسته بود. یک دسته کبوتر که دور بُرج کلیسا پرواز می‌کردند جلو همان منزل در کوچه نشستند، مثل این‌که خوراک آنان آن‌جا انباشته

شده بود. همه جلو در گرد آمدند. یکی از آن‌ها تا اشکوب اول پرواز کـرد و به پنجره نوک زد.

این‌ها پرندگان زیبائی بودند که به دقت نگاهداری شده بودند و رنگ‌های درخشان داشتند. زنی کـه در زورق بـود بـا حرکـات سـخاوت منشـانه‌ای، جلوشان دانه پاشید پرندگان دانه‌ها را برچیدند و به سوی زن پرواز کردند. مردی با کلاه رسمی که نوار کرِپ داشت از کوره‌راهی که به بنـدر منتهـی می‌شد پائین آمده، نگاه دقیقی دور خود افکند. هیچ چیز این‌جا بـه پسـند او نیامد. از دیدن خاکروبه در گوشه‌ای روی تـرش کـرد. پوسـت میـوه روی پله‌های مجسمه افتاده بود؛ سر راهش با ته عصا آن‌ها را پائین انـداخت. در خانه را زد و همان دم با دستی که در دستکش سیاه بود کلاه رسمی خود را از سر برداشت. در باز شد و در حدود پنجاه پسربچه دورج به طول دهلیز ایستادند و در موقع ورود او سرخود را خم کردند.

کرجی‌بان از پلکان پائین آمد، مرد سیاهپوش را سلام کرد و به اشـکوب اول راهنمائیش نمود؛ از غلام گردش درخشان و زیبائی که حیـاط را دور مـی‌زد گذشتند، در حالی که بچه‌ها دورهم گردآمده و برای احترام فاصله گرفتـه بودند؛ هر دو آن‌ها به اطاق فراخ تازه سازی وارد شدند کـه پشـت خانـه واقع شده بود، و از پنجره آن هیچ خانه مسکونی دیده نمی‌شـد، مگـر یـک دیوار خشن خاکستری که مایل به سیاهی بود. تابوت‌کشان مشـغول تهیـه و روشن کردن شمع‌های بلندی بالای سر تابوت بودند، ولیکن شمع‌ها روشنی نمی‌دادند و فقط سایه‌های وحشت‌زده‌ای را که تاکنون بـی‌حرکـت بودنـد، می‌راندند و آن‌ها را روی دیوارها به لرزه در می‌آوردند. روپوش تـابوت را برداشته بودند، مردی با موهای ژولیده دیده می‌شد، که شبیه شـکارچیان بود. بی‌حرکت دراز کشیده بود، به نظر می‌آمـد کـه نفـس نمـی‌کشـید و

چشم‌هایش بسته بود؛ و فقط تزئینات مربوط به مرده نشان می‌داد که ایـن شخص ظاهراً درگذشته است.

مرد مبادی آداب به سوی تابوت رفت، دستش را روی پیشانی کسی که در تابوت خوابیده بود گذاشت و زانو زد و مشغول دعا خواندن شد. کرجی‌بـان اشاره به باربران کرد که از اطاق خارج شوند؛ آن‌ها بیرون رفتند و بچه‌ها را که بیرون دور هم جمع شده بودند پراکنده ساختند و در را از پشت بستند. ولی این کار هم مرد مبـادی آداب را راضـی نکـرد، نگـاهی بـه کرجـی‌بـان انداخت؛ کرجی‌بان دریافت و از دری که به اطاق پهلو بـاز مـی‌شـد بیـرون رفت. همان دم مردی که در تابوت بود چشم‌هایش را گشود، و رویش را به زحمت به طرف آن مرد گردانید وگفت: «شما که هسـتید؟» مـرد مبـادی آداب بی‌آن که شگفتی بنماید بلندشد وگفت: «من شهردار ریوا هستم.»

مردی که در تابوت بود سرش را تکان داد، و با حرکت خفیف دست صندلی را نشان داد و پس ازآن که شهردار دعوت او را پـذیرفت گفـت: «طبیعـی است که شهردار را می‌دانستم ولی در اولین آنی که به خود می‌آیم ،همیشه فراموش می‌کنم، همه چیز جلو چشمم می‌چرخید و بهتر آنست کـه از خـود بپرسم آیا می‌دانم یا نه. شما نیز محتمل اسـت بدانیـد کـه مـن گراکـوس شکارچی هستم.»

شهردار گفت: «البته ورود شما شبانگاهان به من اعلام شد. دقیقـه‌ای بـیش ازخواب نگذشته بود، زنم مرا به اسم خواند و فریاد زد: «سالواتور، کبـوتر را جلو پنجره ببین.» در واقع هم یک کبوتر بود، امّا به درشتی خروس. به سوی من پرواز کرد و بغل گوشم گفت: «فردا، گراکـوس، شـکارچی مـرده، وارد می‌شود؛ او را به نام اهالی شهر بپذیر.»

شکارچی سرش را تکان داد و تک زبان را روی لب‌هایش گردانید و گفت: «بله، کبوترها قبل از من بدین‌سو پرواز کردند. ولی آقای شهردار، شما گمان می‌کنید که من در ریوا بمانم؟»

شهردار جواب داد: «من هنوز نمی‌توانم بگویم، آیا شما مرده‌اید؟»

شکارچی گفت: «بله، همان‌طوری که می‌بینید.سال‌ها می‌گذرد. آری، باید سالیان دراز گذشته باشدکه در پرتگاهی واقع در جنگل سیاه در آلمان – هنگامی که شکار بزکوهی می‌کردم – پرت شدم. از آن به بعد، مرده‌ام.»

شهردار گفت: «ولیکن شما زنده هم هستید.»

شکارچی گفت: «از طرفی، ازطرفی من نیز زنده‌ام. کشتی مرگ راه خود راگم کرده؛ یک تکان ناشیانه میله سکان، یک لحظه فراموشی از طرف کرجی‌بان، یک آرزوی برگشت به سوی کشور دلربائی که در آن به دنیا آمده‌ام،آن‌چه که شد در حقیقت نمی‌توانم بگویم؛ فقط آن چه می‌دانم اینست که روی زمین مانده‌ام و پس از این لحظه پیوسته زورق من روی آب‌های زمینی بادبان گسترده. و از این قرار من که هرگز آرزو نمی‌کردم در جای دیگر مگر در کوهستان‌هایم زیست بکنم، پس از مرگم در پیرامون همه مرز و بوم‌های زمین مسافرت می‌کنم.»

شهردار ابروهایش را در هم کشیده پرسید: «پس شما به‌هیچ‌وجه با دنیای دیگر پیوندی ندارید؟»

شکارچی جواب داد: «من همیشه روی پلکانی هستم که بدان‌جا راهنمایی می‌کند. من این پلکان بسیار وسیع و پهناور را زمانی سوی بالا و گاهی سوی پائین و گاهی از سمت راست و زمانی از سمت چپ می‌پیمایم و پیوسته در جنبشم.» شکارچی تبدیل به پروانه شده می‌خندید.

شهردار ازخود دفاع کرد: «من نمی‌خندم.»

شکارچی گفت: «مرحمت دارید، من همیشه در جنبشم. ولی هنگامی که شور و شعف بی‌پایان به من دست می‌دهد و آشکارا در را می‌بینم که در مقابلم می‌درخشد، همان دم روی زورق اسقاطم بیدار می‌شوم، که به طرز ناامیدی در کنار یک ساحل زمینی به خاک نشسته است. خطای اساسی مرگ نخستینم به منزله ریشخند تلخی از خاطرم می‌گذرد، درصورتی که در جایگاه خودم دراز کشیده‌ام. ژولیا، زن کرجی‌بان، در را می‌کوبد و نوشابه صبحانه کشوری که ناگهان از کنارش می‌گذریم روی تابوتم می‌نهد. من در خوابگاه چوبین خفته‌ام، مشاهده من لذتی نمی‌بخشد، زیرا کفن چرکین فرسوده‌ای به بر دارم و موی سر وُ ریش خاکستری رنگم انبوه و درهم وُ برهم روئیده است، بدنم از یک شال زنانه پوشیده شده که مزین به گل‌های درشت و شرابه‌های بلند می‌باشد. یک شمع مقدس نزدیک سرم می‌سوزد و مرا روشن می‌سازد. به دیوار روبرو پرده نقاشی کوچکی است، ظاهراً مرد جنگلی را نشان می‌دهد که نیزه خود را به سوی من گرفته و پشت سپری که رویش نقاشی دلپسندی شده پنهان گردیده. در زورق اندیشه‌های خام به من هجوم می‌آورد ولی این از همه آن‌ها ابلهانه‌تر است. به علاوه حجره چوبین من کاملاً تهی گشته. از سوراخی که در یک طرف آن شده نفس گرم شب‌های جنوبی نفوذ می‌کند و آوای آب که به بدنه زورق می‌خورد به گوشم می‌رسد.

از هنگامی که گراکوس شکارچی بودم و در جنگل سیاه زندگی می‌کردم و یک بز کوهی را دنبال کرده بودم که در پرتگاه افتادم، همیشه این‌جا دراز کشیده‌ام. پیش آمد با نظم و ترتیب انجام گرفت. من در حال تعاقب افتادم، خونم در یک خندق جاری شد و مردم، و این زورق می‌بایستی مرا به دنیای دیگر راهنمایی بکند. هنوز می‌توانم به خاطر بیاورم که با چه شادمانی سرشاری نخستین بار روی این خوابگاه خستگی در می‌کردم. هرگز کوه‌ها

آوازی مانند آوازهائی که به این جدارهای سایه گرفته برخورد از من نشنیده بودند.

«من در زندگی خوشبخت بودم و از مرگ خود نیز خوشبخت بودم. پیش از آن‌که در زورق بنشینم، با خرسندی ساز و برگ ناچیز و کوله‌بار و تفنگ شکاری که همیشه از حمل آن‌ها به خود می‌بالیدم، دور انداختم و مانند دختری که لباس شب عروسی بپوشد در کفنم لغزیدم. خوابیدم و انتظار کشیدم. در این وقت پیش‌آمد رخ داد.»

شهردار دست خود را با حرکت دفاع بلندکرد و گفت: «چه سرنوشت جانگدازی! آیا شما راجع به علت این پیش‌آمد هیچ‌گونه سرزنشی به خود راه نمی‌دهید؟»

شکارچی گفت: «به هیچ رو. من یک نفر شکارچی بوده‌ام، آیا به این سبب گناهی کرده بودم؟ من معروف به شکارچی جنگل سیاه بودم و در آن زمان در آن‌جا گرگ وجود داشت و فقط پیروی از قریحه شخصی خودم کرده بودم به کمین می‌نشستم، تیرخالی می‌شد و به هدفم اصابت می‌کرد. بعد پوست شکار خودم را می‌کندم. آیا در این کار گناهی هست؟ خدمات من تقدیس می‌شد و: «شکارچی بزرگ جنگل سیاه» به من نام نهاده بودند. آیا در جریان این گناهی دیده می‌شود؟»

شهردار گفت: «من صلاحیتی ندارم که تصمیم بگیرم، ولی به نظر من نیز هیچ گناهی در چنین چیزها وجودندارد. اما آیا تقصیر با کیست؟»

شکارچی گفت: «با کرجی‌بان است، هیچ کس به این مطلب پی نخواهد برد، هیچ کس به کمک من نخواهد آمد؛ هرگاه به همه مردم دستور می‌دادند که مرا کمک کنند، همه درها و پنجره‌ها بسته خواهد ماند، هرکس در بستر خود خواهد رفت و لحاف بر سر خواهد کشید، تمام زمین مبدل به یک مهمانسرای شب خواهد شد. این مطلب مفهومی دربردارد، زیرا هیچ کس

مرا نمی‌شناسد و اگر کسی کوچک‌ترین آگاهی به حال من داشت، نمی‌دانست چگونه مرا بیابد و هرگاه می‌دانست که کجا مرا بیابد نمی‌دانست چگونه به من رسیدگی و کمک بکند. فکر این‌که به من کمک کنند یک جور ناخوشی است که برای بهبود آن باید در رختخواب رفت و خوابید.

«من این موضوع را می‌دانم، و به همین علت کسی را به کمک نمی‌طلبم، هرچند در بعضی اوقات – زمانی که خود را می‌بازم و اکنون یکی از آن موارد است – در این باره جداً می‌اندیشم. ولیکن برای راندن این گونه افکار، کافی است به اطراف خود بنگرم و مکانی که درآن جا هستم ببینم – و می‌توانم بدون تزلزل ثابت بکنم – که در همان جا صدها سال بوده‌ام.»

شهردار گفت: «عجب، عجب، حالا آیا شما خیال دارید با ما در ریوا بمانید؟»

شکارچی به عنوان پوزش لبخندی زد، و دستش را روی زانوی شهردار گذاشت و گفت: «گمان نمی‌کنم. همین قدر می‌دانم که این‌جا هستم. نمی‌خواهم بیش از این بدانم. کشتی من سکان ندارد و دستخوش بادی است که در ژرف‌ترین دیار مرگ می‌وزد.»

روژه لسکو

قصه کدو

یکی بود یکی نبود یک مردی گاوچران بود و در یک مغاره دور ازشهر منـزل داشت. دست برقضا زنش آبستن شد و بعد از نُه ماه و نُه روز خدا عـوض بچه یک کدو به آن‌ها داد. آن‌ها هم کدو را سر رف گذاشتند. یک روز کـه گاوچران از چراگاه برگشت و پیش زنش گرفت نشست یک مرتبه شنید که کدو حرف می‌زند و می‌گوید: «بابا». گاوچران ترسـید و گفـت: «خـدایا ایـن دیگر چیست؟» دوباره کدو بابایش را صدا زد: - بابا! - چه خبر است؟ - باید تو بروی دختر حاکم را برای من خواستگاری بکنی.» دختر حاکم خیلی خوشگل بود و پدرش حاضر نمی‌شد برای پول او را شـوهر بدهـد و شـرط و پیمـان گذاشته بود. یک کُرسـی سیمین و یـک کُرسـی زریـن داشـت، هـرکس خواستگاری دخترش می‌رفت روی کرسی زریـن مـی‌نشسـت و هـر کـس صدقه می‌خواست روی کرسی سیمین می‌نشست. کدو که این حرف را بـه پدرش زد بیچاره خیلی ترسید و گفت: «پسرجان من یـک گـاوچران بیشـتر نیستم حاکم سر مرا می‌برد.» کدو گفت: «بتو می‌گویم بـرو دختـر حـاکم را برایم خواستگاری کن.»

فردا صبح پدرش بلند شد، گله را ول کرد و رفت به خانه‌ی حاکم. از پله بالا رفت و روی کرسی زرین نشست و گفت: «بگذار حاکم سرم را ببرد خـلاص می‌شوم!» حاکم که از خواب بیدار شد، دید گاوچران ده روی کرسـی زریـن خواستگارها نشسته. دلش به حال او سوخت و گفت: «رفیق گاوچران، دیوانه شده‌ای؟ مگر چه اتفاقی افتاده؟ خانه‌خراب! اگر تو پول می‌خـواهی بـرو روی کرسی سیمین بنشین من به تو پول می‌دهم چون که آدم فقیـری هسـتی.» گاوچران به حاکم گفت :«من آمده‌ام دختـرت را بـرای پسـرم خواسـتگاری بکنم.» حاکم گفت :«من یک شرط آسان با تو می‌بندم - آقای حاکم بگوئید - فردا صبح زود باید چهل سوار سرخ‌پوش سوار اسب سرخ با نیزه‌های سرخ در حیاط من حاضر بکنی وگرنه سرت را می‌برم.» کدو که به حرف گاوچران

گوش می‌داد گفت: «بابا! – چه است؟ – در فلان جا یک تخته سنگ هست، یک تخته سنگ خیلی بزرگ. می‌دانی؟ – بله – باید بروی نزدیک این تخته سنگ یک سوراخ دارد، دهنت را در سوراخ می‌گذاری، می‌گوئی: احمدخان! برادرت محمدخان بهت سلام می‌رساند و می‌گوید: باید صبح آفتاب نزده چهل سوار سرخ‌پوش با اسب سرخ و نیزه‌های سرخ در حیاط حاکم حاضر بشوند و بعد کارَت نباشد برگرد.» گاوچران گریه کرد و گفت: «این کدو خانه‌ام را خراب می‌کند!»

گاوچران رفت جلو تخته سنگ و گفت: «احمدخان! برادرت محمدخان به تو سلام می‌رساند و پیغام می‌دهد که باید فردا صبحِ زود چهل سوار سرخ‌پوش با اسب سرخ و نیزه‌های سرخ در حیاط حاکم حاضر باشند. فقط نیم ساعت آن‌جا هستند و بعد برمی‌گردند.» کسی جواب نداد. گاوچران برگشت وقتی که وارد خانه شد کدو گفت: «آمدی؟ – آمدم – برو بخواب خدا کریم است!» گاوچران خوابید اما از ترس خوابش نبرد.»

حاکم به جلادها فرمان داد: «فردا می‌روید سر گاوچران را می‌برید چون نمی‌تواند از عهده شرطش براید، نه او بلکه هیچ کس.» سرصبح جلادها که بلند شدند دیدند چهل سوار سرخ پوش با اسب سرخ و نیزه‌های سرخ درحیاط حاکم صف کشیده‌اند. رفتند به حاکم گفتند: «بلند شو ببین گاوچران چه کرده، دخترت را از دستت درآورد!» حاکم بلند شد و در حیاط چهل سوار سرخ‌پوش با اسب سرخ و نیزه‌های سرخ دید.

گاوچران هم از ترسش سر صبح بلند شد و به خانه حاکم رفت. همین که چهل سوار را درحیاط دید خوشحال به خانه برگشت. کدو بش گفت: «ای بابا سوارها آمدند یا نه؟ – آمدند – باید بروی با حاکم گفتگو کنی و دخترش را همراه بیاوری.» گاوچران رفت و گفت: «آقای حاکم من به شرط خود وفا

کردم باید دخترت را به پسرم بدهی.» حاکم دخترش را سوار کرد و گاوچران افسار اسب را گرفت و عروس را پهلوی کدو آورد.
دختر گرفت نشست، کدو سر رف بود. غروب گاوچران و زنش به ده رفتند و دختر حاکم تنها در مغاره ماند. ناگاه کدو افتاد تا دمِ پای دختر غِل خورد. دختر حاکم ترسید و گفت: «خدایا این چه چیزی است؟» نیم ساعت بعد کدو ترکید و جوان خوشگلی ازآن بیرون آمد. دختر یکدل نه صد دل عاشق او شد. محمدخان از او پرسید: «دخترحاکم مرا می‌پسندی؟ – البته که می‌پسندم.» جوان گفت: باید برایم قهوه درست کنی اما آن را نجوشان چون اگر بجوشانی من و تو به هم نمی‌رسیم.» دختر رفت دنبال قهوه‌جوش تا قهوه درست بکند و آن را روی آتش گذاشت و همین‌طور چشمش را به محمدخان دوخته بود. ازحواس‌پرتیش قهوه سر رفت یک مرتبه ملتفت شد که محمدخان ناپدید شده. دختر نشست و تا صبح گریه و زاری کرد و هیچ خواب به چشمش نرفت.
دختر حاکم داد برایش کفش آهنی ساختند و عصای آهنی بدست گرفت و گفت: «بعد ازمحمدخان قسم می‌خورم که هرگز شوهر نکنم آنقدر پی او می‌گردم تا کفش‌هایم سابیده بشود و عصایم بشکند.» دخترحاکم از مغاره گاوچران بیرون آمد و سرگذاشت به بیابان. هفت سال آزگار در دنیا گشت و به پریشانی افتاد بالاخره کفش‌ها سابیده شد و عصای دستش شکست ولی چیزی را پیدا نکرد. روزی فکر کرد: «برمی گردم پیش پدرم و می‌گویم سر هفت راه قصری برایم بساز. آن‌جا را مهمان‌خانه می‌کنم و به آن‌ها پول می‌دهم تا برایم سرگذشت خودشان را بگویند. شاید کسانی که دنیا دیده‌اند از محمدخان خبری داشته باشند و زحمت من به باد نرود.»
دخترحاکم برگشت. پدرش که او را به حال زار دید پرسید: «دخترجان! چرا خودت را به این روز انداختی؟ – پدرجان گردش روزگار و دوران اغلب با

آزادگان ناسازگار است.» حاکم گفت: «چه می‌خواهی دخترم ؟- پدرجان چیزی از تو نمی‌خواهم ولی برایم قصری سر هفت راه در بیابان بساز. آن‌جا برایم مهمان‌خانه‌ای می‌سازی و هر مسافری که از این هفت راه بگذرد قصه‌ای برایم نقل می‌کند.» حاکم گفت: «به روی چشم دخترجان.» حاکم سر هفت راه رفت و به بناها دستور داد دست به کار شدند و قصری ساختند و داخل آن را مهمان‌خانه کردند. او به دخترش غلام و خدمتکار داد و دختر هم با دوربین روی ایوان مهتابی نشست. تا عصر مشغول تماشا بود و هر رهگذری را می‌دید خواهی نخواهی به خانه خود می‌آورد. به آن‌ها خیلی احترام می‌گذاشت و شب موقع قصه می‌گفت: «برای من چیزی نقل بکنید.» روزی از روزها مرد کوری که پسر هفت ساله‌ای داشت دست پدرش را گرفته بود از این ده به آن ده می‌رفت. عصر به رودخانه‌ای رسیدند که تخته سنگ بزرگی کنار آن بود. پیرمرد به پسرش گفت: «پسرجان من خوابم میاد یک خرده چرت می‌زنم تو بپا مرا مار نزند.» پسرک پهلوی کور نشست او هم خوابید. ناگاه صدایی از تخته سنگ به گوشش آمد. ترسید و گفت: «این چه است؟» دید یک دیگ از سرازیری کوه پائین آمد در رودخانه افتاد پر ازآب شد و بعد داخل سنگ شد. بچه رفت کنار رودخانه و فکر کرد: «دفعه دیگر که دیگ بیاید من روی آن سوار می‌شوم و با او داخل تخته سنگ می‌شوم ببینم آن‌جا چه خبر است!»

پسر کشیک کشید همین که دید دیگ دارد می‌آید پرید رویش نشست داخل تخته سنگ که شد دید مغاره قشنگی است و دورش از سنگ مرمر است و چهل تختخواب آن جا گذاشته‌اند. رفت زیر یکی از تخت‌ها قایم شد. یک ساعت بعد صدای بال کبوتر شنید. چهل کبوتر وارد شدند پرهای خود را ریختند و به شکل جوانان خوشگلی در آمدند و هر کدام روی تختی خوابیدند، یکی ازآن‌ها خیلی دلگیر بود. تنبوری روی زانویش گذاشته بود و

آواز غمناکی می‌خواند و با تنبور می‌زد. وقت شام مادرشان برای آن‌ها خوراک آورد. شام محمدخان را داد و گفت: «پسرجان هفت سال بیشتر است که برای خاطر یک پیرزن به این حال زار افتاده‌ای و هر شب نوحه خوانی می‌کنی. تو ما را هم غصه‌دار می‌کنی. تو را به خدا چیزی بخور – مادر شامم را زیر تخت بگذار من یک دقیقه دیگر همین‌که آرام شدم می‌خورم.» مادرش غذا را زیر تخت گذاشت و رفت.

سر صبح پسر دید همه چهل جوان بیدار شدند لباس کبوتر پوشیدند و رفتند. اوقاتش تلخ شد و فکر کرد: «خدا کی باشد دیگ بیاید برود توی آب تا من بتوانم با آن خودم را نجات بدهم؟ بی‌شک پدرم بیدار شده مرا کتک می‌زند!» کور هم بیدار شده بود. پسرش را صدا زد، همین که دید تنهاست گمان کرد پسرش در آب افتاده و غرق شده. او را صدا می‌زد و گریه می‌کرد. صبح وقتی که دیگ از تخته‌سنگ بیرون آمد پسره خودش را روی آن انداخت. دید پدرش افتان و خیزان از هر طرف او را می‌جست و فریاد کرد :« بابا! – چیه؟ کجائی؟ – من رفتم به ده نزدیک برایت گوشت بخرم.» پدرش به او تشر زد: «دو روز است که مرا توی بیابان گذاشتی و رفتی پی گوشت! تو از خدا نمی‌ترسی؟» بچه که خیلی شیطان بود او را دلداری داد. دستش را گرفت و هردو به راه افتادند. همین که لب آب رسیدند پسره پدرش را کول کرد از آب گذرانده و راه خودشان را پیش گرفتند.

سر هفت راه پسره یک قصر دید. سرشب بود و دخترحاکم با دوربین به اطراف نگاه می‌کرد پسری را دید که دست پدرش را گرفته بود و می‌رفت. آن مرد خیلی پیر بود و هشتاد سال داشت و کور بود. دختر حاکم گفت: «به خدا این پیرمرد حتماً قصه‌هایی بلد است او را می‌آورم امشب برایم یک قصه نقل کند.» همین‌که مسافرها نزدیک قصرشدند او فریاد زد: «ای پیرمرد این‌جا دهکده نیست تو پیری اگر می‌خواهی توی صحرا نمانی باید

امشب مهمان من بشوی.» پیرمرد جواب داد: «بسیارخوب خاتون.» با پسرش بالا رفت و برای آن‌ها رختخواب درست کردند.

وقت شام برایشان خوراک آوردند خوردند و قهوه آوردند خوردند. دختر حاکم به کور گفت: «ای پیرمرد تو که دنیا دیده‌ای امشب چیزی برایم نقل کن چون من خیلی پکر و گرفته‌ام – ای خاتون به خدا قسم که من قصه نمی‌دانم.» پسر کور گفت: «خاتون عوضش من برایتان یک قصه می‌گویم.» پدرش به او کونه آرنج زد و گفت: «تو ازکجا قصه بلد شدی؟» دخترحاکم گفت: «ای پیر تو که چیزی نمی‌گویی اقلاً بگذار او بگوید – خیلی خوب، خاتون! نقل بکند.»

پسر به پدرش گفت: «بابا! – چه است؟ – یادت می‌آید وقتی که کنار رودخانه رسیدیم؟» دختر حاکم گفت: «خدا تو را نگه دارد. چه خوب بلدی قصه بگوئی!» او گفت: «لب آب که رسیدیم نشستیم و پدرم خوابش برد. من شنیدم صدایی از تخته‌سنگ آمد.» دخترحاکم گفت: «پسر بیا پهلویم بنشین و راستش را بگو.» بچه را آورد پهلوی خودش نشانید و او هم همین‌طور نقل کرد: «ای خاتون من دیدم یک دیگ ازتخته‌سنگ بیرون آمد و از سرازیری لغزید در رودخانه افتاد پر از آب شد و دوباره ازکوه بالا رفت. من کنار رودخانه بودم همین که دیگ بازآمد من رویش نشستم و رفت توی تخت‌سنگ داخل آن یک مغاره بود که چهل تختخواب دورش گذاشته بودند. سر شب چهل کبوتر وارد شدند رخت‌هایشان را کندند چهل جوان خوشگل شدند هر کدام روی تخت‌خوابشان نشستند. یکی ازآن‌ها محمدخان نام خیلی غمناک بود. او هم رفت روی تخت‌خوابش نشست. تنبوری روی زانویش گذاشت و شروع به زدن و خواندن کرد. مادرشان شام آورد ولی محمدخان چیزی نخورد. مادرش به اونزدیک شد وگفت: «پسرجان بیشتر ازهفت سال است که تو برای خاطر زن پیری غصه خوری

می‌کنی. تو اسباب دلگیری ما را فراهم کرده‌ای چیزی بخـور.» او جـواب داد: «مادرجان غذای مرا زیر تخت بگذار بعد می‌خورم.» او هم همان کار را کـرد اما او نخورد. فردا صبح همه بلند شدند و لباس مبدّل پوشـیدند و کبـوتر شدند و پریدند. من منتظر دیـگ شـدم وقتـی کـه بـه طـرف آب رفـت سوارش شدم و ازآن‌جا بیرون آمدم دیـدم پـدرم دنبـال مـن مـی‌گـردد، دستش را گرفتم و این‌جا رسیدیم.»

دختر حاکم به پیرمرد گفت: «بگذار پسرت با من بیاید تخت‌سنگ را به من نشان بدهد عوضش قصر و هرچه در آن است مال تو.» فردا صبح پسر کور جلو دختر حاکم افتاد و او را پهلوی تخت‌سنگ برد و تا ظهر آن‌جـا نشسـتند؛ یک مرتبه صدایی از کوه شنیدند و دیگ بیرون آمد. دختـر حـاکم روی آن جست و داخل تخت‌سنگ شد.پسره بلند شد و به طرف قصر پدرش رفت. دختر حاکم رفت زیر تخت نامزد خودش قایم شد و چشم به راه بود. عصـر چهل کبوتر آمدند و پرهای خود را در آوردند. دختر دید محمـدخان خیلـی لاغر شده است. بعد نشست روی تخـت، تنبـور را برداشـت و شـروع بـه خواندن کرد. مادرشان شام آورد به محمدخان داد و گفت: «پسرجان بخور هفت سال است که برای خاطر زن پیری به این روز افتـاده‌ای – مـادرجـان خوراکم را زیر تخت بگذار بعد می‌خورم.» نیمه‌شب دختر دست محمـدخان را گرفت. او زیر تخت را نگاه کرد دید نامزدش آن‌جاست. گفـت: «ازکجـا آمدی؟ – هفت سال است که من دور دنیـا دنبـال تـو مـی‌گـردم.» صبح محمدخان به مادرش گفت: «امروز ناخوشم و در خانه می‌مـانم.» آن روز را بیرون نرفت و با نامزدش خوش بود.

محمدخان به دخترگفت: «ای دختر حاکم مادرم نمی‌خواهد که تـو را بگیـرم بلند شو با هم فرار کنیم» ولی آن‌جا خروسی بودکه هر اتفاقی بود می‌خواند. همین‌که صدایش بلندشد مادر محمدخان دوید آمـد و بـا خـودش گفـت

:«این‌که خروس خواند باید اتفاقی برای محمدخان افتاده باشد که با ما نیامد.» همین که دید محمدخان رفته، پی جورش شد. محمدخان ورد خواند خودش چوپان و زنش گوسفند شد. پیرزن از او پرسید: «ای چوپان یک زن و یک مرد ندیدی از این‌جا بگذرند ؟- بله من آن‌ها را دیدم که از این‌جا گذشتند.» و راه خودش را پیش گرفت و رفت اما کسی را پیدا نکرد. دوباره به سراغ چوپان آمد ولی چوپان غیبش زده بود. باز هم جستجو کرد. این دفعه محمدخان خودش را به شکل آسیابان و زنش را به صورت مشتری در آورده بود. مادر پسرش را شناخت و گفت: «پسرجان، محمدخان تو ازچنگ من نمی‌توانی بگریزی، به خدا اگر زنت خوشگل‌تر از تو نباشد جادویی بکنم که هردوتان گرد وُ غبار بشوید اگر از تو خوشگل‌تر است مبارک باشد با هم زندگی کنید.» محمدخان رفت دست زنش را گرفت و پهلوی او آورد. پیرزن دید که عروسش خوشگل‌تر از پسرش است گفت: «مبارکست با هم زندگی کنید.»

انشاءالله همان‌طور که آن‌ها به مرادشان رسیدند شما هم برسید.

مهرماه – ۱۳۲۵

ل. مُرگِنشتِرن

هنر ساسانی در غرفه مدال‌ها

در تاریخ هنر دوره‌هایی است که هنر بومی پدید می‌آید، این هنر محدود به سرزمینی می‌شود که آن را به وجود آورده است سپس دوره‌های دیگری می‌باشد که هنر دنیایی به شمار می‌رود؛ این هنر به علّت زیبایی و توانایی و تازگی سرتاسر دنیا را شیفته‌ی خود می‌سازد و همین که در کشورهای دور دست رخنه کرد در آن‌جا ریشه‌های ژرف می‌گستراند.موضوع گفتگوی امروز ما یک هنر دنیایی یعنی هنر ایرانیان ساسانی می‌باشد.شاهنشاهی ساسانی که از سنه‌ی ۲۲۶ تا ۳۶۰ به تاریخ مسیحی در ایران دوام داشت هم پایه‌ی امپراطوری رُم و بیزانس بود و هم‌چنین با هندوستان هم‌چشمی می‌کرد به علت جغرافیایی این دولت که میانجی بین امپراطوری رُم و خاور دور بود، تجارتی رایج و هنری آمیخته به دست آورد. ساسانیان بودند که از راه دریا و خشکی ابریشم از آسیای شرقی وارد می‌کردند.آن‌ها بودند که پارچه‌های دنیا پسندی می‌بافتند، زیرا اخیراً یک پارچه از زربفت‌های ساسانی را در یکی از خزانه‌های ژاپن پیدا کرده‌اند. ساسانیان بودند که قالی‌های بی‌مانندی درست می‌کردند و روی آن با نقش وُ نگار چهار فصل را تعبیه می‌نمودند؛ چنان که اعراب در ستایش قالی بارگاه کسری که بهار را جلوه‌گرمی کرد اشعاری سروده‌اند و ساسانیان بودند که این جام‌ها وآفتابه‌های زرّین و سیمین ساخته‌اند که قرن‌ها دنیای اسلام از آن‌ها تقلید کرده است. ولی دامنه‌ی شهرت هنر ساسانی به مرز جغرافیایی ایران محدود نمی‌شده؛ بسیار دور، در آسیای میانه، در غارهای شهر مرده‌ی گویی، تصویر اسواران ساسانی به دست آورده‌ایم که از طرز آرایش سر وستره‌ی چسب تن با برگشتگی پُر پیچ وُ خمی که مخصوص جامه‌های آن‌هاست ایرانی اصیل شناخته می‌شوند اگرچه آیین بودایی داشته‌اند.

ما این جامه‌های چین خورده و چسب تن را با یقه‌ی کوتاه که یک زنجیره‌ی چشمه‌دوزی شده دارد، خوب می‌شناسیم. خیّاط‌های زبردست ما که ازین هنر برازنده ملهم شده‌اند، اخیراً با گیرندگی تازه‌ای آن را زنده کرده‌اند.زیرا مُد زمان ساسانی یعنی مُد یکی از دربارهای باشکوه دنیا به طرز شگفت‌آوری زیبا و ظریف بوده است. پارچه‌هایی که در آن‌ها تار وُ پود وُ سیم به کار رفته نقش‌های پُرغمزه‌ای دارند، روی آن‌ها دایره‌های بزرگی به شکل مُروارید بند کشیده دیده می‌شود، در میان دایره پرندگان و جانوران خیالی، سر اسب بال‌دار، دُم طاووس، چنگال شیر، خروس‌های قرینه (زیرا خروس به وسیله‌ی بانگِ خود دیوهای شبانگاه را می‌راند.)، طوطی و یا فقط گُل و بُته‌های بزرگ نقش شده است. چرا این جانوران که اغلب حقیقی هستند همیشه نوارپیچ شده‌اند؟ نوارهایی به پا و گاهی به گردن دارند. این نوارها موج می‌زنند، پهن می‌شوند و اهمیت آن‌ها شگفت‌آور است. این بندها کنایه از آن است که این جانوران آزاد نبوده به «فردوس»شاه تعلق داشته‌اند؛ شکارگاه‌های بزرگ شاه را به این اسم می‌نامیدند و نوار علامت جانوران آن بوده است امّا این نوار در لباس خود شاه هم دیده می‌شود.کسی که شاهنشاه و همنشین ستارگان و پدر ماه و خورشید خوانده می‌شده به طرز باشکوه و درخشانی لباس پوشیده، زیرا او بایستی با فرّ وُ شکوه خود خیره کننده باشد.جامه‌ی تنگ و چسبان او آراسته به مروارید و سنگ‌های گرانبهاست؛ علامت پادشاهی مانند علامت زنبق فرانسه اغلب روی پارچه بافته شده، اما به خصوص دیهیم و تاج است که او را متمایز می‌سازد. زیرا هر چند به نظر ما غریب می‌آید، هر پادشاه تاجِ به‌خصوصی دارد. این تاج زمانی یک عقاب باشکوه است که بال خود را گسترده یا سرمیش زرین جوهرنشان است؛ هنگامی یک دیوار کنگره‌دار است که انسان را به یاد باورهای یک شهر شکست‌ناپذیر می‌اندازد، امّا اغلب یک

گوی بسیار بزرگی می‌بینیم که به شکل کره‌ی کلانی می‌بینیم. این پیش‌آمد تاریخی که یکی از صفات پرافتخار تاریخ ساسانیان به شمار می‌رود در موزه‌ی مدال‌های کتابخانه‌ی پاریس به خوبی مجسم شده است. شاپور اول اندام رستمی دارد و بر اسب نشسته و مُچ والریَنِ امپراطور را که او نیز بر اسب سوار می‌باشد گرفته است.پادشاه کمربند مقدس (کستی) به کمر دارد و دنباله‌ی آن در هوا موج می‌زند؛ نوار جانوران شکارگاه سلطنتی از این اصل می‌آید یعنی نوارهای کمربند مقدس که به این جانوران می‌بسته‌اند و نشان آن بوده است که آن‌ها تعلق به کسی داشته‌اند که مظهر پاکدامنی بوده است یعنی شاه. این نوارها را خود پادشاه بر قوزک پا و بر سر دارد و همچنین دم اسب شاه به شکل نوار در آمده است. نوارهای موّاج، گرچه کمی سنگین و زمخت می‌باشد ولی از مشخصات اساسی هنر ساسانی است.اکنون به خود پادشاه که آن‌قدر عجیب است بپردازیم. این گویِ کلان که روی سر پادشاه، پدر ماه و خورشید، دیده می‌شود خود خورشید و شاید کره‌ی زمین می‌باشد. ازین‌رو پی می‌بریم که چرا پادشاهان دیگر ساسانی در طرز آرایش سریک هلال یا یک ستاره به این آسمان متحرک می‌افزایند.گوی خورشید در هلال ماه کلاه معمولی پادشاهان ساسانی است. ما همین موضوع را در جام بلورین که در مدال‌های بلور و شیشه‌های رنگین نشانده‌اند می‌بینیم که یکی از جواهرات گران‌بهای موزه‌ی مدال‌ها به شمار می‌آید. خسرو دوم که از تاریخ ۵۹۰ تا ۶۲۹ میلادی در ایران پادشاهی کرد از جلو روی تختی نشسته که آراسته به دو اسب بالدار است، عصای سلطنتی در دست دارد و تاج او روی موهای انبوه چین‌خورده گذاشته شده و نوارها به شکل مارهای بزرگ از چپ و راست گسترده شده. این جام بسیار گران‌بها که زمانی که به خزانه‌ی کلیسای سن دنی Saint-Denis تعلق داشت معروف به پیاله‌ی حضرت سلیمان بود حالت مقتدرانه‌ی خسرو را هنگامی

که بار می‌داده به ما آشکار می‌کند. کاخ تیسفون او هنوز برپاست. هیکل باشکوه آن در کنار بیابان قد برافراشته است. طاق بارگاه آن به قطر ۲۶ متر است و ویرانه‌ی دهن گشوده‌ی این ساختمان بی‌همتای اواخر دوره‌ی پر افتخار ساسانی، افکار دردناکی در باره‌ی جاه وُ جلال زودگذر آثار انسانی به خاطر می‌آورد. تخت شاه که آراسته به قالی‌های معروف چهار فصل بوده با پلکان خشن لاجورد و فیروزه‌گون آن، مفهومی در برداشته است. لاجورد و فیروزه مایه‌ی تأمین سعادت این خداوند روی زمین بوده که برای نشان دادن قدرتش ماه و خورشید و ستارگان را بر سر می‌گذاشته، رنگ آبی که به رنگ آسمان است و مواد این سنگ‌ها به عنوان طلسم خوشبختی بسیار رایج بوده است. ظروف سفالی و نقاشی‌های دیواری و ساعت دیواری عجیبی که در تاریخ اعراب ذکر شده در این قصر وجود داشته. در این معماری پی می‌بریم که هنر ساسانی نه تنها هنر نمایش شکوه و جلال به وسیله‌ی جواهرات گران‌بهاست که مورد معامله‌ی بازرگانی قرار می‌گرفته، بلکه در مشاهده‌ی آن‌ها با هنر سازندگان زبردست روبرو می‌شویم. البته همین ایرانیان خودشان این بناها را نمی‌ساخته‌اند. دسته‌ی انبوه اسیران از جمله والرِیَن به کشت وُ کار زمین ایران گماشته شده بودند و همچنین ساختمان‌هایی را بنا می‌کرده‌اند. به همین مناسبت ساختمان گنبد معروف امپراطوری را به همکاری این اسیر معمار که والرین بود نسبت می‌دهند. طاق و گنبد ساسانی که ساختمان آن، آن‌قدرمبتکرانه است، نه تنها نظیر آن در ایران باستان دیده می‌شود بلکه درسرزمین خودمان هم وجود دارد. طاق کلیسای Saint-Hilaire سن هیلر در پواتیه کاملاً به شکل گنبد ساسانی است. نزدیک پاریس کلیسای Sens سانس در خزانه‌ی معروف خود پارچه‌های ساسانی دارد که در نمایشگاه بیزانس پاریس مورد ستایش عموم واقع شد، ولی بسیاری از کلیساهای رومی سر ستون‌هایی دارند که روی

آن‌ها نقش این پارچه‌ها را با دقت شگفت‌آوری ترسیم کرده‌اند. پارچه که در هر زمان ارمغانی بوده که به آسانی حمل می‌شده از ایران به ژاپن می‌رفته و از سویی به فرانسه آمده است و برای نقش روی سر ستون‌های قرون وسطی از آن‌ها تقلید می‌کرده‌اند. این نقش‌ها که همیشه در میان دایره قرار گرفته به آسانی در هنرها مورد تقلید واقع می‌شده است:

برگردیم سر موضوع مجموعه‌ی مدال‌ها. در این جام‌ها و نگین‌هایی که پادشاه قادر مطلق را مجسم می‌کند، به اشکال جالب‌تری بر می‌خوریم: شکارهای سلطنتی، جانورانی که می‌جنگند و بشقاب‌هایی که اشخاص عجیب و یا نامفهومی را مجسم می‌سازد، شکارا می‌دانیم که در خاور نزدیک در همه زمان‌ها حیوان را به طرز گیرنده‌های مجسم ساخته‌اند: جانور زخمی، جانور در حالت تاخت، جانوری که دنبال می‌کند و یا دنبال شده است. «فردوس‌های» پادشاهان ساسانی را به یاد می‌آوریم یعنی باغ‌های وسیع محصوری که برای شکار پادشاه، شیران، ببران، گرازان، خرس‌ها، شترمرغ ها، گوزنان، گورخران؛ طاووس‌ها، قرقاول‌ها و جانوران کمیابی را در آن‌جا نگهداری می‌کرده‌اند.در طاق بستان بدنه‌های سراسر دیوار برای نمایش شکار گراز و آهو حجاری شده است. دور تمام زمین تور کشیده شده. شاه و همراهانش در زورق روی آب برکه روانند و به ضرب تیر گرازهای مرداب را از پا در می‌آورند. زنانی که مشغول چنگ زدن هستند نیز در زورق سوارند و آن‌ها را همراهی می‌کنند. به یاد می‌آوریم که ساسانیان شیفته‌ی موسیقی بوده‌اند، در نزد آن‌ها بربط و نی و کرنا و چنگ نواخته می‌شده، و این موسیقی است که در آسیای میانه رواج یافت و بالاخره به دربار چین نفوذ کرد. بنابراین اهمیت جنبه بین‌المللی هنر ساسانی مجدداً به طرز روشنی آشکار می‌گردد ولیکن باز به شکار خسرو دوم بپردازیم. در مجموعه مدال‌ها روی یک بشقاب نقره به قطر ۳۰ سانتی‌متر منظره کاملی

از یک سوارکار چالاک و زیبا دیده می‌شود. اسب در حالت تاخت است و باد همه نوارهای شاه را به اهتزاز در آورده است؛ تاج بالدار سبک‌وزن جلوه می‌کند؛ هلال ماه بالای دیهیم مروارید نشان صورت ظریفی را به طرز شایانی نمایان می‌سازد.

تمام جزئیات جامه به تناسب حرکت شکارچی که زه کمان را به سوی آهوان و گرازان گریزان می‌کشد در آمده است. با شوق تمام این حرکت تاخت را با جزئیات آن از نوارهای مواج تا پای آهوان و گرازان که در حال فرار موازی زمین قرار گرفته تماشا می‌کنیم. این یک شاهکار هنر ساسانی است که در دست ما می‌باشد. شدّت و جهش حرکات متناسب با جانوران گریزانی است که در پیرامون شاه واقع شده‌اند. این نکته پایه و اساس هنر ساسانی است، یعنی یک نیروی حیاتی پرجنب‌وُجوش که در عین‌حال دارای نظم قوی و دقیق می‌باشد. فراموش نشود که ساسانیان فقط جهان‌گشا نبوده‌اند؛ پادشاهان توانایی که از رُم تا هندوستان تولد بیم و هراس می‌کرده‌اند. ضمناً پیرو دین ملی مزداپرستی بوده‌اند که اخلاق بسیار عالی و سختی داشته است.

این دین که آتش را مقدس می‌دانسته، دنیا را مرکب از موجودات، خوب و بد می‌پنداشته که جاودانه در کشمکش هستند. با علم به این موضوع، شکار و کشمکش در نظر ما مفهوم تازه‌ای به خود می‌گیرد.زمانی که پی می‌بریم که کشتن جانوران درنده کار پسندیده‌ای بوده در عین حال اجازه نداشته‌اند بیش از ده‌هزار از آن‌ها را نابود کنندمی فهمیم که این شکارچیان بی‌باک در عین حال روانشناسان برزنده‌ای بوده‌اند. نه تنها شوری در شکارنشان می‌داده‌اند یکی از لذت‌های زندگی آن‌ها بوده بله تا حدی این کار قابل ستایش به شمار می‌رفته است. همچنین می‌دانیم دسته‌ی دیگر جانوران هستند که پیروان این کیش خود را ملزم به نگاهداری و پرستاری آن‌ها می‌دانند.

اهمیتی که بـه شـکار داده شـده نشـان مـی‌دهـد کـه جـانور زیبـاترین و جالب‌ترین موضوع هنر ساسانی است. همین جانور ساسانی اسـت کـه روی پارچه‌ها و روی سر ستون‌های ما نقش شده و همین نقش و نگار اسـت کـه تقریباً دست نخورده در قالی‌های ایرانی، آخرین نماینده‌ی یک هنـر توانـا و عالی و بکر، ادامه یافته است.[۱]

تهران-آبان ماه ۱۳۲۵

---

[۱] Esthetiques d'Orient et d'Occident, Paris 1937, p112.

فرانتس کافکا

مسخ

یک روز صبح همین که گرِگوُر سامسا[1] از خواب آشفته‌ای پرید، در رختخواب خود به حشره تمام عیار عجیبی مبدل شده بود. به پشت خوابیده و تنش مانند زره سخت شده بود. سرش را که بلند کرد ملتفت شد که شکم قهوه‌ای گنبدمانندی دارد که رویش را رگه‌هایی به شکل کمان تقسیم‌بندی کرده است. لحاف که به زحمت بالای شکمش بند شده بود، نزدیک بود به کلی بیفتد، و پاهای او که به‌طرز رقت‌آوری برای تنه‌اش نازک می‌نمود جلوی چشمش پیچ‌وُتاب می‌خورد.

گرِگوُر فکر کرد: «چه به سرم آمده؟» معهذا در عالم خواب نبود. اطاقش درست یک اطاق مردانه بود گرچه کمی کوچک، ولی کاملاً متین و بین چهاردیوار معمولیش استوار بود. روی میز کلکسیون نمونه‌های پارچه گسترده بود - گرِگوُر شاگرد تاجری بود که مسافرت می‌کرد - گراوری که اخیراً از مجله‌ای چیده و قاب طلائی کرده بود به خوبی دیده می‌شد. این تصویر زنی را نشان می‌داد که کلاه کوچکی به سر و یخه پوستی داشت و خیلی شق و رق نشسته و نیم آستین پُرپشمی را که بازویش تا آرنج در آن فرومی‌رفت به معرض تماشای اشخاص باذوق گذاشته بود.

گرِگوُر به پنجره نگاه کرد؛ صدای چکه‌های باران که به حلبی شیروانی می‌خورد شنیده می‌شد، این هوای گرفته او را کاملاً غمگین ساخت. فکر کرد: «کاش دوباره کمی می‌خوابیدم تا همه این مزخرفات را فراموش بکنم» ولی به کلی غیرممکن بود، زیرا عادت داشت که به پهلوی راست بخوابد و با وضع کنونی نمی‌توانست حالتی را که مایل بود به خود بگیرد. هرچه دست‌وُپا می‌کرد که به پهلو بخوابد با حرکت خفیفی مثل الّاکلنگ هِی به پشت می‌افتاد. صد بار دیگر هم آزمایش کرد و هربار چشمش را می‌بست تا

[1] Gregor Samsa

لرزش پاهایش را نبیند. زمانی دست از این کار کشید که یک نوع درد مبهمی در پهلویش حس کرد که تا آن‌گاه مانند آن را درنیافته بود.
فکر کرد: «چه شغلی، چه شغلی را انتخاب کرده‌ام؛ هرروز در مسافرت، دردسرهایی که بدتر از معاشرت با پدروُمادرم است؛ بدتر از همه این زجر مسافرت یعنی عوض کردن ترن‌ها، سوار شدن به ترن‌های فرعی که ممکن است از دست برود، خوراک‌های بدی که باید وقت وُ بی‌وقت خورد، هرلحظه دیدن قیافه‌های تازه مردمی که انسان دیگر نخواهد دید و محال است که با آن‌ها طرح دوستی بریزد، کاش این سوراخی که تویش کار می‌کنم به درک می‌رفت؛ بالای شکمش کمی احساس خارش کرد، به چوب تختخواب کمی بیشتر نزدیک شد – به پشت می‌سرید برای این‌که بتواند بهتر سرش را بلند کند و در محلی که می‌خارید یک رشته نقاط سفید به نظرش رسید که از آن سَردَرنمی‌آورد: سعی کرد که با یکی از پاهایش آن محل را لمس کند ولی پایش را به تعجیل عقب کشید چون این تماس لرزش سردی در او ایجاد می‌کرد.
به وضع قبلی خود درآمد. فکر می‌کرد: «هیچ‌چیز آن‌قدر خرف کننده نیست که آدم همیشه به این زودی بلند بشود. انسان احتیاج به خوابش دارد. راستی می‌شود باور کرد که بعضی از مسافران مثل زن‌های حرم زندگی می‌کنند؟ وقتی که بعدازظهر به مهمانخانه برمی‌گردم تا سفارش‌ها را یادداشت بکنم، تازه این آقایان را می‌بینم که دارند چاشت خودشان را صرف می‌کنند. می‌خواستم بدانم اگر من چنین کاری می‌کردم رئیسم به من چه می‌گفت: فوراً مرا بیرون می‌انداخت، کی می‌داند شاید هم این کار عاقلانه باشد؟ اگر پای‌بند خویشانم نبودم، مدت‌ها بود که استعفای خودم را داده بودم، می‌رفتم رئیس‌مان را گیر می‌آوردم و مجبور نبودم که فرمایش‌های او را قورت بدهم. در اثر این کار لابد از روی میز دفترش

می‌افتاد. این هم اطوار غریبی است، برای حرف زدن با کارمندانش روی میز دفتر صعود می‌کند مثل این‌که به تخت نشسته. آن هم با گوش سنگین که باید کاملاً نزدیکش رفت؛ درهرحال هنوز امیدی باقی است هروقت پولی را که اقوامم به او بدهکارند تیغ‌دار کردم – این هم پنج شش سال وقت لازم دارد – حتماً این ضربت را وارد می‌آورم بعد هم حرف حساب یک کلمه و ورق برمی‌گردد. در هرحال باید برای ترن ساعت پنج بلند بشوم.»

به ساعت شماطه که روی دولّابچه تیک‌وُتاک می‌کرد نگاهی انداخت و فکر کرد: «خدا به داد برسد» ساعت شش وُ نیم بود و عقربک‌ها به کندی جلو می‌رفتند. از نیم هم گذشته بود: نزدیک شش وُ سه ربع بود. پس ساعت شماطه زنگ نزده بود؟معهذا از توی رختخواب عقربک کوچک دیده می‌شد که روی ساعت چهارقرار گرفته بود. شماطه حتماً زنگ زده بود. پس در این صورت با وجود سرو صدایی که اثاثیه را به لرزه درمی آورد گرِگوُر به خواب خوشی بوده ؟خواب خوش نه، او به خواب خوش نرفته ولی غرق خواب بوده. بله‌اما حالا؟ ترن اول ساعت هفت حرکت می‌کرد؛ برای این‌که بتواند به آن ترن برسد باید دیوانه وار عجله بکند. ازاین گذشته کلکسیون نمونه‌ها هم در پاکت پیچیده نشده بود. اما آن چه مربوط به خود گرِگوُر می‌شد این‌که او کاملاً سردماغ نبود. برفرض هم که خودش رابه ترن می‌رسانید اوقات تلخی اربابش مسلم بود، زیرا پادو دوچرخه سوار سر ساعت پنج دم ترن انتظار گرِگوُر را کشیده و مسامحه او را به تجارتخانه اطلاع داده بود. این آدم مطیع و احمق یک نوع غلام حلقه به گوش و تحت‌الحمایه رئیس بود. اما... اگر خودش را به ناخوشی می‌زد؟ این‌هم بسیار کسل کننده بود وبه او بدگمان می‌شدند، زیرا پنج سال می‌گذشت که در این تجارتخانه کار می‌کرد و هرگز کسالتی به گرِگوُر عارض نشده بود. رئیس با پزشک بیمه حتماً می‌آمدند و پدر و مادرش را از تنبلی پسرشان

سرزنش می‌کردند و اعتراضات را به اتکاء قول پزشک که برای او هرگز ناخوش وجود نداشت و فقط تنبل وجود داشت رد می‌کرد. آیا ممکن بود طبیب در این مورد به خصوص اشتباه کند؟ گرِگوُر حس می‌کرد که کاملاً حالش به جاست. فقط این احتیاج بیهوده به خوابیدن، آن‌هم در چنین شب طولانی او را ازکار بازداشته بود و اشتهای غریبی درخود حس می‌کرد.

در همان موقع که این افکار را به سرعت در مغزش زیروُرو می‌کرد بی‌آن‌که تصمیم بگیرد از رختخواب بلندبشود، شنیدکه در پهلوی بسترش را می‌کوبند و در همان دم ساعت زنگ سه ربع را زد. مادرش او را صدا می‌کرد: «گرِگوُر ساعت هفت وُ ربع کم است آیا خیال نداری به ترن برسی!» طنین صدایش گوارا بود، گرِگوُر از آهنگ جواب خودش به لرزه افتاد. در این‌که صدایش شناخته می‌شد شکّی در بین نبود. او بود که حرف می‌زد اما یک جور زق زق دردناکی که ممکن نبود از آن جلوگیری کند و به نظر می‌آمد که از ته وجودش بیرون می‌آمد و در صدایش داخل می‌شد و کلمات صوت حقیقی خود را نداشتند مگر در لحظه اوّل و سپس صوت مغشوش می‌شد به‌طوری که آدم ازخودش می‌پرسید آیا درست شنیده است یا نه. گرِگوُر خیال داشت جواب مفصلی بدهد، اما با این شرایط به همین اکتفا کرد که بگوید: «بله، بله، مادرجان متشکرم. بلند می‌شوم.» بی‌شک حائل بودن درنمی‌گذاشت به تغییری که در صدای گرِگوُر حاصل شده بود پی‌ببرند، زیرا توضیح او مادر را متقاعد کرد و در حالی که پاپوش را به زمین می‌کشید دور شد. اما این گفتگوی مختصر سایر اعضای خانواده را متوجه کرد که گرِگوُر بر خلاف انتظار هنوز در رختخواب است. پدر نیز آهسته با مشت به کوفتن در پهلوئی شروع کرد و فریاد زد: «گرِگوُر، گرِگوُر، چته؟» و لحظه‌ای بعد با لحن آمرانه و باوقار می‌گفت: «گرِگوُر، گرِگوُر!» از در دیگر پهلوی اطاق، خواهرش به آرامی می‌نالید که «گرِگوُر آیا

ناخوشی؟ چیزی لازم داری؟» گرِگوُر سعی کرد که کلمات را دقیق تلفظ بکند و تا می‌تواند لغات را از هم مجزا بنماید تا صدایش طبیعی بشود. به هردو طرف جواب داد: «حاضرم.» پدر رفت که چاشت بخورد، ولی خواهر هنوز پِچ‌پِچ می‌کرد: «گرِگوُر خواهش می‌کنم که در را باز بکنی.» گرِگوُر اعتنائی به این پیشنهاد نکرد. برعکس خوشحال بود که عادتِ در بستن از تو را مثل اطاق مهمانخانه حفظ کرده بود.

اوّل سر فرصت بلند می‌شد بی‌آن‌که کسی مخل او بشود، لباس می‌پوشید و به‌خصوص صبحانه را می‌خورد و بعد وقت داشت برای این‌که فکر بکند. به خوبی حس می‌کرد که رختخواب جای یافتن راه حل عاقلانه برای این مسئله نیست. چه بسا اتفاق می‌افتاد که در اثر بدی وضع خوابیدن از این کسالت‌های کوچک به انسان رخ می‌دهد و همین که برخاستند خودبه‌خود از بین می‌رود و گرِگوُر متوجه بود که کم کم خیالات باطل او برطرف می‌شود. اما راجع به تغییر صدایش، کاملاً معتقد بود که آن مقدمه سرماخوردگی است و این ناخوشی مختص کسانی است که مجبور به مسافرت زیاد می‌باشند. رد کردن لحاف برایش هیچ زحمتی نداشت ،کمی باد کرد و لحاف خودبخود افتاد. بعد گرِگوُر از جثه مهیب خود دچار زحمت شد. برای این‌که بلند بشود احتیاج به بازو و ساق پا داشت و او به جز پاهای کوچکی که دائماً می‌لرزیدند و به آن‌ها مسلط نبود چیزی نداشت. قبل از این‌که بتواند یکی از آن‌ها تا بکند بایستی کمی استراحت بکند و زمانی که حرکت مطلوب را اجرا می‌کرد همه پاهای دیگر بدون نظم درهم وُ برهم می‌شدند و به طرز دردناکی او را شکنجه می‌کردند. با خودش گفت: «بی‌خود نباید توی رختخواب ماند.»

برای این‌که بیرون بیاید، ابتدا سعی کرد که از قسمت سفلی بدن شروع کند، بدبختانه این قسمت پائین را که هنوز ندیده بود و تصور دقیقی

درباره آن در ذهن نداشت، هنگام آزمایش حرکت دادن آن را بسیار دشوار دید. کندی این روش او را ازجا در کرد. تمام قوایش را جمع کرد تا خود را به جلو بیندازد ولی از آن‌جا که خط سیر خود را بد حساب کرده بود سخت به یکی از برجستگی‌های تخت خورد و احساس دردی سوزان به او فهمانید که قسمت پائین بدنش بی‌شک بسیار حساس است.

ازین‌رو خواست شیوه را تغییر بدهد و از بالای بدن شروع نماید و با احتیاط سرش را به طرف بالای تخت چرخانید. بدون زحمت به این کار موفق شد و باقی جسمش با وجود وزن و حجمی که داشت به همان سو متوجه گردید. اما همین‌که سرش بیرون آمد و در میان هوا آویزان گشت گرِگوُر از ادامه دادن به این کار ترسید، اگر با همین وضعیت به زمین می‌افتاد، سرش خرد می‌شد مگر این‌که معجزی واقع شود و این موقعی نبود که وسایل خود را ازدست بدهد. پس بهتر بود که در رختخواب بماند.

معهذا زمانی که پس از این همه مرارت آهی کشید دوباره مثل پیش خود را در حالت دراز کشیده یافت و زمانی که دید پاهای کوچکش بیش از پیش در پیچ‌وُتاب است ناامید شد از این‌که بتواند در این اعضای خود سرنظمی برقرار بکند. دوباره به فکرش آمد که قطعاً نباید در رختخواب بماند و به طرز عاقلانه‌ای در راه کوچک‌ترین امید خارج شدن از آن باید از هیچ‌گونه فداکاری دریغ نکند. هنوز به خاطر می‌آورد که تصمیم نومیدانه هرگز ارزش تأمل متین و منطقی را ندارد. عموماً در چنین مواردی نگاه خود را به پنجره می‌دوخت تا از آن درس تشویق و امیدواری بگیرد اما در این روز کوچه هیچ جوابی به او نمی‌داد. ابر انبوه هیچ‌گونه مژده‌ای دربرنداشت. فکر کرد: «ساعت هفت است و مه کم نشده!» لحظه‌ای دوباره دراز کشید تا تنفس آرام و قوای سابق خود را دوباره به دست بیاورد، مثل این‌که متوقع بود آرامش کامل، زندگی عادی رابه او بازگرداند.

بعد باخود گفت: «قبل ازیک ربع حتماً باید بلند بشوم – عنقریب کسی را دنبال من به منزل می‌فرستند چون مغازه پیش ازساعت هفت باز می‌شود.» و شروع کرد که به پشت بخزد تا به تمام طول بدن و یک جا از رختخواب بیرون بیاید. از این قرار می‌توانست سر خود را بالا بگیرد تا به آن صدمه‌ای نرسد. پشتش که به نظر او به اندازه کافی سخت بود البته روی قالیچه آسیبی نمی‌دید. فقط از صدایی که موقع سقوطش تولید می‌شد واهمه داشت. می‌ترسید که در تمام خانه این صدا منعکس بشود و وحشت یا اضطرابی تولید بکند.

روش جدیدی که پیش گرفته بود بیشتر برایش تفنن بود تا کار پرزحمت، زیرا به وسیله تکان‌هایی می‌توانست خود را بلغزاند. هنگامی که نیمی از تنش از رختخواب بیرون آمد به فکرش رسید که اگر کمی به او کمک می‌شد با چه سهولتی می‌توانست بلند بشود. دو نفر آدم قوی مثل پدرش و خدمتگار کافی بود. آن‌ها بازویشان را زیر پشت گرد او می‌بردند و از رختخواب بیرون می‌آوردند سپس با بار خود خم می‌شدند و بعد با احتیاط صبر می‌کردند که بتواند روی زمین استوار بشود و به این ترتیب می‌توانست امیدوار باشد که پاهایش بالاخره وسیله استعمال خود را پیدا بکنند. اما برفرض هم که درها بسته نبود آیا کار خوبی بود که کسی را به کمک بخواهد؟ از این فکر باوجود همه بدبختی که به او روی آورده بود نتوانست از لبخند خودداری بکند.

عملیات به قدری پیشرفت کرده بود که در اثر حرکت تابی که به خود می‌داد تقریباً حس کرد که تعادلش را ازدست داده، باید تصمیم قطعی بگیرد زیرا از یک ربع ساعت مهلتی که پیش خود تعیین کرده بود پنج دقیقه بیشتر باقی نمانده بود ولی ناگهان صدای زنگ در را شنید؛ با خودش گفت: «لابد کسی از مغازه آمده!» و حس کرد که خون در بدنش منجمد شد و

پاهای کوچکش رقص چوپی خود را تندتر کردند. لحظه‌ای در سکوت گذشت و در پرتو امید پوچی تصور کرد که هیچ کس در را بازنخواهد کرد ولی خدمتگار مثل معمول با گام‌های استوار به طرف در رفت. اولین کلمه‌ای که شخص تازه وارد ادا کرد کافی بود برای آن که گرِگوُر به هویّت او پی ببرد؛ این شخص خود معاون بود. چرا بایستی گرِگوُر محکوم به خدمت در تجارتخانه‌ای باشد که آن‌جا کوچک‌ترین غفلت کارمند موجب بدترین سوءظن در باره او می‌شد؟ آیا همه کارمندان بی‌استثناء دغل بودند؟ آیا بین آن‌ها هیچ‌یک از آن خدمتگزاران فداکار و باوفا پیدا نمی‌شد که اگر اتفاقاً بر ایشان پیش‌آمدی رخ می‌داد تا صبح یکی دو ساعت طفره بروند به قدری از پشیمانی حالشان منقلب بشود که نتوانند از رختخوابشان بیرون بیایند؟ آیا به جای آن که فوراً مزاحم معاون بشوند حقیقت کافی نبود که یکی از شاگردان تازه کار را می‌فرستادند تا اطلاعی به دست بیاورد – آن هم درصورتی که چنین بازپرسی لزومی داشت – مثل این‌که بخواهند به تمام خانواده نمایش بدهند که روشن کردن چنین قضیه مشکوکی ممکن نیست مگر این‌که به هوش چنین شخص توانائی محول بشود؟ این افکار به قدری گرِگوُر را از جا درکرد که با تمام قوا خودش را از تخت به زیر افکند. این اقدام بیشتر در اثر خشم او بود تا در نتیجه یک تصمیم قطعی. حاصل این‌که تصادم شدیدی تولید شد ولی غوغائی که از بروز آن می‌ترسید رخ نداد. قالیچه از شدت سقوط کاست و پشت جوانک بیش از آن که ابتدا تصورش را می‌کرد قابل ارتجاع بود. دنبال صدای خفه‌ای که ایجاد شد هیچ‌گونه غوغائی تولید نگردید، فقط سرش صدمه دید، چون گرِگوُر سرش را به‌اندازه کافی بالا نگرفته بود و در موقع سقوط ضربت دید. پس سرخود را از شدت درد و اوقات تلخی چرخانید و آن را روی قالیچه مالید.

معاون در اطاق دست چپ گفت: «گویا چیزی زمین خورد.» گرِگوُر ازخودش پرسید: «آیا ممکن نیست که روزی چنین بدبختی به این مرد روی بدهد؟» به‌هرحال استبعادی نداشت. اما مانند جواب خشونت‌آمیزی صدای پا آمد و کفش‌هایی به زمین کشیده شد و در اطاق دست راست خواهر پچ‌پچ‌کنان خبر داد: «گرِگوُر، معاون آمده.» گرِگوُر گفت: «می‌دانم اما جرأت نکرد آن‌قدر بلند حرف بزند که خواهرش بشنود. حالا پدر در اطاق دست چپ می‌گفت: «گرِگوُر آقای معاون تشریف آورده تا بازخواست کند که چرا با ترن اول حرکت نکردی. نمی‌دانم چه جوابش بدهیم. به علاوه می‌خواهند با خودت حرف بزنند. زودباش برای خاطر ما هم که شده در را باز کن. بدیهی است که ایشان شلوغی اطاقت را با نظر اغماض تلقی خواهند کرد.» صدای معاون بلند شد که حرف او را برید و بلند بلند گفت: «سلام علیکم آقای سامسا!» مادرش گفت: «ناخوش است.» و پدر به نطق خود ادامه داد: «حضرت آقای معاون به شما قول می‌دهم که ناخوش است وگرنه چطور ممکن بود که ترن خود را از دست بدهد؟ این طفلک همه هوش و حواسش توی تجارت است. حتی من دلگیرم که چرا بعد از شام هرگز از خانه خارج نمی‌شود؛ باور می‌کنید که هشت روز است برگشته و همه شب‌ها را در خانه می‌گذرانیده؟ جلو میز می‌نشیند و همان‌جا می‌ماند، بی‌آن‌که چیزی بگوید روزنامه می‌خواند و یا دفتر راهنما را مطالعه می‌کند. بزرگ‌ترین سرگرمی او ساختن مزخرفاتی است که با ارّه‌ی برش خود درست می‌کند. اخیراً در یکی دو جلسه یک قاب عکس خیلی ملوس درست کرده، آن‌قدر قشنگ است؛ این قاب را که در اطاقش ببینید تعجب خواهید کرد. به محض این‌که گرِگوُر در را باز کرد شما می‌توانید آن‌را ببینید. به علاوه من خیلی خوشوقتم که فکر آمدن این‌جا به سر شما افتاد. این جوان به قدری خودسر است که بدون وجود شما ما هرگز نمی‌توانستیم گرِگوُر را وادار کنیم که در

اطاقش را باز کند. گرچه امروز صبح نمی‌خواست اقرار بکند ولی حتماً ناخوش است! گرِگوُر با درنگ احتیاط‌آمیزی این جمله را تهجی کرد: «الآن می‌آیم!» ولی جنبشی نکرد از ترس این که مبادا یک کلمه از گفتگوهایی را که می‌شد از نظر بیندازد. معاون اظهار کرد: «خانم در حقیقت من نمی‌توانم این موضوع را طور دیگری تعبیر بکنم، امید است که پیش‌آمد وخیمی رخ نداده باشد، معهذا باید اقرار کنم که ما تجار خوش‌بختانه یا بدبختانه هرطوری که می‌خواهید تصور بفرمائید، اغلب قبل از نقاهت‌های جزئی خودمان باید کار را از پیش ببریم.»

پدر از روی بی‌تابی در را زد و پرسید: «خوب! حالا آقای معاون می‌توانند وارد بشوند؟» گرِگوُر گفت: «نه» طرف چپ را سکوت سختی فراگرفت و سمت راست خواهر شروع به گریه کرد.

چرا خواهرش نمی‌رفت جزو جُرگه آنهای دیگر بشود ؟ بی‌شک تازه بلند شده و لباس نپوشیده بود. اما چرا گریه می‌کرد؟ آیا علت گریه‌اش این بود که گرِگوُر بلند نمی‌شد تا معاون را داخل اطاقش بکند و بیم آن بود که از کارش معزول شود و رئیس مثل سابق که تقاضاهائی می‌کرد دوباره اسباب زحمت پدر و مادرش را فراهم بیاورد؟ نگرانی بیجائی بود! گرِگوُر حتی حاضر بود و هیچ خیال نداشت که خانواده خود را ترک بکند. در ین لحظه البته او روی قالیچه خوابیده بود و هرکس او را درین حال می‌دید نمی‌توانست جداً از او توقع داشته باشد که معاون را داخل اطاقش بکند، ولی به هرحال به علت این بی‌ادبی کوچک که بعد به خوبی از عهده جبرانش برمی‌آمد او را فوراً بیرون نمی‌کردند. و گرِگوُر عقیده داشت که درین لحظه اگر او را به حال خود می‌گذاشتند بهتر از آن بود که به وسیله نطق‌ها و گریه زاری اذیتش کنند. اما به‌طور قطع دودُلی باعث نگرانی آن‌ها شده و همین نکته اقدامات آن‌ها را تبرئه می‌کرد.

در این وقت معاون باد توی صدایش انداخته فریاد می‌زد: «آقای سامسا چه شده است؟ شما در را به روی خودتان می‌بندید و فقط به وسیله نـه و آره گفتن جواب می‌دهید و بی‌جهت سبب پریشانی خاطر خویشـانتان را فـراهم می‌آورید و از وظایف اداری شانه خالی می‌کنید. من به‌طور فـوق‌العـاده بـه وسیله این جمله معترضه به شما تذکر می‌دهم! من حـالا از طـرف اقـوام و رئیستان به شما خطاب می‌کنم. جـداً از شـما تقاضـا دارم کـه زود توضـیح دقیقی به ما بدهید، من کاملاً متعجبم، تصور می‌کردم که شما جوان آراسته عاقلی هستید و حالا می‌بینم ناگهان روش افراط‌آمیزی اتخـاذ کـرده‌ایـد تـا صحبت شما نقل مجالس بشود؛ امروز صبح حضرت آقای رئـیس راجـع بـه غیبت شما با من صحبت کردند و به مـن پیشـنهادی فرمودنـد کـه بـا آن مخالفت ورزیدم یعنی اشاره به پرداخت‌هایی کردند که مدت کمـی اسـت به عهده شما محول شده. من قول شرف دادم که این ربطـی بـه موضـوع ندارد اما آقای سامسا، حالا که سماجت شما را به رأی‌العین مشاهده می‌کنم یقین بدانید که رویه شما مرا بیزار می‌کند که از این به بعـد از شـما دفـاع بکنم. با وجود این موقعیت اداری شما هم چنـدان محکـم نیسـت؛ اول خیـال داشتم که این مطلب را در خلوت به خودتان بگویم، اما حالا که بیهوده وقت مرا این‌جا تلف کرده‌اید، علّتی ندارد که جلو اقوامتان سـکوت اختیـار بکـنم. پس مطّلع باشید که خدمات اخیر شما مورد قدردانی رؤسا واقع نشده، مـا اذعان داریم که این فصل با معاملات بزرگ تجارتی مساعد نبوده است ولی آقای سامسا ضمناً بدانید که یک فصل سال بدون معاملات نمی‌تواند و نباید وجود داشته باشد.»

گرِگوُر ازجا در رفته بود ،اختلال حواسش باعث شد که رویه احتیاط‌آمیز را از دست بدهد و فریاد زد: «ولی حضرت آقای معاون، الساعه در را باز می‌کنم، من کسالت مختصری داشتم، سرگیجه مانع می‌شد که بلند بشوم هنـوز در

رختخوابم، اما حالم رو به بهبودی است. یک دقیقه صبربکنید بلند می‌شوم، آنقدرها هم که تصور می‌کردم حالم خوب نشده. با وجود این حالم خیلی بهتراست. چطور ناخوشی به این زودی آدم را از پا درمی‌آورد! ازخویشانم بپرسید دیشب حالم چندان بد نبود، اما چرا، دیشب هم علامت نقاهت را حس می‌کردم. شاید متوجه شده باشند. بد کردم که قبلاً به مغازه اطلاع ندادم، اما مطلب این جاست که آدم همیشه تصور می‌کند که در مقابل ناخوشی استقامت خواهد کرد و بستری نمی‌شود. حضرت آقای معاون، مراعات اقوام بنده را بکنید، سرزنش‌هایی که السّاعه به این جانب می‌کردید کاملاً بی‌اساس است؛ به‌علاوه تاکنون کسی به من تذکری نداده بود. شاید جنابعالی سفارش‌های اخیری که فرستادم ملاحظه نکرده باشید؟ من با ترن ساعت ۸ حرکت خواهم کرد. این چند دقیقه استراحت برایم مفید واقع شد. حضرت آقای معاون من نمی‌خواهم وقت شما تلف بشود، السّاعه به مغازه خواهم آمد، خواهشمندم از روی مرحمت به آقای رئیس اطلاع بدهید و نظر لطف ایشان را نسبت به بنده جلب بفرمائید.»

گرِگوُر همین‌طور که سیل سخن را سرازیر کرده بود و خودش نمی‌دانست چه می‌گوید با سهولتی که نتیجه تمرین‌های سابقش بود به دولابچه نزدیک شده سعی می‌کرد به وسیله آن بلند بشود. زیرا بسیار مایل بود که در را باز بکند، و خودش را نشان بدهد و با معاون صحبت بکند ضمناً کنجکاو بود که بداند این اشخاص که حضور او را با تحکم تقاضا داشتند از دیدنش چه حالتی پیدا می‌کردند. اگر از منظره‌اش می‌ترسیدند مسئولیت از او سلب می‌شد و اگر وضع او را عادی تلقی می‌کردند دیگر لازم نبود به خود زحمت بدهد؛ می‌توانست قدری عجله کند و ترن ساعت ۸ را در ایستگاه بگیرد. بدنه دولابچه لیز بود. گرِگوُر چند بار لغزید، معهذا با کوشش فراوان موفق شد که سرپا بایستد؛ هیچ به درد سوزانی که در شکمش حس می‌کرد

توجهی نمی‌نمود وخودش را روی پشتی صندلی مجاور انداخت و نگه داشت و با پاهایش به حاشیه آن چسبید همین که به خودش مسلّط شد سکوت کرد تا حرف‌های معاون را بشنود.

این مرد از پدر و مادرش می‌پرسید: «آیا شما یک کلمه ازحرف‌هایش را فهمیدید؟ امیدوارم که ما را ریشخند نکرده باشد!» مادرش که اشک می‌ریخت می‌گفت: «خدایا خدایا، شاید ناخوش سخت است و ما وقت خودمان را به اذیت کردنش می‌گذرانیم» بعد صدا زد: «گرت! گرت!» دختر جوان از پشت جدار چوبی دیگر جواب داد: «بله مادرجان!» زیرا اطاقش به وسیله اطاق گرِگوُر از آن‌جا مجزا می‌شد. مادرگفت: «برو زود دکتر را بیاور، گرِگوُرمان ناخوش است؛ زود زود یک دکتر بیاور،صدایش را شنیدی؟ معاون گفت: «این صدای جانور بود.» و بعد از داد فریاد زن‌ها به نظر می‌آمد که آهسته حرف می‌زنند. پدرش روبه دالان صدا زد تا صدایش در آشپزخانه شنیده بشود: «آنا؛ آنا! برو کلیدساز را بیاور» و فوراً دو دختربچه (معلوم نبود چطور گرت به این زودی لباسش را پوشید) در دالان با صدای خش و فش لباسشان دویدند و با هم در را بازکردند. صدای بستن در شنیده نشد. بی‌شک مثل خانه‌هایی که پیش‌آمد ناگواری در آن‌ها رخ می‌دهد در را باز گذاشتند.

با وجود این گرِگوُر آرام‌تر شده بود. حتماً حرف‌های او را نفهمیده بودند هرچند به نظر خودش کاملاً آشکار بود و چون عادت کرده بود کلمات آخری از دفعه اول هم آشکارتر به نظرش می‌آمد. امّا اقلاً داشتند ملتفت می‌شدند که وضع او طبیعی نیست و می‌خواستند کمکش کنند.

اطمینان و خونسردی که در اوّلین اقدامات به کار رفت به او قوّت قلب داد. حس می‌کرد که دوباره در جامعه بشری داخل شده و چشم به راه دکتر و کلید ساز بود بی‌آن‌که بین آن‌ها فرقی بگذارد، این پیش آمدها به‌نظرش

مانند کارنمایان باشکوه و شگفت‌انگیزی جلوه می‌کرد. به منظور صاف کردن صدای خود برای مکالمات بعدی، بسیارآهسته سُرفه کرد چون مـی‌ترسـید که سُرفه‌اش مثل سُرفه انسان صدا نکندو جرأت نداشت که با قوه ادراک خود قضاوت کند. درین بین سـکوت کـاملی در اطـاق مجـاور فرمـانروایی داشت. شاید پدر و مادرش برای کنکاش نهایی دور میز گرد آمده بودنـد، شاید همه آن‌ها از لای درز در به او گوش می‌دادند.

گرِگوُر با صندلی آهسته خودش را به طرف در کشانید. آن‌جا صندلی را رها کرد، خودش را به طرف در انداخت و به کمـک چـوب در ایسـتاد، زیـرا از نوک پاهایش مایع چسبنده‌ای تراوش می‌کرد – لحظه‌ای ازتقلا آسـود بعـد سعی کرد قفل در را با دهنش باز کند. اما چطور کلید را بگیرد؟ اگـر دارای دندان حقیقی نبود در عوض آرواره‌های بسـیار قـوی داشـت و بـالاخره بـا تحمل دردی که در اثر این کار تولید می‌شد موفق شـد کـه کلیـد را تکـان بدهد. از لب‌هایش مایع قهوه‌ای‌رنگی روان بود که روی قفل می‌ریخت و بعد روی قالیچه می‌چکید. معاون در اطاق مجاور گفت: «گوش کنید دارد کلید را می‌چرخاند» این تشویق گرانبهایی برای گرِگوُر بود و دلش می‌خواسـت کـه پدر و مادرش و همه با هم دم می‌گرفتند: «بارک‌الله گرِگوُر، ماشـاءالله زور بده!» و به فکر این‌که همه با دقت پرشوق و علاقه‌ای به کوشش او متوجـه بودند به‌طوری با تمام قوّه آرواره و با تمام قوایش سخت به درآویخته بود که بیم می‌رفت بی‌حـس و حرکـت بیفتـد. مطـابق جهـت کلیـد دور قفـل می‌رقصید؛ گاهی فقط با دهن خودش را نگهداشته بود و گاه به حلقه بـالای کلید آویزان می‌شد و با تمام وزن بـدنش آن را پـائین مـی‌کشـید. صـدای خشک گردش زبانه کلید گرِگوُر را به خود آورد و با آه فرح‌بخشی به خـود گفت: «دیگر به چلینگر احتیاجی نیست» و سرش را روی دستک در گذاشت تا در را باز بکند.

این طریقه که یگانه وسیله ممکن بود مانع شد که حتی پس از بازشدن در پدر و مادرش تا چند لحظه او را ببینند. لازم بود یکی از لَت‌های در را بگرداند آن هم با مراعات احتیاط کامل تا ورود آن‌ها باعث نشود که به پشت بیفتد. هنوز در گیروُدار بود و تمام توجهش را به این کار مصروف داشت ناگهان صدای مافوقش را شنید که «اوه!» بلندی گفت مثل صدایی که وزش شدید باد تولید بکند و او را که از همه به در نزدیک‌تر بود دید که دستش را روی دهان بازش فشار می‌داد و به آرامی عقب می‌رفت مثل این‌که نیرویی نامرئی با قوتی ثابت او را از جای خود عقب می‌راند. مادر که با وجود حضور معاون با موهای ژولیده ایستاده بود دست‌ها را به هم متصل کرده به پدر نگاه کرد، بعد دو قدم به سوی گرِگوُر رفت و در میان حلقه خانواده زمین خورد، دامن لباس دورش پهن شد در حالی که صورتش بین پستان‌هایش فرو رفت و کاملاً مخفی گردید. پدر باحالت شریرانه مشت‌های خود را گره کرد مثل این‌که می‌خواست گرِگوُر را به اطاق خودش عقب براند، با حالت بهت به اطاق ناهارخوری نگاه کرد و با دست جلو چشمش را گرفت و با هق وُ هق بلندی چنان به گریه افتاد که سینه پهنش تکان می‌خورد.

گرِگوُر از دخول به اطاق خودداری کرد و فقط به در بسته یله داد و از آن‌جا نیمی از بدنش پیدا بود و ازبالا سرش را به پهلو خم کرده بود تا مترصد پیش آمدهای بعد باشد. معهذا هوا خیلی روشن‌تر شده بود؛ به‌طور واضح آن طرف کوچه یک تکه از عمارت روبه‌رو که یک بیمارستان دراز دودزده با پنجره‌های مرتب بود و به طرز خشنی نمای عمارت را سوراخ سوراخ می‌کرد دیده می‌شد. هنوز باران می‌بارید اما قطرات درشتی بود که از هم فاصله داشت و تک تک به زمین می‌افتاد. ظروف چاشت روی میز کود شده بود، زیرا پدر این نوبت خوراک را از همه مهمتر می‌دانست و به وسیله خواندن

روزنامه‌های گوناگون مدت آن را طولانی می‌کرد. به جدار دیوار عکس گرِگوُر با لباس ستوانی دیده می‌شد (این درجه را در نظام وظیفه گرفته بود) که با لبخند دستش را روی قبضه شمشیر گذاشته بود و از زندگی خشنود بود و از هیبتش به نظرمی آمد که برای لباسش مراعات احترام را لازم می‌شمرد. در باز بود و ازآن جا در فاصله بین دالان و دالانچه اولین پلّه‌های پلکان دیده می‌شد.

گرِگوُر دانست که در آن میان یگانه کسی است که آرامش خود را حفظ کرده است. «من الان لباس می‌پوشم نمونه‌هایم را جور می‌کنم و راه می‌افتم. آیا می‌خواهید که حرکت کنم؟ می‌خواهید؟ حضرت آقای معاون ملاحظه می‌فرمائید که لجوج نیستم؛ بی‌شک مسافرت دشوار است، اما من نمی‌توانم از آن چشم بپوشم. حضرت آقای معاون شما کجا تشریف می‌برید؟ به تجارتخانه؟ بله؟ آیا مطابق واقع گزارش خواهیدکرد؟ برای هر کسی ممکن است اتفاق بیفتد که در انجام مقررات اداری غفلت بکند ولی این مناسب‌ترین موقع است برای این‌که خدمات سابق را در نظر بگیرند و به خاطر بیاورند که پس از رفع غائله بیش‌ازپیش به کار خود علاقمندی نشان بدهد. شما البته مستحضرید که بنده مدیون مراحم حضرت آقای رئیس می‌باشم. گذران معاش پدر و مادر و خواهرم به عهده بنده است. من مواجه با موقعیت دشواری شده‌ام، اما به وسیله جدیت در کار خودم را از این مهلکه نجات خواهم داد. خواهشمندم که موقعیت بنده را دشوارتر نفرمائید، زیرا به حدّ اعلاء دشوار هست. استدعای عاجزانه دارم که در تجارتخانه محترمتان از حقوق بنده دفاع بفرمائید.این نکته را به خوبی می‌دانم که عموماً با شاگرد تاجر حسن نظر ندارند. گمان می‌کنند که مداخل سرشاری دارد و زندگی عریض و طویلی می‌کند. بنده تصور می‌کنم که وضعیت کنونی این عقیده باطل را تأیید نمی‌کند. ولی حضرتعالی آقای

معاون، حضرتعالی که بهتر از همه به احوال کارمندان واقف هستید حتی بهتر از شخص حضرت آقای رئیس، بین خودمان باشد (زیرا مشارالیه به علت این‌که کارمندان را استخدام می‌کند متحمل است به زیان یکی ازآن‌ها تحت تأثیرواقع شود) البته حضرتعالی مطلعید شاگرد که تقریباً در تمام سال هیچ وقت در تجارتخانه نیست اغلب ممکن است فقط دچار اراجیف یا اتفاق و یا بهتان بی‌اساس بشود و برایش به کلی غیرمقدور است که از خودش دفاع بکند زیرا روحش خبر ندارد‌که به او تهمت زده‌اند و فقط بعد از این که خسته و کوفته ازمسافرت برمی‌گردد، اطلاع حاصل می‌کند که حکم شومی در باره او صادر شده و دیگر نمی‌توان از علّت‌های آن تحقیق کرد و به این وسیله آتیه او تاریک می‌گردد! حضرت آقای معاون استدعای عاجزانه دارم قبل از این‌که اظهار لطف و موافقت خودتان را نسبت به بنده اعلام فرمائید تشریف نبرید.»

ولی معاون به شنیدن اولین کلمات گرِگوُر رویش را برگردانید و از بالای شانه‌ای که لرزه بدان مستولی شده بود با روی ترش او را نگاه می‌کرد. در طی نطق گرِگوُر عوض این‌که باخشونت گوش بدهد – در حالی که او را می‌پائید – خود را کم کم به طرف در عقب کشیده بود مثل این‌که نیروی مرموزی مانع از رفتنش می‌شد. به دالان هم رسیده بود. زمانی که آخرین قدم را از اطاق ناهارخوری بیرون گذاشت، حرکت تندی کرد، انگاری که زمین کفش‌هایش را می‌سوزانید. بعد دستش را به طرف دستگیره نرده دراز کرد مثل این‌که یک راه نجات مافوق طبیعی در پائین پلکان انتظارش را داشت.

گرِگوُر پی‌برد که اگر مایل باشد شغل خود را ازدست ندهد به هر قیمتی شده نباید بگذارد که او درین حالت برود. متأسفانه پدر و مادرش موقعیت را درست تمیز نمی‌دادند، از زمانی که پسرشان درین تجارتخانه کار

می‌کرد این فکردر مغزشان جایگیر شده بود که زندگی گرِگوُر تأمین شده و نگرانی کنونی به قدری فکر آن‌ها را مشغول کرده بود که قادر به پیش‌بینی نبودند. اما قلب گرِگوُر وقوع پیش‌آمدهایی را گواهی می‌داد. باید مانع رفتن معاون شد، او را آرام و متقاعد نمود و بالاخره دلش را به دست آورد. زیرا آینده گرِگوُر و خانواده‌اش به مخاطره افتاده بود. آه اگر خواهرش آن‌جا بود، او می‌فهمید، ازگریه‌اش پیدا بود که قضایا را درک می‌کرد، در صورتی که همان وقت گرِگوُر با خاطره آسوده به پشت خوابیده بود! به علاوه معاون که زن‌ها را دوست می‌داشت به حرف او حتماً گوش می‌داد و به وسیله او ممکن بود راهنمایی بشود. خواهرش در را می‌بست و در دالان به او ثابت می‌کرد که اضطرابش بی‌جهت است. ولی درست در همین موقع او آن‌جا نبود، و همه بله بری‌ها به گردن گرِگوُر افتاده بود و بی‌آن‌که راجع به اقدام مؤثرتر به خود تشویشی راه بدهد و یا این‌که فکرکند به نطق او پی‌برده‌اند یا نه – چیزی که چندان محقق نبود – در را وِل کرد و برای این‌که به معاون برسد از لای آن گذشت (معاون به طرز خنده‌آوری با دو دست به دستگیره نرده چسبیده بود) بیهوده تکیه‌گاهی را جستجو می‌کرد، بالاخره روی پاهای نازکش افتاد و ناله ضعیفی کرد. برای اوّلین بار طی صبحگاهان ناگهان یک نوع احساس استراحت جسمانی کرد، پایش روی زمین محکم بود و با خوشحالی متوجه شد که پاهایش به خوبی از او اطاعت می‌کردند و حاضر بودند او را به هرکجا که مایل باشد ببرند و از همان دم گمان کرد که پایان رنج‌هایش فرارسیده. ولی در حالی که از لحاظ احتیاجش به دویدن در محلی که ایستاده بود لنگر برمی‌داشت، نزدیک مادرش رفت که پخش زمین شده بود. ناگهان دید با وجود این‌که به‌نظر می‌آمد غش کرده است از جا پرید و دست‌هایش را در هوا بلند کرد و انگشت‌هایش را ازهم بازنمود و زوزه می‌کشید: «به فریادم

برسید، کمک کنید کمک کنید!» و سرش را خم کرد تا او را بهتر ببیند بعد، چیزی که به‌طور آشکار متناقض به نظرمی آمد، دیوانه‌وار پَس پَس رفت بی‌آن‌که فکر کند که روی میز هنوز پر از ظرف است. تنه به میز زد و به تعجیل مثل یک نفر گیج رفت روی میز نشست. گویا ملتفت نبودکه نزدیک او قهوه‌جوش برگشت و قهوه روی قالی جاری شد.

پسر نگاهی به بالا کرد و نفس زنان گفت: «مادرجان، مادرجان!» معاون را کاملاً فراموش کرده بود و قهوه را می‌دیدکه می‌ریزد. گرِگوُر نتوانست خودداری کند از این که چندین بار در هوا با آرواره‌هایش حرکتی بکند مثل کسی که مشغول خوردن چیزی است. در آن‌وقت مادر دست به جیغ و فریاد گذاشت، از روی میز بلند شد و در آغوش پدر افتاد که جلو او آمده بود. ولی گرِگوُر وقت نداشت که به آن‌ها بپردازد، معاون در پلکان بود و چانه‌اش را روی نرده گذاشته بود و آخرین نگاه را به پشت‌ِسَر انداخت. گرِگوُر قوایش را جمع کرد برای این‌که سعی کند که دوباره او را بیاورد. معاون که بی‌شک مظنون بود به یک جست از چندین پله پرید و ناپدید شد و فریاد کشید: «اوه!... اوه!...» به‌طوری که در تمام راه پله صدایش پیچید. این گریز تأثیر ناگواری در پدر کرد که تاکنون نسبتاً حواسش سَرِجا بود، خود را باخت و عوض این‌که دنبال معاون بدود و یا اقلاً مانع تعقیب گرِگوُر نشود، با دست راست عصای مهمان را که با لبّاده و کلاهش روی صندلی جا گذاشته بود و با دست چپش روزنامه‌ای را که روی میز بود برداشت و خود را موظف دانست که پاهایش را به زمین بکوبد و روزنامه و عصا را در هوا تکان بدهد تا گرِگوُر را دوباره به پناهگاه خودش براند. هیچ‌گونه التماسی پذیرفته نشد و به علاوه هیچ خواهشی فهمیده نمی‌شد. گرِگوُر بیهوده سر خود را به حالت تضرع جلو او گرفت، هرچه به پدرش اظهار فروتنی می‌کرد در او تأثیری نداشت و به کوبیدن پای خود می‌افزود. در اطاق ناهارخوری

مادر با وجود سرما پنجره را بازگذاشته بود و تا حدی که ممکن بود به بیرون خم شده بود و صورت را با دست‌هایش فشار می‌داد. جریان شدیدی هوای اطاق و راهرو را عوض کرد، پرده‌ها باد کرد و روزنامه‌ها جمع شدند، چند صفحه از آن‌روی کف اطاق افتاد. ولی پدر بی‌مروّت پسرش را دنبال می‌کرد و به طرز رام کنندگان اسب وحشی سوت می‌کشید و گرِگوُر که عادت به عقب رفتن نداشت به تأنی پس می‌رفت. اگر می‌توانست برگردد به زودی به اطاقش می‌رفت اما بیمناک بود که کندی چرخ زدن او پدرش را بیشتر از جا در بکند و در هر آن می‌ترسید که ضربت کشنده‌ای با این چوب تهدیدآمیز روی سروُگرده‌اش فرود بیاید در این صورت فرصت انتخاب در بین نبود. گرِگوُر با وحشت ملاحظه کرد که وقتی به عقب می‌رفت جهتی را که انتخاب کرده بود به آن مسلط نمی‌شد و از مشاهده طرز رفتار پدرش که دائماً نگاه وحشت‌زده‌ای به او می‌انداخت حرکت پیچ خوردن را باتمام سرعت ممکن یعنی متأسفانه با کمال تأنی شروع کرد. شاید پدر متوجه حسن نیّت او شد زیرا عوض این‌که مانع این حرکت بشود از دور راهنمایی می‌کرد و گاهگاهی گرِگوُر را با سر عصا کمک می‌نمود. کاش فقط این سوت‌های تحمل‌ناپذیر را ترک می‌کرد؛ زیرا گرِگوُر خودش را گم می‌کرد، تقریباً حرکت پیچ خوردن را تمام کرده بود اما از صدای این سوت در حرکت اشتباه کرد و از زاویه‌ای که طیّ کرده بودکاست. بالاخره همین که دید جلو دهنه در اطاق واقع شده شادی بی‌پایانی به او دست داد، ملتفت شد که بدنش عریض‌تر از آن بود که بی‌اشکال بتواند بگذرد. طبیعتاً به فکر پدرش نمی‌رسید و بدخُلقی که به او دست داده بود مانع بود که درِ دیگر را باز بکند تا به گرِگوُر اجازه ردّشدن بدهد. فکر ثابتی در کلّه‌اش بود که بایستی فوراً گرِگوُر وارد اطاق شود. او هرگز نمی‌توانست متحمل مقدمات مفصلی بشود که گرِگوُر لازم داشت تا بلند بشود و سرپا بگذرد.

گرِگوُر صدای داد و بیداد را پشت سرش می‌شنید، بی‌شک برای این بود که او را براند تا بگذرد مثل این‌که هیچ مانعی دربین نبود! این جنجال مثل صدای صدهزار پدر در گوشش منعکس می‌شد، موقع شوخی نبود و گرِگوُر – هرچه بادا باد – خود را لای گذرگاه در کرد و همان‌جا به حالت خمیده قرار گرفت. بدنش از یک طرف بالا مانده بود و پهلویش از چوب چهارچوبه در که رنگ سفید آن ازلکّه‌های بدنما قهوه‌ای رنگ شده بود خراشید. گرِگوُر گیر کرده بود وبه تنهایی نمی‌توانست خودش را نجات بدهد. از یک طرف پاهایش در هوا موج می‌زد و در میان هوا پیچ‌وُتاب می‌خورد، از طرف دیگر به طرز دردناکی پاها زیر بدنش بی‌حرکت مانده بود. در این وقت پدر از عقب یک اُردنگ محکم زد و این دفعه باعث تسلیت خاطر گرِگوُر شد، او خط سیر طویلی را طی کرد و میان اطاق به زمین خورد. خون ازش رفت، در با یک ضربت عصا بسته شد و بالاخره سکوت برقرار گردید.

گرِگوُر طرف غروب از خواب سنگینی که مانند مرگ بود بیدارشد. بر فرض هم که مزاحم او نمی‌شدند، بی‌شک دیرتر ازین بیدار نمی‌شد زیرا به حدّ کافی استراحت کرده بود. معهذا به نظرش آمد که خواب او از صدای پاهای خفی و صدای محتاط کلید در قفل در دالان مغشوش شده بود. انعکاس روشنائی تراموای برقی روی سقف و بالای اثاثیه لکه‌های رنگ پریده‌ای این‌جا آن‌جا می‌گذاشت ولی آن پائین که منطقه گرِگوُر بود تاریکی شب فرمانروائی داشت. برای این‌که ازجریان وقایع باخبر بشود آهسته به سوی در رفت و بانیش خودکه بالاخره به فایده آن داشت پی‌می‌برد کورکورانه اطراف خود را لمس می‌کرد. طرف چپش تأثیر یک زخم طویل ومهیج را داشت و یک رج ازپاهایش می‌لنگیدند. یکی ازآن‌ها در طی وقایع صبح به طرز شدیدی صدمه دیده بود. معجزبود که فقط این یک پا این‌طور شده بود، آن پا مثل یک عضو مرده دنبالش می‌آمد و به زمین کشیده می‌شد.

وقتی که جلو در رسید فهمیدکه چه چیز او را جلب کرده: بوی خوراک.آن‌جا یک کاسه شیر شیرین شده که رویش تکه‌های نان شناور بود گذاشته بودند، ازشدت وجد تقریباً خندید چون ازصبح تا حالا به اشتهایش افزوده شده بود، سرش را تاچشم در کاسه کوچک فرو برد ولی به زودی ناامیدانه بیرون کشید: این پهلوی صدمه دیده شوم اسباب زحمتش می‌شد، زیرا نمی‌توانست غذا بخورد مگر این‌که با تمام بدن نفس بکشد بعد هم شیر به دهنش مزه نمی‌کرد، گرچه سابقاً به این نوشیدنی علاقه داشت و بی‌شک خواهرش از راه توجه مخصوص برایش گذاشته بود، سرش را با تنفر از کاسه برگردانید و میان اطاق آمد.

از درز در دیده می‌شد که در اطاق ناهارخوری چراغ گاز می‌سوخت. دریــن وقت معمولاً پدر برای خانواده‌اش روزنامه عصر را می‌خواند اما گرگوُر هیچ صدایی به گوشش نمی‌رسید. شاید این قرائت تشریفاتی که خواهرش همیشه در گفتگو و کاغذهایش برای او شرح می‌داد اخیراً از سر خانواده افتاده بود. ولی همه‌جا همان سکوت بود درصورتی‌که حتماً کسانی در آپارتمان بودند. گرگوُر به تاریکی خیره نگریست و فکرکرد: «خانواده چه زندگی بی‌دغدغه‌ای کرده است!» و به خود بالید، زیرا از دست‌رنج او بود که پدر و مادرو خواهرش چنین زندگی آرام را در چنین آپارتمان قشنگی می‌کردند. آیا حالا چه می‌شد اگر این آرامش و این رضایت و راحتی با خسارت و جال و جنجال به پایان می‌رسید؟ گرگوُر برای این‌که این افکار شوم را دور کند ترجیح داد کمی ورزش کند و صد قدمی روی شکم راه رفت.

طرف غروب دید یک مرتبه دَرِ سمتِ چپ و یک دفعه دَرِ سمتِ راست باز شد و کسی می‌خواست وارد بشود، اما این معامله را بسیار الله‌بختگی تلقی کرد. گرگوُر تصمیم گرفت که جلو در اطاق ناهارخوری ایست بکندو عزمش را جزم کرد تا حدّی که مقدور بود بازدیدکننده مشکوک را در اطاق بیاورد

و یا اقلاً بشناسد. امّا دیگر در باز نشد و انتظار گرِگوُر بیهوده بود، صبح وقتی که درها بسته بود همه اهل خانه می‌خواستند به اطاقش هجــوم بیاورنـد و حالا که درها باز بود کسی نمی‌آمد او را ببیند، حتی کلیدها را ازپشت بـه در گذاشته بودند!

خیلی از شب گذشته بود که روشنایی در اطاق ناهارخوری خـاموش شـد و گرِگوُر به آسانی دریافت که پدر و مادر و خواهرش تا آن‌وقت بیدار مانده بودند، صدای پای هر سه آن‌ها را شنید که پاورچین پاورچین راه می‌رفتنـد. طبیعتاً تا صبح کسی به سراغ او نیامد و مدّت کـافی بـرای تفکر راجع بـه سازمان زندگی نوین در تحت اختیار داشت. اما این اطاق بزرگ که نـاگزیر بـود در آن‌جا دَمَـرو روی زمـین بماند بـی‌آن‌کـه علتش را بدانـد او را می‌ترسانید، زیرا پنج سال می‌گذشت که در آن‌جا مسکن داشت و به وسیله عکس‌العمل عصبانی و بی‌اختیار با وجودی که کمی شرمنده شد به تعجیل زیر نیم‌تخت رفت. هرچند پشتش را پائین می‌گرفت و نمی‌توانست سـرش را بلند بکند ولی فوراً آن‌جا را پسندید، فقط تأسف می‌خورد که تنش زیاد پهن بود برای این‌که تمام بدنش زیرمُبل جای بگیرد.

تمام شب را در آن‌جا گذرانید، گاهی چرت می‌زد و از وحشـت گرسـنگی از خواب می‌پرید. گاهی با فکر مضطرب و امیدهای مبهم می‌گذرانید و همیشه نتیجه می‌گرفت که موقّتاً وظیفه‌اش این بود که آرام باشد و ملاحظه بکند و به این وسیله وضعیت ناگواری را که برخلاف مـیلش ایجـاد شـده بـود بـه خویشانش قابل تحمل بنماید.

از صبح خیلی زود فرصت به‌دست آورد تا تصمیمات جدیدی را که گرفتـه بود به مورد اجرا بگذارد. هنوز تقریباً شب بود خواهرش کـه کـاملاً لبـاس نپوشیده بود در دالان را باز کرد و با کنجکاوی نگاه کرده فوراً ملتفت گرِگوُر نشد، اما زمانی که او را زیر نیمکت دید با خودش گفت: «عجب بایـد یـک

جایی باشد، در هر صورت پَر که نزده!...» احساس وحشتی کرد که نتوانست خودداری بنماید و بیرون رفت و در را به هم زد. بعد از حرکت خود پشیمان شد دوباره در را باز کرد و تک پا وارد شد مثل این‌که وارد اطاق شخص خارجی و یا ناخوش رو به قبله شده باشد، گرِگوُر که سرش را تا لب نیمکت آورده بود او را نگاه می‌کرد آیا خواهرش متوجه می‌شد که شیر را نخورده است و علتش نداشتن اشتها نبود؟ آیا برای او چیز دیگری که بیشتر به مذاقش بیاید خواهد آورد؟ اگر به‌خودی‌خود این کار را نمی‌کرد با وجود میل شدیدی که به او دست داده بود که ناگهان ازمحلی که نهان شده بود بیرون بیاید و به دست‌وُپای خواهرش بیفتد و از او چیز خوراکی بخواهد، ترجیح می‌داد که از گرسنگی بمیرد تا توجه او را به این مطلب جلب نکند. ولی خواهرمتوجه شد که کاسه پُر است و تعجب کرد. دور آن چندقطره شیرچکیده بود، کاسه را برداشت – بی‌آن‌که آن را لمس کند با یک تکه کاغذ این کار را کرد – و به آشپزخانه برد. گرِگوُر از روی کنجکاوی انتظار چیزی را داشت که به جای آن می‌آورد و در دریای فکر غوطه‌ور بود که پیش‌بینی بکند. اما هرگز تصور نمی‌کرد که مهربانی خواهرش تا این درجه باشد؛ زیرا برای این‌که سلیقه برادرش را به دست بیاورد خوراکی‌های گوناگون روی یک روزنامه کهنه چید: روی آن اشغال سبزی‌های نیمه گندیده، استخوان‌های غذای دیروز که سوس سفیدی به آن خشک شده بود، انگور کورنت، بادام، یک تکه پنیر که گرِگوُر چند روز پیش گفته بود خوردنی نیست، نان بیات، یک تکه نان کره مالیده نمک زده و یک تکه بی‌نمک گذاشته بود و به منظور تکمیل کاسه را که به نظر می‌آمد دیروز قطعاً توی ذوق گرِگوُر زده بود پر از آب کرده بود. بعد به تصور این‌که برادرش جلو او غذا نخواهد خورد ظرافت را به حدی رساند که بیرون رفت و در را با کلید بست به‌طوری که به او بفهماند که مختار است هرچه

بخواهد بخورد. حال که میزخوراک او به این ترتیب مهیا شده بود، گرِگوُر حس می‌کرد که تمام پاهایش به جنبش افتاده بودند. بعد هم زخم‌هایش بهبودی یافته بود چون کمترین احساس درد نمی‌کرد. این موضوع او را کاملاً به تعجب انداخت و به فکر افتاد زمانی که آدمیزاد بود تقریباً یک ماه پیش یکی از انگشتانش کمی برید و تا دیروز درد می‌کرد. فکر کرد: «آیا حس من کمتر شده؟» اما به‌طرز ناگهان و ضروری بین تمام غذاهای دیگر او مشغول مکیدن پنیر شده بود، مثل یک نفر آدم شکمو پی‌درپی با چشم‌هایی که از خوشحالی ترشده بود پنیر و سبزی‌ها و سوُس را بلعید ولی تره‌بار به مذاقش خوش نیامد هم‌چنین بوی آن‌ها توی ذوقش می‌زد و در موقع خوردن آن‌ها را از چیزهای دیگر جدا می‌کرد. مدتی گذشت که کارش را تمام کرده بود و در همان‌جا به حالت تنبل مانده بود که هضم کند، ناگهان خواهرش کلید را به تأنی در قفل چرخانید برای این‌که علامت عقب‌نشینی را به او بدهد. با وجود کرختی که به او دست داده بود وحشت بزرگی به او عارض شد و تعجیل کرد که زیر نیم‌تخت برود. در موقع کوتاهی که خواهر مشغول پاک کردن اطاق بود با وجود غذای مفصلی که خورده و شکمش بادکرده بود به‌طوری که در کنج عزلتش به زحمت نفس می‌کشید خیلی همّت لازم داشت برای این‌که آن زیر بماند. بین دو عارضه خفقان چشم‌های وَرَم کرده خواهرش را از زورگریه دید که بدون نیّت بد با باقیمانده خوراکش چیزهایی را هم که او دست نزده بود جارو می‌کرد مثل این‌که به‌هیچ‌وجه به درد نمی‌خورد و همه آن‌ها را در سطحی ریخت و در چوبی آن را گذاشت و دستپاچه بیرون برد. به‌محض این‌که بیرون رفت گرِگوُر برای این‌که خمیازه بکشد و شکمش را به حجم معمولی برگرداند از گوشه انزوای خود خارج شد.

به این ترتیب هر روز به او غذا می‌دادند صبح پیش از بیدار شدن پـدر و مادر و کلفت و بعدازظهر ناهار که تمام می‌شد وقتـی کـه پـدر و مـادرش چرت می‌زدند – و اما کلفت، درین موضوع همیشه خواهرش برای او کـاری در خارج می‌تراشید. واضح است آن‌های دیگـر نیـز نمـی‌خواسـتندکه او از گرسنگی بمیرد، ولی ترجیح می‌دادند که از امر خوراک او به وسیله دیگـران مستحضر بشوند، شاید تحمل این تماشا را نمی‌آوردند شاید آن‌قدرها هـم بیزار نبودند شاید دختر جوان می‌خواست از زحمـت آن‌هـا بکاهـد. بایـد تصدیق کردکه بدبختی آن‌ها به حد اعلا بود.

گرِگـوُر هرگز نتوانست بفهمد که روز اول به چه بهانه‌ای دکتر و قفل‌ساز را از سر باز کردند، زیرا هیچ‌کس نمی‌توانست رابطه فکری بـا اوداشـته باشـد ،هیچ کس – بی‌آن‌که خواهرش رامستثنی بکند – تصور نمی‌کرد کـه او بتواند فکر دیگران را دریابد. او فقط راضی بـود هنگامـی کـه خـواهر در اطاقش می‌آمد صدای او را بشنود که بین دو آه نام مقدسین را به زبـان مـی‌آورد. این بعدها اتفاق افتاد، آن‌هم زمانی که گرت به این وضع جدید سـر تمکین فرود آورده بود – گرچه به آن هرگز عادت نکـرده بـود – گرِگـوُر بعدها گاهی روی لب‌های دختر جوان تفکری که لطف و مهربانی را می‌رسـاند و یـا اجازه می‌داد که چنین حدسی را بزنند دیده بود. زمانی که همه غـذاها را می‌خورد دختر می‌گفت: «امروز به دهنش مزه کرده.» دفعه‌های دیگر وقتی که از خود اشتهایی نشان نداده بود، چیزی که اغلب اتفاق می‌افتاد، بـا لحـن غمناکی اظهار می‌کرد: «باز هم به هیچ چیز دست نزده!»

اما اگر گرِگوُر مستقیماً ازاخبار اطلاعی حاصل نمی‌کرد به گفتگوهایی کـه در اطاق ناهارخوری می‌شد گوش می‌داد. بـه محـض ایـن‌کـه صـدای حرفـی می‌شنید به طرف دری که مساعدتر بود می‌شتافت و با تمام بـدن بـه آن می‌چسبید. در اوایل تقریباً صحبتی نمی‌شد مگر این‌که کم و بیش مسـتقیماً

راجع به او بود. در طی دو روز موقع غذا گفتگوها راجع به وضع جدید رفتار با او اختصاص داشت. این مانع نمی‌شد که بین خوراک‌ها راجع به این موضوع مباحثه بشود زیرا اکنون خانه از طرف دو عضو خانواده پاسبانی می‌شد، هیچ کس نمی‌خواست تنها بماند و نه به خصوص بدون پاسبان خانه را ترک کند. اما راجع به کلفت درست معلوم نبود که چگونه به این پیش‌آمد پی‌برد، آن‌چه می‌شود گفت این است که از همان روز اول زانو زد و عجز و لابه کرد که مادر او را فوراً بیرون بکند، یک ربع بعد اجازه مرخصی خود را از خانواده به دست آورد و اشک‌هایی از روی نمک‌شناسی ریخت و به منزله بزرگ‌ترین اظهارلطف که درین خانواده نسبت به او شده باشد از این‌که جوابش نمودند تشکر کرد. ضمناً سوگند موحشی خورد که هرگز به هیچ کس این موضوع را ابراز نکند. نه، نه، هرگز به هیچ کس بروز نخواهد داد. حالا خواهر و مادر آشپزی را به گردن گرفته بودند و چندان باعث زحمت آن‌ها نبود زیرا اشتها از این خانه رفته بود. گرِگوُر هردم می‌شنید که یکی از اعضای خانواده‌اش به دیگری بیهوده اندرز می‌داد که غذا بخورد و همیشه همین پاسخ را می‌شنید: «متشکرم، سیرم.» یا یک چیزی شبیه این جواب را می‌شنید. شاید مشروب هم نمی‌خوردند، اغلب خواهر از پدر می‌پرسید که: آیا مایل نیست که آب‌جو بخورد و با کمال میل داوطلب می‌شد که شخصاً برود و بخرد، در مقابل سکوت پدر برای این‌که رودرواسی مانع نشود می‌گفت که ممکن است دربان را بفرستد. ولی پدر با یک «نه» تزلزل‌ناپذیر جواب می‌داد که موضوع منتفی می‌شد.

در طی روزهای اول آقای سامسا به زن و دخترش وضعیت و دورنمای مالی خانه را توضیح داد. فاصله به فاصله بلند می‌شد می‌رفت کاغذ یا دفترچه قبض‌هایی را از صندوق ورت‌هایم Wertheim که پنج سال پیش آن را ازغرق شدن نجات داده بود – همان وقت که ورشکست شد – برمی‌داشت و

می‌آورد. صدای باز کردن قفل پرچم و خم و بستن آن بعد از آن‌که آن‌چه را که می‌جست پیدا کرده بود شنیده می‌شد. هیچ چیز در ایّام اسارت گرِگوُر جز این توضیحات مالی و یا اقلاً بعضی از نکات آن برایش آن‌قدر کیف نداشت زیرا همیشه تصور می‌کرد آقای سامسا پس از آن ورشکستگی نتوانسته بود حتی یک فنیک را هم نجات بدهد. درهرحال پدر چیزی نگفته بود برای این‌که او را ازاشتباه بیرون بیاورد و گرِگوُر هم ازاو نپرسیده بود، بلکه سعی کرده بود همه کارها را روبه راه کند برای این‌که خویشانش هرچه زودتر این پیش‌آمد ناگوار را که همه آن‌ها را ناامید کرده بود فراموش بکنند. و با فعالیت شایانی تن خود را به کار داد، ابتدا مستخدم بی‌اهمیتی بود و در اندک زمانی به‌عنوان شاگرد تاجر مسافرت‌کننده با تمام منافعی که این شغل در برداشت نامزد گردید و در سایه مساعده ترقیاتش به زودی به پول نقدی مبدّل گردید که ممکن بود توی خانه در مقابل خانواده متعجب و مسرور روی میز به معرض نمایش بگذارد. ایام خوشی بود... بعد دیگر پرتو آن ناپدید شد. هرچند گرِگوُر بعد هم آن‌قدرها به چنگ می‌آورد که همه خانواده سامسا را نان بدهد و در حقیقت این کار را می‌کرد. همه خویشانش و خود او به این کار عادت کرده بودند. خانواده‌اش با تشکر پول را می‌گرفت و او هم با میل و رغبت می‌داد ولی این دادوُستد دیگر با تظاهر احساسات مخصوصی صورت نمی‌گرفت. فقط خواهرعلاقه بیشتری به گرِگوُر نشان می‌داد آن‌هم برای این‌که درخفا قرار گذاشته بودند که سال آینده او را به هنرستان موسیقی بفرستد بی‌آن‌که به مخارج فوق‌العاده این اقدام که سعی داشت از راه دیگری تأمین بکند وقعی بگذارد. در این قسمت که بسیار شیفته موسیقی بود گرت با او اختلاف نظر داشت. وقتی که گرِگوُر می‌آمد چند روز را بین خویشانش بگذراند اغلب موضوع هنرستان موسیقی در صحبت برادر و خواهر ردّوُبدل می‌شد،آن‌ها

طوری راجع به این موضوع گفتگو می‌کردند مثل آرزویی که عملی کردن آن غیر مقدور است، پدرومادر اشارات بی‌ریای آن‌ها را درین موضوع نمی‌پسندیدند اما گرگوُر درین خصوص به طور جدی فکر می‌کرد و به خود وعده می‌داد که شب عید نوئل عملی کردن آن را رسماً اعلام بنماید.

از این‌گونه افکار، افکاری که با موقعیت کنونی او به‌هیچ‌وجه سازش نداشت در مغزش جولان می‌داد در حالی که ایستاده به در چسبیده بود برای این‌که صحبت‌ها را بشنود گاهی به‌قدری خسته می‌شد که هیچ نمی‌شنید، اختیار از دستش درمی‌رفت، سرش به در می‌خورد، فوراً آن را بلند می‌کرد زیرا کوچکترین صدایی بی‌درنگ در اطاق ناهارخوری شنیده می‌شد و دنبالش سکوت برقرار می‌گردید. پس از لحظه‌ای پدرش می‌گفت: «آیا باز چه کار می‌کند؟» و بی‌شک رویش را به طرف در اطاق می‌کرد و صحبتی که قطع شده بود آهسته ازسرنو برقرار می‌گردید.

پدر همیشه توضیحات خود را ازسرنو شروع می‌کرد، برای این‌که جزئیات فراموش شده را دوباره به یاد بیاورد و یا به زنش بفهماند، زیرا به اولین لحظه به مطلب پی نمی‌برد. گرگوُر از نطق‌های او به اندازه کافی فهمید که با وجود همه بدبختی‌ها پدر و مادرش از دارایی سابق خود مقدار وجهی اندوخته بودند، گرچه مختصر اما از منافعی که روی آن رفته بود زیادتر شده بود. از همه پولی که گرگوُر ماهیانه به خانه می‌پرداخت و برای خودش فقط چند فلورن نگه می‌داشت همه را خرج نمی‌کردند و این موضوع به خانواده اجازه داده بود که سرمایه کوچکی تیغ‌دار بکند. گرگوُر سرش را پشت در از روی تصدیق تکان می‌داد و از این مال‌اندیشی غیرمترقبه خوشحال بود. بی‌شک با این تیغ‌دارها ممکن بود قرضی که پدرش به رئیس او داشت خیلی زودتر مستهلک بکند، و این امر خیلی زودتر تاریخ نجات او را

نزدیک می‌کرد، ولی با پیش‌آمدی که اتفاق افتاده بود خیلی بهتر شد که آقای سامسا به همین طرز رفتار کرده بود.
بدبختی این‌جا بود که این وجه کفاف خانواده‌اش را نمی‌داد که با منافع آن زندگی بکنند، فقط یکی دو سال می‌توانستند گذران بکنند و بس. این تیغ‌دار تشکیل مبلغی می‌داد که نمی‌بایستی به آن دست بزنند و باید برای احتیاجات فوری دیگر بگذارند. اما پولی که برای امرار معاش بود، بایستی فکری برای به دست آوردن آن کرد. پدر با وجود مزاج سالمی که داشت، مردمسنی بود که از پنج سال پیش هرگونه کاری را ترک نموده بود و نمی‌توانست امیدهای موهوم به خود راه بدهد. در مدت این پنج سال استراحت که اولین تعطیل یک دوره زندگی به شمار می‌آمد که صرف زحمت و عدم موفقیت گردیده بود شکمش بالا آمده و سنگین شده بود. اما مادر پیر با مرض تنگ نفسی که داشت چه از دستش برمی آمد؟ همین به منزله کوشش فوق‌العاده‌ای برایش بود که در خانه راه برود و نصف وقتش را روی نیمکت بگذراند و پنجره را باز بگذارد که خفه نشود. بعد هم خواهر؟ یک دختربچه هفده‌ساله بود که برای زندگی بی‌دغدغه‌ای که تاکنون می‌کرد آفریده شده بود، یعنی لباس قشنگ بپوشد، خوب بخوابد و در کار خانه کمک بکند، ضمناً بعضی تفریحات مختصر هم داشته باشد و مخصوصاً ویلون بزند – آیا هیچ به او مربوط بود که پول دربیاورد؟ وقتی که صحبت راجع به این موضوع می‌شد، گرِگوُر همیشه در را وِل می‌کرد و می‌رفت روی نیم تخت چرمی که خنکی آن به تن گرِگوُر که از زجر و خجالت می‌سوخت گوارا می‌آمد می‌خوابید.
اغلب شب‌هایی که بی‌خوابی به سرش می‌افتاد چرم نیم‌تخت را مدت‌ها می‌خراشید. بعضی اوقات بی‌آن‌که از درد خود شاکی باشد صندلی راحتی را به طرف پنجره می‌لغزانید و با این ترتیب به وسیله صندلی پشتیبانی خوبی

به دست می‌آورد و به پنجره یله می‌داد. نه ازلحاظ تفریح از منظره بود بلکه فقط به یاد حس آزادی این کار را می‌کرد که سابقاً از نگاه کردن از پشت شیشه به بیرون دریافته بود، زیرا حالا روز به روز بیشتر نزدیک‌بین می‌شد، حتی بیمارستان جلو خانه که در زمانی که آدمیزاد بود آن دوره را نفرین می‌کرد چون که زیاد خوب می‌دید حالا دیگر نمی‌توانست ببیند و اگر یقین نداشت که در شارلوتن اشتراسه در یک کوچه آرام و شهری منزل دارد می‌توانست باور بکند که پنجره او به صحرا باز می‌شد و درآن‌جا آسمان و زمین به رنگ خاکستری با هم تؤام شده بودند. خواهر دقیق که دوبار صندلی راحتی را جلو پنجره دید فهمید و از این به بعد هر دفعه که اطاق را پاک می‌کرد صندلی را جلو پنجره می‌لغزانید و حتی دریچه زیر پنجره را هم باز می‌گذاشت.

اگر گرِگوُر فقط می‌توانست با خواهرش حرف بزند و ازآن چه که برایش می‌کرد تشکر بنماید، بهتر می‌توانست خدمات او را تحمل بکند، ولی محکوم به سکوت بود و درد می‌کشید. گرت طبیعتاً می‌کوشید جنبه دشوار وضعیت را از چشم او بپوشاند و هرچه زمان بیشتر می‌گذشت وظیفه خود را بهتر انجام می‌داد. ولی مانع نمی‌شد که برادرش آشکارا به بازیچه او پی ببرد. حضور او گرِگوُر را به طرز شدیدی شکنجه می‌کرد. تا وارد می‌شد با وجود دقتی که داشت منظره این اطاق را از چشم دیگران همیشه بپوشاند، فرصت بستن در را نمی‌کرد به طرف پنجره می‌دوید دستپاچه با یک حرکت آن را باز می‌کرد، مثل این‌که بخواهد از خفه شدن قطعی پرهیز کرده باشد و هرچند هوا سرد بود یک لحظه آن‌جا می‌ماند، و نفس عمیق می‌کشید. روزی دوبار گرِگوُر را به این هجوم و هیاهو می‌ترسانید، گرِگوُر در تمام مدتی‌که این جلسه طول می‌کشید زیرنیم‌تخت خود می‌لرزید؛ او

می‌دانست که خواهرش اگر می‌خواست می‌توانست در اطاق او با پنجره بسته بماند و این شکنجه را به او ندهد.

یک روز – تقریباً یک ماه بعد از تغییر شکل گرِگوُر بود وخواهرش هیچ علّتی نداشت که از او بترسد – کمی زودتر از معمول وارد شد و او را دید که بی‌حرکت و در وضعی که تولید وحشت می‌کرد از پنجره به بیرون نگاه می‌کند. اگر وارد اطاق نمی‌شد برای گرِگوُر تعجبی نداشت چون وضع او مانع می‌شد که پنجره را باز بکند، اما از ورود خودش ناراضی بود به عقب جست و در را با کلید بست، یک نفر خارجی می‌توانست حدس بزند که گرِگوُر خواهرش را می‌پائید تا گاز نگیرد. طبیعتاً به زودی زیر نیم‌تخت قایم شد، اما تا ظهر چشم به راه مراجعت گرت ماند، و زمانی که برگشت حالش خیلی هراسان‌تر از معمول بود. از آن‌جا ملتفت شد که هیکلش هنوز تولید نفرت در دختر بیچاره می‌کرد و همیشه این‌طور خواهد ماند هم‌چنین چقدر او باید دندان روی جگر بگذارد تا از یک قسمت کوچک گرِگوُر که از زیر نیم‌تخت بیرون می‌ماند فرار نکند. به منظور این‌که این منظره را از چشم او بپوشاند یک تکه شمد روی پشتش گرفت و روی نیم تخت آورد، این کار چهار ساعت طول کشید، و شمد را طوری پهن کرد که خواهرش اگرچه خم هم بشود زیر مبل را نتواند ببیند. هرگاه خواهر این احتیاط را بیهوده فرض می‌کرد می‌توانست شمد را ببرد، زیرا پی می‌برد که گرِگوُر لذتی نداشت که خودش را پنهان بکند اما او شمد را سرجایش گذاشت و گرِگوُر که سرش را با احتیاط از پشت پرده درآورد برای این‌که تأثیر این اصلاح جدید را در خواهرش مشاهده کند در چشم‌های او نگاه حق‌شناسانه‌ای را دریافت.

در پانزده روز اول پدر و مادر نتوانستند خودشان را حاضر به دیدن او بکنند و اغلب می‌شنید که از پشتکار خواهرش تمجید می‌کردند در صورتی که سابق برین از او دلخور بودند و او را دختر بی‌مصرفی می‌دانستند حالا اغلب

اتفاق می‌افتـاد کـه پـدر و مـادر دم اطـاق گرِگوُرانتظـارمی‌کشـیدند کـه دخترشان اطاق را پاک بکنند و در موقع خروج به دقت نقل بکنند که اطاق در چه وضعی بوده و گرِگوُر چه چیز را خورده بوده و این دفعه چه کـار تـازه‌ای کرده، و به علاوه از او می‌پرسیدند آیا در حالش بهبودی حاصل شده اسـت یا نه. مادر نسبتاً برای دیدن گرِگوُر بی‌تابی می‌کرد ولی دختـر و پـدر مـانع می‌شدند، گرِگوُر که با دقت گوش می‌کرد کاملاً با دلایل آن‌ها موافق بـود. معهذا بعدها می‌بایستی به زور از او جلوگیری کـرد مـثلاً وقتـی کـه فریـاد می‌کشید: «بگذارید گرِگوُر را ببینم!» گرِگوُر به فکر افتاد شاید خوب باشـد که مادرش اگرشده هر روز هم باشد پیش او بیاید. این کار جنون‌آمیز بـود. اما مثلاً هفته‌ای یک مرتبه زیرا او بهتر از خواهرش که با وجود تمام شجاعتی که از خود بروز می‌داد دختربچه‌ای بیش نبود می‌توانست بـه مطالـب پـی ببرد – کی می‌داند؟ – شاید این مأموریت سنگین را به عهـده نگرفتـه بـود مگر به واسطه سادگی بچگانه.

آرزوی دیدن مادرش طولی نکشید که برآورده شد. گرِگوُر در مـدت روز از لحاظ رعایت پدر و مادر از رفتن جلو پنجره چشم پوشید و گـردش‌هـایی که توی اطاق می‌کرد جبران قابل توجهی برایش نبود. آیا دائماً دراز بکشـد؟ در مدت شب هم نمی‌توانست تحمل این کار را بکند به زودی ازخوراک هم سر خورد و بالاخره عادت کرد در تمام جهات روی دیوار و سقف هم ازلحاظ سرگرمی گردش بکند مخصوصاً گردش روی سقف را خیلی دوست داشت که آویزان بشود. این چیز دیگری بود تا این‌که روی کف اطاق راه برود چون نفسش آزادتر می‌شد حرکت نوسانی خفیفی به خودش مـی‌داد و از حالـت کرختی که آن بالا به گرِگوُر دست می‌داد برایش اتفاق می‌افتاد که با تعجب سقف را ول بکند و روی زمین نقش ببندد. اما حالا که بهتـر مـی‌توانسـت از وسایل بدن خود استفاده کند موفق می‌شد که این سقوط را بی‌خطر بکنـد.

خواهرش به زودی متوجه تفریح جدید او شد زیرا جابجا درطی گذرگاه خود روی دیوار آثار چسبی که از او تراوش می‌کرد می‌گذاشت و گرت به فکرش رسید که گردش‌های او را آسان‌تر بنماید و اثاثیه‌هایی که جلو دست و پا را می‌گرفت به خصوص دولابچه و میز را بیرون ببرد. بدبختانه آن‌قدر قوی نبود که به تنهایی این کار را انجام دهد و جرأت نمی‌کرد که از پدرش کمک بخواهد، اما کلفت حتماً این کار را قبول نمی‌کرد زیرا اگر این دختر شانزده ساله پس از رفتن آشپز قدیم با شجاعت «ایستادگی» می‌نمود به شرط این بود که دائماً پشت در آشپزخانه را سنگربندی بکند و باز نکند مگر در اثر فرمان عاجل. پس برای دختر جوان راه دیگری نماند مگر آن که روزی که پدر غایب است از مادرش کمک بخواهد. مادر در حالی که اظهار شادی می‌کرد که جلو در اطاق گرگوُر احساساتش فروکش کرد حاضر شد. خواهر آمد تفتیش قبلی کرد و مادر را نگذاشت داخل شود مگر بعد از آن که تفتیش او خاتمه یافت. گرگوُر دستپاچه شد وبازهم بیش از معمول پائین آورد و چین زیادی به آن داد به‌طوری که به مجموع آن حالت طبیعت بی‌جان ساده را داد. این دفعه صرف نظرکرد که از زیر شمد مواظب باشد و مادرش را تماشا بکند فقط از آمدنش خوشحال بود. دخترجوان گفت: «تو می‌توانی بیایی چون دیده نمی‌شود.» و در حالی که دست مادرش را گرفته بود او را وادار کرد. اکنون گرگوُر صدای دو زن ناتوان را می‌شنید که بـرای جابجا کردن دولابچه کهنه تقلا می‌کردند. این مبل وزن سنگینی داشت خواهر با وجود نصیحت مادر که می‌ترسید مبادا به خودش صدمه بزند دشوارترین وظایف را به عهده گرفته بود. این کار خیلی وقت صرف کـرد. چهار ساعت می‌گذشت که آن‌ها سرآن عرق می‌ریختند تا وقتی کـه مـادر اظهار داشت که بهتر است دولابچه سرجای خود باشد زیرا برای آن‌ها زیاد سنگین بود و قبل از آمدن پدر به انجام این کار موفق نخواهد شدو مبل که

میان اطاق آمده بود راه آمد وُ شد را از هر طرف مسدود می‌کرد بالاخره و مخصوصاً معلوم نبود که گرِگوُر از نبودن اثاثیه اطاقش راضی باشد. مادر پیش خود فکر می‌کرد که: نه، منظره لخت دیوار قلبش را خواهد فشرد، چرا گرِگوُر همین احساس را نمی‌کرد. او که از دیرزمانی به اثاثیه خود عادت کرده بود حس خواهد کرد که او را در اطاق خالی واگذاشته‌اند. مادر با صدای بسیار آهسته نتیجه گرفت: «این به چه چیز می‌ماند؟» اول پِچ پِچ می‌کرد، مثل این‌که می‌ترسید گرِگوُر که نمی‌دانست کجا پنهان شده صدایش را بشنود – مقصود معنی کلمات نبود – چون مطمئن بود که گرِگوُر نخواهد فهمید ولی نمی‌خواست که حتی صدایش را بشنود:

«آیا از برچیدن اثاثیه‌اش این‌طور وانمود نمی‌کنیم که از امید معالجه‌اش صرف‌نظر کرده‌ایم و از بدجنسی او را به حال خود وا می‌گذاریم؟ گمان می‌کنم بهتر است که اطاق دست نخورده مثل سابق بماند، برای این‌که وقتی گرِگوُر حالش دوباره جا آمد هیچ تغییری نه بیند و زودتر فراموش بکند.»

گرِگوُر از شنیدن کلمات مادرش، پی برد که در طی دو ماه زندگی یکنواخت که هیچ کس با او حرف نزده مشاعرش مختل شده بود وگرنه نمی‌توانست طور دیگری این تمایل را تعبیر بکند که در اطاق لخت منزل داشته باشد. اما حقیقتاً مایل بود این اطاق گرم که از لحاظ آسایش با اثاثیه خانوادگی آراسته شده بود به یک غار تبدیل گردد و به‌طور کامل و سریعی بشریت گذشته او فراموش بشود برای این‌که روی دیوارها خل خلبازی در بیاورد و بگردد؟ به این جهت بودکه فراموشی کار خود را انجام می‌داد و برای این‌که ازحال کرختی بیرون بیاید فقط شنیدن صدای مادرش که از دیرزمانی نشنیده بود کافی بود. نه، به هیچ چیز دست نزنید همه چیز سر جایش بماند، او نباید از تأثیر سودمند اثاثیه محروم بشود و برفرض که اثاثیه مانع

بشود که او روی دیوار بخزد این موضوع نه به زیان بلکه به سود او خواهد بود.
بدبختانه خواهرش با این عقیده همراه نبود و با پدر و مادرش عادت کرده بود که راجع به گرِگوُر مستبدالرأی باشد و این هم بی‌دلیل نبود. این دفعه پیشنهاد مادرش سبب شد که تصمیم بگیرد نه تنها میز و دولابچه که منظور اساسی او بود بلکه همه اثاثیه دیگر را هم بیرون ببرد به جز نیم تخت که وجودش لازم بود، پافشاری او از لجاجت بچگانه و یا حس جدید اعتماد به خود که طرز دشواری به دست آورده بود سرچشمه نمی‌گرفت. نه، در حقیقت ملاحظه کرده بود که گرِگوُر برای گردش‌هایش به فضای زیادی احتیاج داشت و چنین به نظرمی آمد که هرگز اثاثیه را استعمال نمی‌کند. اما شاید فکر احساساتی دختربچه‌های هم سن او در تصمیمش بدون دخالت نبود یعنی اخلاق متغیری که در هر مورد می‌خواهد کامیاب شود و درین لحظه او را وادار کرده بود که وضع برادرش را به طرز فجیعی نمایش بدهد برای این‌که فداکاری خود را بهتر ثابت کند، زیرا از این به بعد هیچ کس به غیر از گرت جرأت نداشت به محلی بیاید که گرِگوُر به تنهایی روی دیوارهای لخت فرمان روائی داشت.
لذا از تصمیم خود به وسیله مادرش که محیط این اطاق او را پریشان و بی‌اراده کرده بود برنگشت و طولی نکشید که برای حمل دولابچه به دشواری به او کمک کرد. گرِگوُر می‌توانست از دولابچه چشم بپوشد. اما میز می‌بایستی سرجایش بماند و همین که زن‌ها دولابچه را نفس زنان بیرون بردند گرِگوُر با احتیاط و زرنگی سر خود را بیرون آورد تا موقع مناسب را برای دخالت بسنجد، از قضا اتفاقاً اول مادر وارد شد، زیرا گرت در اطاق مجاور بازوها را دور دولابچه انداخته بود و از چپ به راست آن را تکان می‌داد بی‌آن‌که بتواند جابجایش بکند. مادر عادت نداشت که گرِگوُر

را ببیند گمان کرد که اختلال فکری بـه او رخ داده، ترسـید و تـا آن طـرف نیم‌تخت دستپاچه عقب رفت ولی نتوانست مانع حرکت خفیف جلـو شـمد بشود که توجه زن مسن را به خود جلب کرد، بی‌درنگ ایست نمود لحظه‌ای سر جای خود خشک شد و بالاخره به سوی گرت برگشت.

گرِگوُر به خودش دلداری می‌داد که اتفاق فوق العاده رخ نداده و فقط چند تکه چوب و تخته را جابجا می‌کنند، از آمد وُ شد زن‌هـا و اظهـار تعجبـی کـه می‌کردند و صدای لغزش اثاثیه روی کـف اطـاق تـأثیر هیـاهوی غریبـی را می‌کرد که از هر سو طنین‌انداز شده بود و هرچه سرش را بـه شـدت تـو می‌کشید و پاهایش را جمع می‌کرد و به زمین می‌چسبید، باید اقرار کرد که تحمل این شکنجه در مدت طویلی بـرایش مقـدور نبـود. اطـاق او را خـالی می‌کردند و آن‌چه که دوست می‌داشت می‌بردند، تاکنون دولابچـه را کـه ارّه برش چوب و تمام افزارش در آن بود برده بودند، حالا میز تحریرش که از وقتی که سر خدمت می‌رفت به سختی روی زمین لنگر انداخته بود، ایـن میز که تکالیف مدرسه تجارت و هم‌چنین مدرسه ابتدایی را رویـش نوشـته بود، جابجا می‌کردند، نه قطعاً او نمی‌توانست با آن‌ها موافق باشد، بعد هـم حضورشان را کاملاً فراموش کرده بود زیرا آن‌ها از خستگی خـاموش شـده بودند و فقط صدای سنگین پایشان شنیده می‌شد.

هنگامی که در اطاق مجاور آن‌ها به میز تکیه کرده بودند برای این‌که نفس تازه کنند گرِگوُر بیرون دوید و به قدری پریشان بود که چهار بار جهت خود را تغییر داد، زیرا نمی‌دانست از چه راهی باید اقدام به نجات خـود بنمایـد. ناگهان متوجه تصویر زنی شد که خودش را در پوست پیچیده و روی دیـوار لخت اهمیت به‌سزایی به خود گرفته بود. به تعجیل از جدار دیوار بالا رفـت روی شیشه تنه داد و شیشه به شکم سوزانش چسبید و به طرز گوارایی او را خنک کرد. گرِگوُر که با تن خود کاملاً روی این تصویر را پوشانیده بود تا اقلاً

کسی نتواند بیاید و آن را بردارد سرش را به طرف اطاق ناهارخوری برگردانید تا زن‌ها را در موقع مراجعت ببیند.

آن‌ها هم اجازه استراحت طولانی به خود نداده و به اطاق او می‌آمدند. گرت تقریباً کمر مادرش را گرفته بود و با خود می‌آورد. به هرطرف نگاهی کرد و گفت: «حالا نوبت کیست؟» چشم‌هایش توی چشم‌های گرِگوُر افتاد که به دیوار چسبیده بود. اگر خونسردی خود را حفظ کرد فقط برای خاطر مادرش بود. سرش را به جانب او خم کرد تا مانع بشود که مادرش گرِگوُر را ببیند با وجود این‌که نتوانست جلو لرزه خود را بگیرد به تعجیل اظهارداشت: «زودباش برویم، بهتراست که یک دقیقه در اطاق ناهارخوری بمانیم.» گرِگوُر فهمید که تصمیم دختر جوان قطعی است زیرا می‌خواست ابتدا مادر را درجای امن بگذارد و بعد او را از روی عکس براند. اگر جرأت می‌کرد می‌توانست امتحان کند، وچون گرِگوُر روی تصویرخوابیده بود به آسانی از آن دست نمی‌کشید حتی حاضر بود که به صورت خواهرش بجهد. اما در اثر حرف گرت مادرش مضطرب برگشت و لکه بزرگ قهوه‌ای را روی کاغذ دیوار دید و قبل از این‌که بتواند گرِگوُر را بشناسد با صدای دو رگه خراشیده‌ای فریاد زد :«آه خدایا، خدایا!» با حرکت تسلیم کامل دست‌ها را به شکل صلیب روی هم گذاشت و روی نیم تخت غلتید و از هوش رفت. خواهر مشتش را بلند کرده و نگاه زهرآلودی به گرِگوُر انداخت و گفت: «اوه، گرِگوُر!» این اولین کلمه‌ای بود که پس از تغییرشکل به او خطاب کرد. سپس دوید از اطاق ناهارخوری نمک بیاورد تا مادر را به هوش بیاورد. گرِگوُر تصمیم گرفت که کمکش بکند – این کار مانع نمی‌شد که درموقع لزوم از تصویر دفاع بنماید – افسوس سخت به شیشه چسبیده بود و می‌بایستی کوشش دشواری بکند تا کنده بشود. به علاوه دوید در اطاق ناهارخوری مثل این‌که می‌توانست نصیحت مؤثری به خواهرش بکند،

اما فقط راضی شد در مدتی که او شیشه‌ها را به هم می‌زد به آرامی پشت سرش بایستد. زمانی که گرت برگشت وحشت غریبی به او دست داد. یک شیشه افتاد و روی زمین شکست. خرده‌های آن صورت گرِگوُر را خراشید و دوای تندی به پاهایش شتک زد. گرت هم بی‌آن‌که تأمل بکند با تمام شیشه‌هایی که می‌توانست بردارد شتاب‌زده به طرف مادرش رفت و با ضربت پا در را بست. به این وسیله گرِگوُر از مادرش که در اثر خطای او شاید رو به مرگ بود جدا ماند و به فکر این‌که مبادا باعث بشود خواهرش که وظیفه او ماندن پهلوی ناخوش بود بیرون برود نخواست در را باز بکند پس کار دیگری از او ساخته نبود مگر این‌که انتظار بکشد و در حالی که پریشان و شرمگین بود شروع به جولان روی دیوارها و اثاثیه و سقف کرد. آن‌قدر گشت زد که همه چیز در اطرافش چرخید و با ناامیدی میان میز بزرگ افتاد.

لحظه‌ای گذشت گرِگوُر از خستگی آن‌جا دراز کشید و اطرافش را سکوت فراگرفته بود. این را به فال نیک گرفت ولی ناگهان شنید که زنگ در را زدند. کلفت طبیعتاً در آشپزخانه جلو خودش را سنگربندی کرده بود. گرت رفت و در را باز کرد. پدر وارد شد فوراً پرسید: «چه شده است؟» بی‌شک از حالت شوریده گرت بو برد. دختر جوان با صدای خفه‌ای جواب داد – احتمال داشت که صورتش را روی سینه پدر گذاشته بود – «از دست گرِگوُر مادرجانم غش کرده اما حالش بهتر است.» پدر جواب داد: «من می‌دانستم و بارها به شما گفته بودم اما زن‌ها حرف سرشان نمی‌شود.» گرِگوُر از این کلمات فهمیدکه پدرش حرف گرت را بد تعبیرکرده و گمان می‌کند که از پسرش کارهایی سر زده.

موقع این نبود که بشود ذهنش را روشن کرد می‌بایستی با ملایمت با او رفتار بکند. لذا گرِگوُر به طرف در اطاقش پناه برد و عجله کرد برای این‌که

پدرش در موقع ورود از توی دالان ببیند که او تصمیم قطعی دارد و می‌خواهد فوراً به محل خودش برگردد از این قرار لازم نبود که با اقدامات شدید او را مجبور به این کار بنماید زیرا اگر در را به رویش باز می‌کردند به زودی ناپدید می‌شد. اما پدر سردماغ نبود که به این ریزه‌کاری‌ها پی ببرد از دور با لحن آمیخته با خشم و شادی فریاد زد: «آه، آه!» گرِگوُر سرش را از بغل در برداشت و به سوی آقای سامسا بلند کرد. به وضعی که او را دید تعجب نمود زیرا نمی‌توانست تصورش را بکند. درست است که اخیراً فراموش کرده بود که مثل سابق مراقب وقایع خانه باشد و به جای آن روش نوین گشت و گذار روی دیوارهای را پیش گرفته بود. اما می‌بایستی منتظر تغییراتی نزد اقوامش بوده باشد. ولی... ولی... آیا این پدرش بود؟ آیا این همان مردی بود که وقتی گرِگوُر سابق به مسافرت می‌رفت او خسته در رختخواب قایم می‌شد؟ و در هنگام مراجعت او را با لباس خانگی در یک صندلی راحتی که نمی‌توانست از روی آن بلند بشود پذیرایی می‌کرد یعنی اکتفا می‌نمود که بازوهایش را به سوی آسمان بلند بکند و اظهار شادی بنماید؟ این پیرمرد که در گردش‌های نادر خانوادگی یعنی دو سه یکشنبه در سال و روز جشن‌های بزرگ بین گرِگوُر و مادر که آهسته راه می‌رفتند خودش را به زمین می‌کشید؟ این مرد که خودش را در لباده کهنه‌ای می‌پیچید، با احتیاط عصا می‌زد برای این‌که جلو برود و مجبور بود برای این‌که حرف بزند هرسه قدمی بایستد و همراهان خود را به یاد بیاورد؟ از آن به بعد چطور قد برافراشته بود؛ لباس متحدالشکل آبی بدون یک چین با دگمه‌ای طلایی به برداشت مثل لباس اعضای بانک. بالای یخه بلند او غبغبش با خط‌های محکمی بزرگ شده بود. زیرا ابروهای پرپشت نگاه سرزنده چشم‌های سیاهش به حالت جوانی خیره می‌شد، موهای سفیدش که معمولاً ژولیده بود شانه کرده و عقب زده و براق بود. ابتدا کلاهش را

که با نشان طلایی یکی از بنگاه‌های مالی مزین بود برداشت و دایـره‌وار دور اطاق گردانید و روی نیم تخت انداخت بعد دست‌ها را در جیـب شـلوارش کرد پشت لباس متحدالشکلش عقب رفت و به حالـت تهدیـد کننـده بـه طرف گرِگوُر آمد. شاید خودش نمی‌دانست که چه مـی‌خواهـد بکنـد. بـه هرحال پاهایش را خیلی بالا می‌گرفت و گرِگوُر از هیکـل نخراشـیده تخـت کفش‌هایش به حیرت افتاد. از ماندن سر جایش احتراز کرد چون از روز اول تغییرشکل پی‌برده بود که پدر معتقد است خشونت شدید یگانه طرز رفتار پسندیده نسبت به اوست. لذا شروع به پس رفتن کـرد و هـر وقـت کـه پدرش مکث می‌کرد او هم می‌ایستاد و فوراً به کوچک‌ترین حرکت مخاصم راه می‌افتاد. این روش باعث شد که بدون نتیجه قطعی چندین بار دور اطاق گردش کردند. عملیات جنبه تعاقب را هم نداشـت زیـرا آهنـگ حرکـات بسیار دقیق بود. از این قرار گرِگوُر موقت روی زمـین مانـد، بـه خصـوص می‌ترسید که هرگاه پدرش ببیند از دیوار یا سقف بالا می‌رود این دسیسـه را به منزله شرارت زیرکانه‌ای تلقی بکند. معهذا بایستی به زودی اقرار نماید که با این وضع مدت زیادی نمی‌تواند مقاومـت بکنـد، در مـدت کمـی کـه پدرش یک قدم برمی داشت گرِگوُر همان مدت را باید صرف یـک رشـته ورزش‌هایی بکند و بعد هم چون ریه‌هایش قوی نبود به نفـس افتـاده بـود افتان و خیزان خودش را می‌کشید و برای یگانه پـرش فرجـامین قـوایش را جمع می‌کرد. به دشواری می‌توانست که چشمش را باز بکند و آن‌قدر گـیج شده بود که نجات خود را در دویدن می‌دانست در صورتی که دیوارها در مقابلش بود – بله دیوارهای اطاق ناهارخوری با اثاثیه‌ای که رویش به دقـت کنده‌کاری شده بود و ریشه و منگوله به آن آویخته بود، ولی دیوارها، معهذا دیوارها – ناگهان یا الله؛ چیزی پهلوی او پریـد زمـین خـورد و غلتیـد و کمـی دورتر ایستاد. این سیبی بود که سرسرکی انداختـه بودنـد ،بـه زودی یکـی

دیگر دنبالش آمد. گرِگوُر از وحشت سرجایش خشک شد و ماند. حرکت او بیهوده بود زیرا پدرش تصمیم داشت او را بمباران بکند. ظرف میوه را از توی گنجه خالی کرده بود و جیب‌هایش پر از گلوله بود حالا یکی بعد از دیگر و بی‌آن‌که هنوز نشان بگیرد پرت می‌کرد. این گلوله‌های کوچک مثل گوی‌های برقی روی زمین می‌غلتیدند و به هم می‌خوردند. یک سیب که به آرامی پرتاب شده بود روی پشت گرِگوُر لغزید بی‌آن‌که صدمه برساند، ولی سیب بعدی تماماً در پشتش فرو رفت. خواست دورتر برود تا شاید به وسیله این حرکت از درد شدیدی که به او عارض شده بود بکاهد ولی حس کرد که سر جایش میخکوب شده و خمیازه کشید بی‌آن‌که بداند که چه می‌کند. در آخرین نگاهی که انداخت دید در اطاقش ناگهان بازشد خواهرش فریاد می‌زد و مادر به تعجیل دنبال او می‌آمد. دخترجوان بدون سینه‌بند بود زیرا لباسش را کنده بود برای این‌که در موقع بیهوشی تنفس مصنوعی به مادر بدهد — مادرش حالا هم که به طرف پدر می‌دوید دامن لباسش به زمین کشیده می‌شد و خرده خرده توی پاهایش می‌پیچید. به طرف شوهرش پرش کرد او را در آغوش کشید و به خودش چسبانید. دست‌هایش را به شکل صلیب روی گردن پدر گذاشت و از او خواهش می‌کرد که به جان بچه‌هاشان سوء قصد نکند — گرِگوُر دیگر چیزی نمی‌دید.

*

سیبی راکه هیچ کس جرأت نکرد از پشت گرِگوُر در بیاورد در گوشت تنش به منزله یادبود محسوسی از آن پیش‌آمد باقی ماند، و زخم خطرناکی که بیش از یک ماه می‌گذشت که گرِگوُر برداشته بود به نظر آمد که بالاخره به پدر فهماند که پسرش، باوجود تغییر شکل غمناک و تنفرآمیزش یکی از اعضای خانواده بوده و نمی‌بایستی با او به نظریک دشمن معامله بکند.

برعکس وظیفه چنین تقاضا می‌کرد که جلو تنفر خود را بگیرد و گرِگوُر را متحمل بشود، فقط او را تحمل بکند.
زخمی که برداشته بود به‌طور حتمی و علاج‌ناپذیری از چالاکی او کاست. فقط برای پیمودن اطاقش مثل یک نفرمعیوب زمان طویلی را لازم داشت، اما راجع به گردش‌های روی دیوار می‌بایستی که فاتحه‌اش را بخواند. ولی ازطرف دیگر به عقیده او این وخامت حالش جبران می‌شد به این معنی که حالا هر شب در اطاق ناهارخوری را باز می‌گذاشتند. انتظار این پیش‌آمد را دو ساعت می‌کشید و در سایه اطاقش کز می‌کرد، به‌طوری که برای کسانی که مشغول صرف غذا بودند نامرئی بود، اما او می‌توانست همه خانواده را که جلو روشنایی لامپا جمع شده بودند ببیند و با اجازه همه حق داشت گفتگوی آن‌ها را بشنود و این خیلی بهتر از سابق بود.
به طور یقین حالا موضوع صحبت به گرمی قدیم نبود زیرا پیش‌تر وقتی که می‌خواست در تخت‌خواب نمناک یکی از اطاق‌های کوچک مهمانخانه بلغزد با تأسف به یاد آن می‌افتاد. اغلب حتی بعد از غذا هم چیز زیادی نمی‌گفتند. پدر به زودی روی صندلی راحتی چرت می‌زد مادر و دختر در خاموشی به هم نصیحت می‌کردند. مادر زیر روشنایی خمیده بود و پارچه‌های کتانی برای مغازه لباس‌زیر فروشی می‌دوخت و خواهر که به عنوان فروشنده در محلی استخدام شده بود تندنویسی و یا فرانسه مطالعه می‌کرد به امید این که بعدها وضع خود را بهتر کند. گاهی پدر از خواب می‌پرید و مثل این‌که نمی‌دانست خواب بوده به مادر می‌گفت: «امروز چقدر چیز می‌دوزی؟» بعد به خواب می‌رفت، در صورتی که خواهر و مادر لبخند خسته‌ای با هم رد و بدل می‌کردند.
با لجاجت بوالهوسانه پدر از کندن لباس رسمی خود پرهیز می‌کرد، لباده خانگی او مانند چیز بی‌مصرف به رخت‌آویز بود حتی در داخل منزل، با لباس

متحدالشکل چرت می‌زد مثل این‌که می‌خواست برای اجرای فرمان مافوق همیشه آماده باشد و حتی در خانه به نظر می‌آمد که گوش به زنگ فرمان رئیس است. از این قرار لباس رسمی که وقتی به او داده بودند نو نبود با وجود دقت این دو زن هر روز از جلایش می‌کاست و گرگوُر اغلب شب‌هایش را به تماشای این لباس که پر از لک بود و دگمه‌های برق انداخته‌اش همیشه می‌درخشید و زیر آن مرد مسن در سکوت و ناراحتی می‌خوابید می‌گذرانید.

ساعت دیواری که زنگ ده را می‌زد مادر سعی می‌کرد که با صدای خفه‌ای پدر را بیدار کند و او را اجباراً به رختخواب ببرد و می‌گفت که خواب در حالت نشسته سر جمع خواب نیست و برای این‌که سر ساعت شش پی خدمت برود باید به‌طور معمول استراحت بنماید. ولی از زمانی که دستورهای اکید از طرف بانک به او می‌دادند سرسختی نشان می‌داد و لجاجت می‌کرد که سرمیز بماند. هر چند مرتب به خواب می‌رفت و خیلی دشوار بود که صندلی راحتی را مبدل به تختخواب بکنند. مادر و خواهر بیهوده او را وادار می‌کردند و اندرزهای پیاپی می‌دادند ولی او ربع ساعت‌هایی را در آن‌جا می‌گذرانید و سرش را آهسته تکان می‌داد، چشم‌هایش بسته بود و نمی‌خواست بلند بشود. مادر آستین او را می‌کشید و در گوشش چیزهای خوش‌آیند می‌گفت، خواهر تکالیف خود را کنار می‌گذاشت برای این‌که به او کمک بکند ولی همه این کارها بی‌نتیجه بود. فقط در صندلی راحتی قدری بیشتر فرو می‌رفت و بایستی زن‌ها زیر بازویش را بگیرند تا مژه‌هایش باز بشود. آن‌وقت آن‌ها را یکی یکی نگاه می‌کرد و معمولاً می‌گفت: «این هم زندگیست! مثلاً این آسایش سرپیری منست؟» بعد تکیه به دو زن می‌کرد و به زحمت بلند می‌شد مثل این‌که برای خودش هم بار سنگینی بود و تا دم در زن و دخترش او را می‌بردند

بعد به آن‌ها اشاره می‌کرد که بروند و باقی راه را به تنهایی می‌پیمود، در صورتی که مادر و خواهر دستپاچه یکی قلم و دیگری سوزنش را زمین می‌گذاشت و دنبال او می‌دویدند که باز هم کمکش بکنند.
در این خانواده که اعضای آن از کار و خستگی درمانده بودند به جز در موارد ضروری، کجا فرصت داشت که به فکر گرگوُر باشد؟ بودجه منزل را کم کم تقلیل دادند و بالاخره کلفت را جواب کردند. یک زن تنومند سرپائی با استخوان‌بندی درشت و موهای سفیدی که دور سرش موج می‌زد از این به بعد جانشینش شد که صبح و عصر کارهای سنگین را بکند. حالا باقی کارها را مادر با وجود وصله زدن به جوراب‌هایی که تمامی نداشت به عهده گرفته بود. ناچار شدند جواهرهای خانواده را که سابقاً در مجالس پذیرائی و جشن‌ها باعث سرافرازی مادر و خواهر بود بفروشند. گرگوُر در یکی از شب‌زنده‌داری‌های خود شنید که راجع به ارزش آن‌ها مباحثه می‌کردند. ولی موضوع عمده به خصوص شکایت از کرایه این آپارتمان بود که برای کیسه خانه گران تمام می‌شد و اشکال سر گرگوُر بود نمی‌دانستند چطور باید حملش کرد زیرا نمی‌توانستند او را ترک بگویند. هیهات! گرگوُر به خوبی می‌فهمید که ملاحظه او مانع اساسی تغییر منزل نبود زیرا به خوبی می‌توانستند او را در صندوق چوبی که هوا خور داشته باشد بگذارند و حملش بکنند. نه، مانع اساسی ناامیدی خانواده‌اش بود. فکر این‌که بدبختی بی‌سابقه‌ای در تاریخ خانوادگی و محیط به آن‌ها روی آورده بود و ازجمله بلایایی که روزگار ممکن است به درماندگان تحمیل بکند حالا هیچ‌یک را درباره آن‌ها فرو گذار نکرده بود. پدر مأمور حمل ناهار کارمندان جزء بانک بود. مادر خودش را می‌کشت که لباس زیر خارجی‌ها را بشوید، خواهر پشت پیش بساطی سفارش مشتری‌ها را انجام می‌داد. بیش از این نمی‌شد متوقع بود زیرا توانایی آن‌ها اجازه نمی‌داد. گرگوُر بیچاره حس کرد که

زخمش سرباز کرده. وقتی که مادر و خواهرش بعد از آن‌که پدر را خوابانیدند کار خود را ول کردند و صندلی‌هایشان را به هم نزدیک برده تقریباً پهلوی هم نشستند و مادر در حالی که اطاق گرِگوُر را نشان داد گفت: «گرت، در را ببند». گرِگوُر در سایه واقع شده بود در صورتی که در آن طرف اشک‌های دو زن به هم آمیخته می‌شد و یا بدتر با چشم خشک خیره به میز نگاه می‌کردند. گرِگوُر شب‌ها و روزها خوابش نمی‌برد. گاهگاهی به فکر می‌افتاد که مثل سابق به محض این‌که در باز بشود کارهای خانواده را به عهده بگیرد. بعد ازمدت‌ها فراموشی یک روز رئیس، معاون، مأمورین تجارت‌خانه، مباشرین جزء، خدمتگذاران را با افکار محدودشان و دو سه تا رفیق که در تجارت‌خانه‌های دیگر کار می‌کردند همه را به خاطر آورد. یک کلفت مهمانخانه شهرهای اطراف را که یادبود گذرنده و پُرخرجی برایش گذاشته بود و یک زن صندوقدار کلاه فروشی راکه جداً ولی خیلی با تأنی او را تعقیب می‌کرد به یاد آورد. این آدم‌ها از برابرش در میان ابر می‌گذشتند و به‌طور مبهمی قیافه‌های خارجی‌ها و صورت‌هایی که فراموش کرده بود با آن همه مخلوط می‌شد. ولی هیچ کدام ازآن‌ها نمی‌توانست نه به او و نه به خانواده‌اش کمک بکند،آن‌ها به درد نمی‌خوردند و خوش‌وقت بود که از بین رفته بودند. این منظره میل آن‌ها را که در کار خویشانش علاقه به خرج بدهد سلب کرد، برعکس فکر شورش در او تولید شد زیرا به زخمش رسیدگی نمی‌کردند و هرچند چیزی که بتواند اشتهای او را تهییج بنماید نمی‌شد تصورکرد. او مایل بود به محل اغذیه سرکشی کند و خوراک‌هایی را که طبیعتاً باب دندانش بود گرچه اشتها نداشت از نظر بگذراند. حالا خواهرش دقت نمی‌کرد که چه چیز به دهنش مزه می‌کند. روزی دوبار صبح و بعدازظهر پیش ازاین که به مغازه برود مثل باد وارد می‌شد و با پایش یک تکه از هرچه که به دست می‌آورد ازلای در جلوی او می‌سرانید و

شب بی‌آن‌که اعتنائی بکند که آیا این خوراک تصدق سری را صرف کرده یا نه پس‌مانده را با تک جارو برمی‌داشت. حالا پاک کردن اطاق هم که عصرها می‌شد به طرز سرسرکی انجام می‌گرفت. قشرهای کثافت روی دیوار ممتد می‌شد توده‌های کوچک خاک و آشغال در هر گوشه جمع شده بود. ابتدا موقع ورود خواهرش گرِگوُر در کثیف‌ترین جاها توقف می‌کرد تا به این وسیله به او سرزنش بدهد. اما ممکن بود هفته‌ها آن جا بماند بی‌آن‌که در رفتار گرت تغییری حاصل بشود. او نیز مانند گرِگوُر کثافت را می‌دید اما فقط تصمیم قطعی داشت که آن‌ها را سرجایش بگذارد.
این موضوع مانع نمی‌شد که خواهر با سرسختی بیشتری مراقب تمیزکردن اطاق برادرش که انحصار خود می‌دانست نباشد، و دل‌نازکی او در این مورد به صورت یک ناخوشی مسری درآمده بود، زیرا یک روز که مادر دست به شستشوی اطاق زد و چندین سطلِ آب به مصرف رسانید – و در نتیجه باعث شرمندگی سخت گرِگوُر گردید که روی نیم‌تخت خود بی‌حرکت و تلخ‌کام خشکش زده بود – ولیکن انتقامش به زودی گرفته شد. زیرا خواهر همین‌که عصر به خانه برگشت و متوجه این ابتکار شد سخت رنجید. فوراً به طرف اطاق ناهارخوری دوید و گریه و زاری سرداد، هر چندمادر التماسش می‌کردو دست خود را به طرف آسمان بلند می‌نمود. پدر که نشسته بود از جایش جست، ابتدا با تعجب عاجزانه شاهد این ماتم شدند و بعد در اثر دستپاچگی پدر که نعره سرداده بود مادر را به طرف راستش کشید چون تمیز کردن اطاق را به عهده دختر نگذاشته بود و از طرف چپ به دخترش قدغن کرد که دیگر اطاق را پاک نکند. مادر سعی کرد پدر خشمناک را به اطاق خواب راهنمایی بکند و دختر که هق‌وُهق می‌کرد و با دست‌های کوچکش مشغول مرتب کردن سفره بود و گرِگوُر از شدّت اوقات تلخی

سوت می‌کشید و می‌دید کسی به فکر بستن در نیست تا این منظره و جنجال را از او بپوشاند.

برای خواهر بسیار دشوار بودکه پس ازخستگی کار مغازه مثل سابق به دقت به گرِگوُر رسیدگی بنماید. آیا می‌توانستند طوری ترتیب بدهند که درباره او کوتاهی نشود و ضمناً احتیاجی به مادر هم نداشته باشند. یک خدمتگار سرپائی بیوه پیری در اختیارآن‌ها بود که استخوان‌بندی درشتی داشت. او در طی زندگی طویلش از بلیه‌های سختی نجات یافته بود و نمی‌شد گفت که حقیقتاً از گرِگوُر متنفر است. هرچند کنجکاو نبود یک مرتبه اتفاق افتاد که در را بازکرد و سر جایش خشک شد دست‌ها را روی شکمش گذاشت و از منظره‌ای که به هر سو می‌خرامید کاملاً تعجب کردکه چطور هیچ کس به فکرش نرسیده آن را بیرون بیندازد. از این روز به بعد صبح و عصر پیرزن فراموش نمی‌کرد که از لای در نگاهی به او بیندازد. ابتدا برای این‌که گرِگوُر را از پناهگاه خود بیرون بیاورد دوستانه می‌گفت: «این سنده گز پیر را بسه» و یا «خرچسونه‌جون بیا این جا» در مقابل چنین اظهار ملاطفتی گرِگوُر خاموش بود و سر جایش بی‌حرکت می‌ماند، انگارکه کسی به سراغ او نیامده است. گرِگوُر معتقد بود عوض این‌که بگذارند این زن جیره‌خوار تفریح کند و مخل آسایشش بشود بهتر بود به او دستور می‌دادند تا هر روز اطاقش را بروبد. یک روز صبح که باران پیش‌قدم بهار به شدت به شیشه پنجره می‌خورد گرِگوُر به حدّی از شیرین زبانی‌های زن پیر خشمناک شد که به طرف او چرخید آن‌هم با وضع سنگین و مشکوک مثل این‌که می‌خواست به او حمله بکند. ولیکن آن زن از گرِگوُر نترسید، فقط صندلی که نزدیک در بود برداشت و در هوا بلند کرد و به‌طوری دهنش را بازکرده بود مثل این‌که به‌طور واضح قصد داشت که تا ضربتی به پشت گرِگوُر وارد نیاورد دهنش

را دوباره نبندد. همین که گرِگوُر به وضع سابق خود برگشت گفت: «دِبیا، همین، بعد صندلی را به آرامی در کناری گذاشت.»

اکنون گرِگوُر تقریباً هیچ نمی‌خورد. وقتی که به‌طور اتفاق از جلوی غذای تصدق سری می‌گذشت برای تفریح یک تکه ازآن را ساعت‌ها در دهن می‌گرفت و معمولاً آن را تف می‌کرد. ابتدا بی‌اشتهایی خود را به حالت حزن‌آور اطاق نسبت می‌داد، بی‌شک او اشتباه می‌کرد، زیرا مدتی بود که با منظره جدید کلبه‌اش خوگرفته بود. عادت کرده بودند که به هرچیز احتیاج نداشتند توی اطاق او می‌چپانیدند و حالا که یکی از اطاق‌های آپارتمان را به سه نفر آقا اجاره داده بودند چیزهایی که در اطاقش انداخته بودند خیلی زیاد شده بود. مهمانان آدم‌های عبوسی بودند که ریش داشتند، زیرا گرِگوُر یک روز از لای درز در آن‌ها را دیده بود و نه فقط در اطاق شخصی خودشان بلکه در تمام خانه و به خصوص در آشپزخانه طرفدار نظم دقیقی بودند چون این‌جا را به عنوان خانه انتخاب کرده بودند. تقریباً مایحتاج خود را همراه آورده بودند و این پیش‌بینی وجود بسیاری از اشیاء را که نه می‌شد فروخت و نه دور انداخت بی‌مصرف کرده بود و همه آن‌ها راه اطاق گرِگوُر را پیش می‌گرفتند. دنبال این اشیاء به زودی جعبه خاکروبه و زیرسیگاری هم آمد. آن‌چه که موقتاً بی‌مصرف بود زن سرپائی که همیشه شتاب‌زده بود در اطاق گرِگوُر بیچاره می‌انداخت. گرِگوُر فقط می‌دید که دستی دراز می‌شد و ظرفی که طرف احتیاج نبود از در تو می‌کرد و این‌طور هم بهتر بود. شاید مقصود پیرزن این بود که اشیاء وازده را سر فرصت وقتی که مجال داشت بیاید و جستجو بکند و یا یک‌جا همه را دور بریزد، اما در حقیقت همان جائی که روز اول در اطاق به زمین گذاشته بود می‌ماندند. گرِگوُر ناگزیر بود بین چیزهای درهم وُ برهم گردش کند تا جایی برای خود پیدا بنماید و با وجود تأثر و خستگی شدیدی که از این گشت وُ گذارها

حاصل می‌شد و ساعت‌های دراز او را بی‌حس می‌کرد به این کار رغبت روزافزونی می‌نمود.

چون اجاره‌نشین‌ها گاهی در خانه و در اطاق مشترک صرف ناهار می‌کردند بعضی شب‌ها در اطاق گرِگوُر بسته بود او هم وقعی به این موضوع نمی‌گذاشت. در این اواخر چندین بار برایش اتفاق افتاده بود که از باز گذاشتن در استفاده نکند و در تاریک‌ترین کنج اطاقش بخوابد بی‌آن‌که خانواده‌اش ملتفت بشود. اما یک روز زن سرپائی فراموش کرد که کاملاً در اطاق ناهارخوری را ببندد و تا هنگامی که اجاره‌نشین‌ها آمدند و چراغ گاز را روشن کردند نیمه بازماند. آن‌ها سر میز رفتند و در جاهایی که سابق پدر و مادر و گرِگوُر می‌نشستند قرار گرفتند. دستمال سفره خود را باز کردند و کارد و چنگال را به دست گرفتند. فوراً مادر با یک ظرف گوشت در چهارچوبه در ظاهرشد. خواهر پشت در یک بشقاب دیگر پر از سیب‌زمینی آورد. از غذاها بخار غلیظی متصاعد می‌شد. وقتی که جلوی آن‌ها گذاشتند اجاره‌نشین‌ها روی غذا خم شدند. برای این‌که قبلاً امتحان کرده بودند و کسی که در میان آن‌ها نشسته بود و به نظرمی آمد مقام رسمی داشت یک تکه گوشت را درظرف برید. ظاهراً برای این بود که بداند مغز پخت شده و یا باید به آشپزخانه پس بفرستد. اظهار رضایت کردو دو زن که با اضطراب متوجه عملیات بودند لبخند خوشحالی زدند.

خانواده در آشپزخانه غذا می‌خورد. معهذا پدر قبل ازآن‌که به آن‌جا برود آمد به اطاق ناهار سرکشی بکند. کلاه را به دست گرفته یک بار به همه مهمانان کرنش کرد و میز را دور زد. اجاره‌نشین‌ها بلند شدند و باهم از توی ریش‌شان چیزی زمزمه کردند و به محض این‌که تنها ماندند بدون کلمه‌ای حرف مشغول خوردن شدند. گرِگوُر تعجب کرد که بین تمام صداهای روی میز جرغ جرغ آرواره‌های آن‌ها که کار می‌کرد قطع نمی‌شد.

مانند این‌که می‌خواستند به او ثابت کنند که برای خوردن دندان‌های حقیقی لازم است و شاخک حشرات هر چند که خوب و قوی هم باشد از عهده این کار برنمی‌آید. گرِگوُر به حال غمناک فکر کرد: «من گرسنه‌ام اما اشتها برای خوردن این جور چیزها ندارم. چقدر این آقایان چیز می‌خوردند؛ در این مدت من فقط باید بمیرم.»

یادش نمی‌آمد که بعد ازآمدن اجاره‌نشین‌ها خواهرش ساز زده باشد، ولی در این شب صدای ویلون از توی آشپزخانه درآمد. سه نفرآقا شام‌شان را صرف کرده بودند، شخصی که میان نشسته بود روزنامه‌ای درآورده و هریک از صفحاتش را به دو نفر دیگر داده بود. حالا هرسه آن‌ها در حالی که روزنامه می‌خواندند و سیگار می‌کشیدند روی صندلی یله داده بودند. گوش آن‌ها به صدای ویلون تیز شد. برخاستند و تک پا نزدیک در دالان جمع شدند و پهلوی هم ایستادند. با وجود همه احتیاطی که کردند در آشپزخانه صدای آن‌ها شنیده شد زیرا پدر بلند گفت: «اگر ویلون مزاحم آقایان است دیگر نمی‌زنند» آقای وسطی جواب داد: «برعکس اگر خانم کوچک مایل باشند که بیایند در اطاق ناهارخوری پیش ما راحت‌ترخواهند بود چون وسایل آسایش مهیاتراست.» پدر مثل این‌که خودش نوازنده بود گفت: «البته که این‌طور است.» آقایان وارد اطاق شدند و انتظار کشیدند. پدر با سه‌پایه آمد و مادر با نُتِ موسیقی و خواهر هم با ویلون. خواهر به آرامی قطعات موسیقی را آماده کرد، پدر وُ مادر که برای اولین مرتبه اطاقشان را اجاره داده بودند در تواضع و تکریم نسبت به مهمانان زیاده‌روی می‌کردند. روی صندلی‌های خودشان می‌نشستند از ترس این‌که مبادا مهمانان برنجند. پدر به در تکیه کرد و یک دستش را بین دگمه‌های لباس رسمیش گذاشت، یکی از آقایان به مادر تعارف کرد ولی او جرئت

نکرد جایش را عوض بکند و در تمام مدت جلسه در گوشه‌ای جداگانه نشست.

دخترشروع به نواختن کرد در حالی که پدر وُ مادر از دو طرف مختلف به حرکات دستش نگاه می‌کردند. گرِگوُر که به آهنگ موسیقی جلب شده بود جرأت کرد؛ کمی جلو آمد و حالا تمام سرش توی اطاق بود. تعجبی نداشت که در این اواخر ترس دائمی مزاحم شدن را که سابق به آن می‌بالید فراموش کرده باشد و بعد هم هیچ علتی نداشت که آن‌قدر خودش را پنهان بکند، زیرا به سبب کثافتی که در اطاقش گسترده بود و به کمترین حرکت به هوا بلند می‌شد همیشه گردآلود بود و تکه نخ ومو و پسمانده خوراکی روی پشت و به پاهایش چسبیده بود و باخودش به همه جا می‌کشانید. سُستی او به قدری زیاد شده بود که به فکر نمی‌افتاد مثل سابق چندین بار در روز خودش را در روی قالی بمالد و پاک کند و کثافت مانع نشد که باز بدون رودَربایستی روی زمین پاک جلو برود.

باید گفت که هیچ‌کس متوجه او نشده بود و پدر وُ مادر غرق در ویلون بودند و اجاره‌نشین‌ها که ابتدا دست‌ها در جیب و خیلی نزدیک به سه پایه نت ویلون نشسته بودند – چیزی که ناچار باعث زحمت خواهرش می‌شد و مجبور بود که در میان نت تصویر آن‌ها را که درحال رقص بودند ببیند – به زودی خودشان را به طرف پنجره کشیدند و با سر خمیده وراجی می‌کردند و نگاه پریشان پدر آن‌ها را به دقت می‌پائید. آشکارا دیده می‌شد که امید آن‌ها ازشنیدن یک قطعه ویلون و یا اقلاً ملودی مفرح کوچکی منجر به یأس شده بود و همه این‌ها ایشان را خسته می‌کرد و فقط از لحاظ احترام به آداب و رسوم متحمل این دردسر شده بود. از این‌که دود سیگارشان را به شدت با دماغ و یا دهن به طرف سقف می‌فرستادند بی‌تابی آن‌ها دیده می‌شد. معهذا خواهر چقدر خوب می‌زد؛ چهره‌اش را خم کرده بود و با نت

موسیقی با نگاه عمیق و غم‌انگیزی می‌نگریست. گرِگوُر برای این‌که این نگاه را ببیند باز هم کمی جلو آمد و سرش را به طرف زمین خم کرد. آیا او جانوری نبود؟ این موسیقی او را بی‌اندازه متأثر کرد. حس می‌کرد که راه تازه‌ای جلوش باز شده و او را به سوی خوراک ناشناسی که به شدت آرزویش را داشت راهنمایی می‌نمود. تصمیم داشت راهی به سوی خواهرش بازکند دامن لباسش را بکشد و به او بفهماند که باید پیش او بیاید زیرا هیچ کس این‌جا نمی‌توانست پاداشی که درخور موسیقی او بود به او بدهد. دیگر او را نمی‌گذاشت که از اطاقش بیرون برود یعنی تا مدتی که زنده بود. اقلاً هیکل مهیب او برای اولین بار به دردی می‌خورد. آن‌وقت در عین حال جلو همه درها کشیک می‌داد و با نفس دورگه‌اش مهاجمین را می‌تارانید. موضوع این است که نمی‌خواست خواهرش را وادار کند که پهلوی او باشد، فقط اگر دلش می‌خواست پیش او می‌ماند. گرِگوُر هم پهلویش روی تخت می‌نشست و به سازش گوش می‌داد. آن‌وقت به‌طور محرمانه‌ای به او حالی می‌کرد که تصمیم قطعی داشته او را به هنرستان موسیقی بفرستند و بی‌آن که از اعتراض دیگران واهمه داشته باشد این مطلب را جلو همه اقرار می‌کرد. موعدش دیرتر از عید نوئل گذشته نبود. (آیا نوئل گذشته بود؟) کاش بدبختی به این زودی روی نمی‌داد؛ خواهر از این توضیح متأثر می‌شد. حتماً به گریه می‌افتاد و گرِگوُر از روی شانه‌اش بالا می‌رفت و روی گردنش را می‌بوسید. این کار آسان بود زیرا خواهر نه یخه داشت و نه روبان. ازوقتی که به مغازه می‌رفت همیشه لباس سینه‌باز می‌پوشید.

آقائی که در میان نشسته بود با انگشت سبابه گرِگوُر را که آهسته جلو می‌آمد نشان داد و فریاد زد: «آقای سامسا!» ویلون ناگهان خفه شد. آقای وسطی با لبخندی سرش را تکان داد و به طرف رفقایش برگشت و نگاه‌ها را

متوجه پسر نمود. پدر لازم‌تر دانست ابتدا کرایه‌نشین‌هایش را خاطرجمع بکند تا پسرش را از اطاق براند. گرچه آقایان از منظره گرِگوُر مضطرب نشدند و نیز به نظر آمد که گرِگوُر از ویلون بیشتر باعث تفریح آن‌ها را فراهم آورده است.

پدر بازوها را به شکل صلیب به هم پیوست و به طرف آن سه دوید و سعی کرد آن‌ها را به اطاق خودشان برگرداند و با تنه‌اش جلو منظره گرِگوُر را گرفت. آن‌ها جداً خشمناک شدند، اما معلوم نبود به علت حرکت پدر بود و یا به جهت همسایه‌ای که بدون اطلاع قبلی به آن‌ها تحمیل کرده بودند و حالا ناگهان از وجودش آگاه شدند. آن‌ها هم بازوهای خود را بلندکردند و توضیحاتی خواستند. به حالت عصبانی چندین بار ریش خود را کشیدند و به طرف در اطاقشان عقب رفتند. در این بین تشویش خواهر از قطع نابهنگام موسیقیش برطرف شد – با ویلون و آرشه که به دستش آویزان بود لحظه‌ای کاملاً بی‌تکلیف ماند به نت موسیقی می‌نگریست مثل این‌که هنوز مشغول نواختن است ناگهان به خود آمد آلت موسیقی را در بغل مادرش گذاشت که در روی صندلی خودش به حال تنگ نفس مانده بود و به اطاق مجاور پرید که اجاره‌نشین‌ها با سرعت بیش از پیش در تحت فشار آقای سامسا به آن نزدیک می‌شدند. زیر دست‌های کارکشته گرت بالش‌ها و لحاف‌ها به هوا می‌پرید و سپس با نظم خوبی روی تخت‌ها می‌افتاد. سه نفر آقا هنوز به اطاقشان کاملاً نرسیده بودند که رختخواب آن‌ها حاضرشده بود و گرت از نزد آن‌ها خارج می‌شد. اما بدخلقی عجیبی گریبان گیر پدر شد که ظاهراً احترامی را که دَرخورِ اجاره‌نشین‌هایش بود فراموش کرده بود آن‌ها را زور می‌داد و تا در اطاقشان عقب می‌زد. آن‌جا آقایی که در وسط بود ناگهان او را نگه داشت. پاهایش را با صدای برق‌آسائی به زمین کوبید دستش را بلند کرد و زن‌ها را با نگاه جستجو نمود و گفت: «به‌سبب

وضع متعفنی که درین خانه حکمفرماست و باعث رسوائی این چهاردیوار می‌شود — به این‌جا که رسید تصمیم ناگهانی گرفت و به زمین تف کرد — من مرخصی فوری خودم را به شما ابلاغ می‌کنم طبیعتاً برای مدتی که پیش شما بوده‌ام یک شاهی نخواهم پرداخت و شاید جبران خسارت هم تقاضا بکنم باور کنید که این مطلبی است که در باره‌اش تصمیم خواهم گرفت.» بعد ساکت شد و در فضای تهی نگاه کرد مثل این‌که منتظر چیزی بود. در حقیقت دو رفیقش نیز شروع به صحبت کردند: «ما هم به شما مرخصی فوری خود را ابلاغ می‌کنیم.» آقائی که آن میان بود بی‌درنگ دستک در را گرفت و بیرون رفت و در را به هم زد.

پدر اُفتان و خیزان به طرف صندلی راحتی رفت و مثل توده سنگینی در آن افتاد. به نظر می‌آمد که برای چُرت شبانه دراز کشیده ولی به طرزی که سرش را با حرکات بلند مثل فنری که شکسته باشد تکان می‌داد. به خوبی دیده می‌شد که به چیز دیگری وَرای خواب فکر می‌کند. گرِگوُر تمام این مدت را بی‌حرکت در محلی که اجاره‌نشینان او را دیده بودند مانده بود. از ناامیدی که در اثر به هم خوردن نقشه‌اش به او عارض شده بود و شاید نیز به علت روزه‌های طویلی که گرفته بود خود را کاملاً مفلوج حس می‌کرد. می‌ترسید که بالاخره تمام خانه روی سر او خراب شود و درست وقوع این بلیه را در دقیقه آینده تصور می‌کرد و چشم به راه بود. هم‌چنین ویلون هم که تا آن‌وقت روی زانوی مادرش بود و با صدای جانگدازی ازبین انگشت‌های لرزانش زمین خورد در او تولید وحشت نکرد.

خواهر به عنوان تمهید مقدمه دستش را روی میز کوبید و اظهار داشت: «پدر و مادر عزیزم، این وضع نمی‌تواند ادامه پیدا بکند. اگر شما ملتفت نمی‌شوید اما من آن را حس می‌کنم. نمی‌خواهم نام برادرم را به موجود عجیبی که این جاست نسبت بدهم پس صاف وُ پوست کنده می‌گویم: باید

به وسیله‌ای این را از سرمان باز بکنیم. ما آن‌چه از لحاظ بشردوستی از دستمان برمی‌آمد برای پرستاری او تحمل کرده‌ایم تصور می‌کنم که هیچ‌کس نخواهد توانست کوچک‌ترین ملامتی به ما بکند.»

پدر گفت: «کاملاً حق دارد.» ولی مادر که نفسش بالا نمی‌آمد سرفه خفیفی در دستش کرد و چشم‌هایش خیره شد.

خواهر به طرف او رفت برای این‌که پیشانیش را نگهدارد. پدر که اظهارات گرت نقشه او را تأیید کرده بود روی صندلی راحتی قد برافراشت و بین بشقاب‌ها که بعد از شام اجاره‌نشینان هنوز جمع نشده بود با کلاه رسمی خود روی میز بازی می‌کرد، و فاصله به فاصله نگاهش را بی‌حرکت به گرِگوُر می‌دوخت.

خواهر تکرار کرد: «باید ازسرخودمان باز بکنیم – به پدرش خطاب می‌کرد چون مادر که از زور سرفه تکان می‌خورد چیزی نمی‌شنید – بالاخره شما را به زودی در گور خواهد کرد. از طرف دیگر ما که تمام روز مشغولیم در موقع ورود به خانه نمی‌توانیم این عذاب دائمی را داشته باشیم برای من که طاقت فرساست.» و گریه پُرزوری به او دست داد. به قدری گریه‌اش شدید بود که اشک‌ها روی صورتش می‌چکید و او خودبه‌خود آن‌ها را پاک می‌کرد.

پدر با لحن ترحّم‌آمیزی جواب داد: «اما دختر کوچکم چه بایدمان کرد؟» به طرز شگفت‌آوری مطالب دختر را به خوبی درک می‌کرد.

خواهر برای این‌که تردید خود را نشان بدهد که در هنگام گریه این تردید جانشین اطمینانی شده بود که قبلاً از خود بروز داده بود به بالا انداختن شانه اکتفا کرد.

پدر به‌طور نیمه سؤال گفت: «شاید او حرف‌های ما را می‌فهمد.» ولی خواهر بی‌آن‌که گریه‌اش قطع بشود حرکت شدیدی با دستش کرد برای این‌که نشان بدهد که به‌طور قطع باید این فرضیه را کنار گذاشت.

پدر تکرار کرد: «کاش او می‌فهمید، در موقع حرف زدن چشمش را می‌بست انگاری که می‌خواست نشان بدهد راجع به بطلان چنین فرضی با دخترش هم‌عقیده است. «اگر درک می‌کرد شاید وسیله‌ای بود که با او کنار بیائیم ولی با این شرایط...»

خواهر جیغ زد: «پدرجان یگانه راه حل این است که به درک برود. و باید از فکرت بیرون کنی که این گرِگوُر است. مدت طویلی است که ما این تصوّر را کرده‌ایم و همین منشاء همه بدبختی‌های ماست. چطور می‌تواند این گرِگوُر باشد؟ اگر او بود مدت‌ها قبل به محال بودن هم منزلی آدم‌ها با چنین حشره کریهی پی برده و خودش رفته بود بدون تردید ما برادر نخواهیم داشت، اما باز هم ممکن است زندگی کنیم و ما به یادبود او احترام می‌گذاریم. عوض این‌که همیشه این جانور را داشته باشیم که دنبال‌مان می‌کند و اجاره‌نشین‌هایمان را بیرون می‌کند. شاید می‌خواهد تمام آپارتمان را غصب کند و ما توی کوچه بخوابیم؟» ناگهان فریادی کشید: «پدرجان ببین، تماشا کن باز هم شروع کرد.» و ازشدت وحشتی که گرِگوُر به علتش پی نمی‌برد ناگهان مادرش را بغتتاً ول کرد به‌طوری که صندلی لرزید. چنین به نظر می‌آمد که حتی فدا کردن مادرش را ترجیح می‌داد تا نزدیک گرِگوُر باشد. به پشت پدرش پناه برد و رفتارش باعث وَحشَت او نیز گردید. پدر بلند شد و دست‌هایش را باز کرد مثل این‌که از او حمایت می‌کند.

اما گرِگوُر به چیزی فکر نمی‌کرد چه برسد که بخواهد کسی را بترساند، آن‌هم خواهرش را. فقط به قصد برگشتن شروع به حرکت کرده بود برای این‌که به اطاقش برود. باید اقرار کرد که تأثیر زننده‌ای می‌نمود زیرا به

علت ناتوانی سرپیچ‌های دشوار مجبور بود که از سرش نیز کمک بگیرد و دیده می‌شد که چندین بار سرش را بلند می‌کرد و شاخک‌هایش را به زمین می‌کوفت. بالاخره برای این‌که خانواده را ببیند ایستاد. به نظر می‌آمد که ظاهراً به حُسن نیّت او پی‌بردند، همه با تأثر ساکتی به او نگاه می‌کردند. مادر در صندلی راحتی پاها را دراز کرده و چشم‌هایش از خستگی تقریباً به هم رفته بود. پدر و خواهر پهلوی یکدیگر نشسته بودند و خواهر دست به گردن پدر انداخته بود. گرِگوُر فکر کرد: «حالا بی‌شک مانع نمی‌شوند که برگردم.» و مشغول کار شد. نمی‌توانست از خستگی جلو نفس زدن خودش را بگیرد و ناگزیر بود که فاصله به فاصله خستگی در بکند. به‌علاوه کسی باعث نمی‌شد که عجله بکند، زیرا برایش آزادی کامل قائل شده بودند. وقتی که پیچ خورد فوراً شروع به حرکت عقب‌نشینی کرد و مستقیماً به جلو رفت. از مسافتی که هنوز او را از اطاقش جدا می‌کرد تعجب کرد و نمی‌توانست بفهمد با وضعی که داشت لحظه‌ای پیش بی‌آن‌که ملتفت شده باشد چنین مسافتی را پیموده است. خانواده‌اش به وسیله هیچ‌گونه فریاد و یا اظهار تعجبی مزاحم او نگردید ولی او حتی متوجه این هم نشد. زیرا تمام حواسش گرم این بود که هرچه زودتر کار خود را انجام بدهد. وقتی که به در اطاقش رسید به فکر افتاد که سرش را برگرداند آن هم نه کاملاً، به علت گردنش که خشک شده بود، بلکه به این منظور که ببیند آیا چیزی پشت سر او تغییری نکرده است؟ فقط خواهرش بلند شده بود. آخرین نگاهش به مادر افتاد که به‌طور مسلّم خوابیده بود.

به محض این‌که وارد اطاقش شد در بسته شد و کلید دوباره دور خودش گردید. صدای آن به‌قدری شدید و ناگهانی بود که پاهایش را تا کرد. خواهرش بود که آن‌قدر عجله داشت. زیرا به اولین لحظه بلند شده بود تا آماده باشد و درست به موقع به قدری چابک به طرف در پریده بود که

صدای پایش را هم نشنید. هنگامی که کلید را در قفل می‌چرخانید به پدر و مادرش گفت: «آه بالاخره...!»

گرِگوُر در تاریکی دور خودش نگاه کرد و پرسید: «خوب حالا؟» به زودی پی برد که نمی‌توانست حرکت کند. تعجبی نکرد زیرا بیشتر تعجب داشت که تاکنون روی پاهای به این نازکی توانسته بود حرکت بکند. به علاوه یک نوع آسایش نسبی به او دست داد. دردهایی در بدنش حس می‌کرد اما به نظرش آمد که این دردها فروکش کرده و بالاخره به کلی مرتفع خواهد شد. تقریباً نه از سیب گندیده‌ای که در پُشتش فرورفته بود و نه از وَرَم اطراف آن که رویش را غبار نرمی پوشانیده بود درد نمی‌کشید. با شفقت حُزن انگیزی دوباره به فکر خانواده‌اش افتاد. می‌بایستی که رفته باشد خودش هم می‌دانست و اگر این کار ممکن می‌شد عقیده خودش در این موضوع ثابت‌تر از عقیده خواهرش بود. او درین حالت تفکر آرام ماند تا لحظه‌ای که ساعت بُرج ساعت سه صبح را زنگ زد. جلو پنجره منظره خارج را که شروع به روشن شدن کرده بود دید. خواهی نخواهی سرش پائین افتاد و آخرین نفس با ناتوانی از بینی او خارج شد.

وقتی که صبح زود کلفت وارد شد هرچند اغلب به او گوشزد کرده بودند ولیکن درها با خشونت و عجله‌ای که داشت چنان به شدت به هم می‌زد که بعد از ورود او عملاً خوابیدن در این خانه غیر ممکن بود. ابتدا از بازدید معمولی که از گرِگوُر می‌کرد چیز فوق العاده‌ای دستگیرش نشد. تصور کرد که به خصوص بی‌حرکت مانده بود برای این‌که ادای آقای رنجیده خاطری را دربیاورد. زیرا او را شایسته برای هرگونه ریزه‌کاری می‌دانست. اما چون اتفاقاً جاروی بزرگی دستش بود، از توی در سعی کرد که گرِگوُر را غلغلک بدهد، همین که شوخیش اثر نکرد خشمناک شد و چندبار با توک جارو او را هول داد؛ در اثراین کار جسم او بدون مقاومت عقب رفت، به کنجکاوی

پیرزن افزود. به زودی حقیقت را دانست و چشم‌هایش خیره بازماند. سوت کشید اما در اطاق نماند به طرف اطاق خواب دوید در را مثل طوفان باز کرد و این کلمات را در تاریکی به زبان آورد: «بیائید تماشا کنید یارو ترکیده، آن جاست روی زمین خوابیده مثل یک موش مُرده.»
زن و شوهر سامسا روی تخت سرجای‌شان نشستند و قبل از این‌که معنی پیام پیرزن را دریابند سعی می‌کردند از وحشتی که به آن‌ها دست داده بود جلوگیری کنند. طولی نکشید که آقا از یک طرف و خانم از طرف دیگر تخت پائین آمدند. آقا لحاف را روی دوشش انداخت و خانم با پیرهن خواب و به این ریخت وارد اطاق گرِگوُر شدند. درین بین در اطاق ناهارخوری باز شد و گرت که بعد از ورود اجاره‌نشین‌ها در این اطاق می‌خوابید بیرون آمد. کاملاً لباس پوشیده بود مثل این‌که نخوابیده و پریدگی رنگش گواه بی‌خوابی او بود. خانم سامسا زن سرپائی را به حالت پرسش نگاه می‌کرد و پرسید: «مرده؟» در صورتی که خودش می‌توانست امتحان بکند و حتی بدون امتحان مرده را مشاهده بنماید. زن سرپائی در تأیید بیان خود با سر جارو جسد گرِگوُر را عقب زد وگفت: «چه جور هم که مرده!» خانم سامسا حرکتی کرد مثل این‌که می‌خواست جلو جاروی او را بگیرد اما حرکتش را به اتمام نرسانید. آقای سامسا گفت: «خوب می‌توانیم شکر خدا را بکنیم.» علامت صلیب کشید و هر سه زن از او تقلید کردند.گرت که چشمش را از مرده برنمی‌داشت گفت :«ببینید چه لاغر است. آخرخیلی وقت بود که هیچ چیز نمی‌خورد غذا همان‌طور که به اطاقش می‌رفت بیرون می‌آمد.» در حقیقت جسد گرِگوُر از نا رفته و خشکیده بود حالا به خوبی دیده می‌شد که پاهایش قابلیت حمل جثه او را نداشتند و تماشای آن خوش‌آیند نبود. خانم سامسا با لبخند اندوهناکی گفت: «گرت یک دقیقه بیا پیش ما» گرت چند بار سرش را برگردانید تا مُرده را ببیند و دنبال پدر و مادرش به اطاق

خواب آن‌ها رفت. زن سرپائی در را بست و دو لت پنجره را باز کرد. با وجود این‌که صبح زود بود هوای تازه گرمی مخصوصی همراه داشت. اواخر ماه مارس بود. سه نفر اجاره‌نشین ازاطاق‌شان خارج شده بودند، و با تعجب هرجائی چاشت خود را جستجو می‌کردند. به نظر می‌آمد که آن‌ها فراموش شده بودند. آقایی که دیشب وسط آن‌های دیگر بود زیر لب غرغر می‌کرد: «صبحانه ما کجاست؟» اما زن سرپائی انگشت به لب خود گذاشت و با حرکت ساکت و دست پاچه اشاره کرد که دنبالش بروند. رفتند و دور جسد گرِگوُر وسط اطاق که خورشید در آن می‌تابید دست‌ها را در جیب کُت‌های نیم‌دار خود کردند و ایستادند.

در اطاق زن و شوهر نیز بازشد. آقای سامسا با لباس رسمی در حالی که زنش را با یک بازو و دخترش را با بازوی دیگر گرفته بود ظاهر شد. همه آن‌ها به نظر می‌آمدند که گریه کرده بودند و گرت فاصله به فاصله صورت را به بازوی پدرش تکیه می‌داد.

آقای سامسا بی‌آن‌که زن‌ها را از بازویش رها کند در خروج را نشان داد و گفت: «فوراً از منزل من بروید.» آقایی که در میان بود کمی یکّه خورد و با لبخند ملایمی پرسید: «به چه مناسبت؟» آن دو نفر دیگر دست‌ها را از پشت به هم متصل کردند و پی در پی کف دست‌هایشان را به هم می‌مالیدند مثل این‌که از انتظار کشمکشی که می‌دانستند به فتح آن‌ها تمام می‌شد لذت می‌بردند.آقای سامسا با هر دو زن به طرف اجاره‌نشین‌ها جلو رفت و جواب داد: «به همان مناسبتی که گفتم.» اجاره‌نشین وسطی ابتدا سر جایش ماند و چشم‌هایش را به زمین دوخت مثل این‌که می‌خواست راه تازه‌ای برای جمع کردن افکارش جستجو بکند و گفت: «خیلی خوب، ما می‌رویم.» آقای سامسا چشم‌هایش را به طرف او درانید و فقط چند بار سرش را تکان داد. اجاره‌نشین وسطی فوراً خارج شد و به اطاق کفش‌کن

رفت. دو رفیقش که لحظه‌ای بود دست‌ها را کندتر به هم می‌فشردند و به او گوش می‌دادند در عقب‌نشینی از او پیروی کردند و تقریباً دنبال او خیز برداشتند مثل این‌که می‌ترسیدند آقای سامسا قبل از آن‌ها برود و در روابط بین آن‌ها و رئیس‌شان خللی وارد بیاید. به دالان که رسیدند کلاه خود را از گل میخ برداشتند و از جای چتر عصای خود را خارج کردند و کُرنشی نمودند و از آپارتمان خارج شدند. آقای سامسا از روی بدگمانی بسیار بی‌موردی فوراً با دو زنش در دالانچه رفت و روی نرده خم شد برای این‌که رفتن آقایان را که از پلکان بی‌انتها به طرز آرام و موقّری پائین می‌رفتند تماشا کند. سر هر اشکوب در موقع پیچ خوردن ناپدید می‌شدند و چندثانیه بعد دوباره ظاهر می‌گردیدند. به همان اندازه که از پله‌ها پائین می‌رفتند از علاقه خانواده سامسا نسبت به آن‌ها می‌کاست و زمانی که به شاگرد قصابی برخوردند که بی‌باکانه با زنبیلی که روی سرش بود از اشکوب‌ها بالا می‌آمد و از او گذشتند آقای سامسا با زن‌هایش از نرده عقب رفتند و هر سه باحالت آسوده وارد اطاق شدند.

فوراً تصمیم گرفتند که این روز را به استراحت و گردش بگذرانند، کاملاً محتاج به این تفریح بودند. جلو میز نشستند تاسه کاغذ عذرخواهی بنویسند: آقای سامسا به رئیس، خانم سامسا به ارباب، و گرت به رئیس قسمت مغازه. زن خدمتگار در طی جلسه وارد شد تا اعلام کند که کارش تمام شده می‌رود. سه نفرمراسله‌نویس اول اکتفا کردند که سرشان را تکان بدهند بی‌آن‌که نگاه کنند، اما چون پیرزن نمی‌خواست که برود بالاخره قلم را کنار گذاشتند و نگاه خشمناکی به او کردند. آقای سامسا پرسید «خوب؟» زن سرپائی با لبخند میان چهارچوبه در ایستاده بود مثل این‌که می‌خواست خبر خوش مهمی بدهد اما نمی‌خواست آن را بگوید مگر این‌که نازش را بکشند. پر کوچک شترمرغ که تقریباً به‌طور عمودی کلاهش را زینت

می‌کرد و از زمانی که این زن در این‌جا کار می‌کرد همیشه این پرتـوی ذوق آقای سامسا زده بود آهسته به هر طرف لنگر برمی‌داشت – خانم سامسا که پیرزن همیشه بیش از دیگران برایش احترامی قائل بود گفت: «خوب! چه شده است؟» پیرزن که خنده محبّت‌آمیزی تکانش می‌داد گفت: «آه! این چیز...» نتوانست فوراً توضیح بدهد «هیچ لازم نیست که شما برای بردن این چیز پهلوی اطاقتان به خودتان زحمت بدهید کار درست شد.» خانم سامسا و گرت دوباره روی کاغذ خم شدند مثل این‌که به نوشتن ادامه مـی‌دهنـد. آقای سامسا متوجه شد که حالا این زن به شرح جزئیـات خواهـد پرداخت برای این‌که توی حرف او رفته باشد دستش را بلند کرد و اشاره نمود. پس در صورتی که نمی‌توانست قضیه را نقل کند ناگهان یادش افتاد کـه خیلـی عجله دارد از روی رنجش گفت: «خداحافظ همگی» مثل باد به دور خـودش گشت و وحشیانه درها را به هم زد و رفت.

آقای سامسا گفت: «امشب بیرونش می‌کنم.» ولی تأثیری در زنش و گـرت نکرد. پیرزن نتوانست آرامشی را که تازه به دست آورده بودند مغشـوش بکند. زن‌ها بلند شدند رفتند جلو پنجره و در آن‌جا در آغوش هم افتادنـد. آقای سامسا در صندلی راحتی به طرف آن‌ها گردید و لحظه‌ای در سـکوت تماشا کرد بعد فریاد زد: «خوب، بیائید این‌جا، حکایت‌های گذشته را نشخوار نکنید. شماها باید اندکی به فکر من باشید.» زن‌ها فوراً اطاعت کردند و بـه سر و کول او افتادند و نوازشش کردند و تعجیل نمودنـد کـه کاغذشـان را تمام بکنند.

بعد با هم از آپارتمان بیرون رفتند و ماه‌ها بود که چنین پیش‌آمدی برایشان رخ نداده بود. برای رفتن به اطراف شهر تراموای گرفتند. در داخل ترن کـه آفتاب افتاده بود مسافر دیگر جز آن‌ها یافت نمی‌شد. گرمـای چسبنده‌ای در آن‌جا وجود داشت. بـه راحتـی روی پشتـی‌ها یله دادند و راجـع بـه

موقعیت‌هائی که گوش شیطان کر چندان بد نبود صحبت کردند. موضوع مهم این بود که هر سه آن‌ها کارهای حقیقتاً قابل توجهی پیدا کرده بودند که به خصوص در آتیه بسیار امیدبخش بود. وضع کنونی خود را می‌توانستند به وسیله اجاره کردن آپارتمان ارزان‌تر و کوچک‌تر اما عملی‌تـر کـه در مـحـل بهتری واقع باشد جبران بکنند. آپارتمان کنونی را گرِگوُر انتخاب کرده بـود. آقا و خانم سامسا از مشاهده دختر خود که بیش از پیش با حـرارت گفتگـو می‌کرد تقریباً با هم متوجه شدند که گرت با وجود این‌که کرم زیبائی رنـگ گونه‌هایش را پرانیده بود در این ماه‌های اخیر بسیار شـکفته اسـت و حـالا دختر دلربائی است که اندامش جا افتاده است. شادی آن‌ها کـه فـروکش کرد تقریباً ندانسته نگاهی با هم رد وبدل کردند که مفهومش آشکار بـود. هر دو آن‌ها به فکر افتادند که موقع آن رسیده که شوهر برازنده‌ای برایش زیر سر بگذارند و زمانی که به مقصد رسیدند، دختر پیش از آن‌ها بلندشد تا خمیازه بکشد و خستگی بدن جوانش را در بکند، به نظرشان آمـد کـه در حرکت دخترشان آرزوهای تازه آن‌ها تائید می‌شود و نیـت خیـر ایشـان را تشویق می‌کند.

فرانتس کافکا

گروه محکومین

افسر به سیاح گفت: «این ماشین عجیبی است» و نگاه تحسین‌آمیزی به این ماشین که چم آن توی دستش بود، انداخت. به نظر می‌آمد که سیاح صرفاً برای رعایت ادب دعوت فرمانده را پذیرفته است. فرمانده از او درخواست کرده بود که در مراسم اعدام سربازی که به واسطه‌ی سرپیچی و اهانت به مافوق محکوم شده است حضور یابد. در خود سرزمین محکومین علاقه‌ای که مردم به این اعدام نشان می‌دادند، در حقیقت، چندان درخور ملاحظه نبود. در این دره‌ی کوچک ژرف و پُرریگ که از هرسو به سراشیب‌های عریان محدود می‌شد، غیر از سیاح و افسر و محکوم، که آدمی بود سفیه با پوزه‌ی پهن و موهای انبوه و چهره‌ای فرسوده، کس دیگری دیده نمی‌شد. سربازی نیز در آن‌جا بود که زنجیر سنگین را در دست داشت. به این زنجیر زنجیرهای کوچکی که به قوزک پا، به مچ دست‌ها و هم‌چنین به گردن محکوم محکم پیچیده شده بود متصل می‌شد. این زنجیرهای کوچک نیز به وسیله‌ی چندین رشته زنجیر رابط به هم پیوسته بودند. دیگر آن که حالت محکوم وی را چنان زبون و رام نشان می‌داد که هر کسی می‌پنداشت که می‌توان او را در سراشیب‌های اطراف رها کرد و هنگام شروع اعدام، زدن سوتی کافی است تا وی مثل سگی به پیش بشتابد.

سیاح به ماشین توجه زیادی نداشت و در پشت سرمحکوم، با بی‌اعتنایی، تقریباً آشکار، به این‌سو و آن‌سو قدم می‌زد. ضمنا افسر سرگرم آماده کردن وسایل نهائی اعدام بود، گاهی به زیر ماشین که پایه‌ی آن عمیقاً به زمین فرو رفته بود می‌خزید و زمانی برای وارسی قسمت‌های فوقانی آن از نردبانی بالا می‌رفت. البته این کارها را می‌شد به یک ماشین‌چی واگذار کرد، ولی افسر خود با کوشش شایانی انجام می‌داد، خواه بدان سبب که وی از هواداران شیفته‌ی این ماشین بود و خواه به دلایل گوناگون نمی‌شد این

کارها را به عهده‌ی کس دیگر گذاشت. بالاخره افسر گفت: «حالا همه چیز آماده است؛» و از نردبان پائین آمد. به‌طور خارق‌العاده‌ای فرسوده بود، با دهان تمام باز نفس می‌کشید و دو تا دستمال ظریف زنانه به زیر یخه‌ی نیم‌تنه‌ی خود گذاشته بود. سیاح برخلاف انتظار افسر، به جای این‌که درباره‌ی ماشین اطلاعاتی بخواهد، گفت: «این لباس‌ها برای جاهای گرمسیر بسیار کلفت است.» افسر گفت: «همین طور است!» و برای شستن دست‌های خود که به روغن و چربی آلوده شده بود به طرف تشتی که از پیش آماده کرده بودند رفت، «ولی این لباس‌ها مظهر میهن است، ما نمی‌خواهیم پیوند با میهن‌مان را از دست بدهیم.» در حال به گفته‌ی خود افزود: «به این دستگاه نگاه کنید» و در حالی که دست‌های خود را با پارچه‌ی سفیدی خشک می‌کرد ماشین را نشان می‌داد. «تاکنون به کاردستی حاجت بود ولی از این به بعد دستگاه خودش تنها کار می‌کند.» سیاح برای تأیید سر تکان داد و در پی افسر به راه افتاد. افسر برای این‌که به خود دل‌گرمی بدهد و فکر سیاح را نیز قبلاً برای پیش آمدهای ناگوار آماده کند گفت: «البته گاهی اتفاق می‌افتد که ماشین عیب می‌کند ولی امیدوارم که امروز از این‌گونه پیش‌آمدها نخواهد شد. با وجود این همیشه باید انتظار این‌جور پیش‌آمدها را داشت، چون ماشین باید دوازده ساعت پی هم کار کند. ولی اگر عیبی پیش بیاید جزئی خواهد بود و ما فوراً آن را برطرف خواهیم کرد.» بالاخره افسر پرسید: «نمی‌فرمائید بنشینید؟» و از میان توده‌ای از صندلی‌های حصیری یک صندلی بیرون کشید و به سیاح تعارف کرد. سیاح نتوانست آن را رد کند. اینک سیاح بر لب گودالی که به درون آن نگاه تندی کرده بود نشسته است. این گودال عمق زیادی نداشت. در یک طرفش خاک‌های بیرون ریخته شده به شکل خاک‌ریزی برروی هم انباشته شده بود و در طرف دیگر ماشین قرار داشت. افسر گفت: «من نمی‌دانم، فرمانده

طرز کار ماشین را برای شما شرح داده است یا نه.» سیاح دستش را تکان ابهام‌آمیزی داد. افسر از این بهتر چیزی نمی‌خواست زیرا دیگر می‌توانست در باره‌ی ماشین توضیحات خود را به سیاح بدهد و گفت: «این ماشین» و برای تکیه کردن دسته‌ای را در مشت گرفت؛ این ماشین را فرمانده‌ی سابق ما اختراع کرده است. من از همان اولین آزمایش‌ها با او هم کاری کرده‌ام و تا زمان نصب قطعی ماشین در همه کارها شرکت داشته‌ام. با این حال بی‌تردید، افتخار این اختراع متعلق به خود او تنهاست، شما راجع به فرمانده‌ی سابق ما چیزی نشنیدید؟ نه؟ خوب، اگر بگویم که سازمان همه‌ی سرزمین محکومین اثر اوست گزاف نگفته‌ام. ما، دوستان او، هنگام مرگش می‌دانستیم که این سازمان چنان کامل و آزموده است که جانشین وی اگر هزار نقشه‌ی نو در سر داشته باشد نخواهد توانست، دست کم تا چندین سال دیگر، در نظام پیشین تغییری بدهد، حدس ما درست درآمد و فرمانده‌ی جدید ناگزیر شد این سازمان را به پذیرد، حیف که شما فرمانده‌ی سابق را نمی‌شناختید؛ ولی، افسر درنگی کرد، «من پرحرفی می‌کنم، ماشین او، آن جا روبروی شماست. همان‌طوری که ملاحظه می‌کنید این ماشین مرکب از دو قسمت است، برای تشخیص هریک از این قسمت‌ها به مرور زمان بعضی اصطلاحات تقریباً عامیانه پیدایش یافته است. قسمت زیرین بستر و قسمت بالا را خال‌کوب می‌نامند و این‌جا، قسمت وسط که بین بستر و خال‌کوب آویزان است، دارخیش نامیده می‌شود.»

سیاح پرسید: «دارخیش؟» وی گفته‌ی افسر را چندان به دقت گوش نداده بود، آفتاب در این دره‌ی بی‌سایبان با شدت زیاد می‌تابد و به دشواری می‌شد دقت خود را تمرکز داد. درنظر سیاح، افسر با نیم‌تنه‌ی تنگ مخصوص رژه که سردوشی‌های سنگین داشت و به حمایل و نشان مزین

بود، بیشتر شایسته‌ی توجه می‌آمد. افسر بـرای توضیـح کـارخود کوشـش زیادی به کار می‌برد و ضمن صحبت پیچ و مهره‌هـائی را در گوشـه و کنـار ماشین با آچار سفت می‌کرد. سرباز ظاهراً در همان وضع روحی سیاح قـرار داشت. زنجیر محکوم را به دور مچ‌های خود پیچیده بود، با یک دسـت بـه تفنگ خود تکیه کرده سر را به شانه‌های خویش متمایل می‌کرد و به چیـزی توجه نداشت. سیاح تعجبی نمی‌کرد زیرا افسر به فرانسه حـرف مـی‌زد و بی‌شک سرباز و محکوم هیچ کدامشان این زبان را نمی‌فهمیدند و همین بـر شگفتی حرکات و اطوار محکوم که با وجود این می‌کوشید توضیحات افسر را دنبال می‌کند، بسی می‌افزود. محکوم با سماجت آمیخته به سُستی پیوسـته نگاه‌های خود را به طرفی که افسر با انگشت نشان می‌داد متوجه می‌کـرد و اینک که پرسش سیاح رشته‌ی صحبت افسر را بریده بود محکوم نیز مانند افسر خیره خیره به سیاح می‌نگریست.

افسر گفت: «بله، دارخیش، این نام مناسبی است. سوزن‌ها به همـان وضـع قرار گرفته‌اند که سیخ‌های یک دارخیش، و ایـن آلـت بـر روی هـم مانند دارخیشی عمل می‌کند، با این تفاوت که سر جای خود ثابت اسـت و کـارش نیز بیشتر جنبه‌ی هنر دارد. وانگهی همین الآن خودتان هم خواهیـد فهمیـد. این‌جا روی بستر، محکوم را می‌خوابانند. اول من فقط می‌خـواهم بـرای شما خود ماشین را شرح بدهم، بعد آن را به کار خواهم انداخت. این جـور شـما بهتر می‌توانید مرحله‌های مختلف اعدام را دنبال کنید. به علاوه در خال‌کوب چرخ بسیار مستعملی هست که موقع کار زیاد خرخر می‌کنـد، آن‌وقـت بـه دشواری می‌توان صدای خود را به گوش شما رساند. بدبختانه ما بـا اشکال زیاد می‌توانیم یدکی‌های لازم را بگیریم. نگاه کنید، همان‌طوری که گفتم، این بستر است که سراسر از یک قشر پنبه پوشیده شده است. محکـوم، البتـه

لخت، روی این پنبه دمرو دراز می‌کشد. این تسمه‌ها برای پاها و دست‌ها و گردن محکوم است که محکم او را مهار می‌کند.

این‌جا، جائی که سر محکوم گذاشته می‌شود – همان‌طوری که به شما گفته‌ام موقع شروع روی محکوم به سمت زمین است – دهان‌بند کوچک نمدی قرار دارد که به آسانی می‌توان طوری میزانش کرد که درست وارد دهان محکوم شود. این دهان‌بند برای این است که نگذارد محکوم فریاد کند و زبان خود را گاز بگیرد. البته محکوم باید به دهان‌بند تن در دهد وگرنه تسمه پشت گردنش را خواهد برید. سیاح خم شده، پرسید: «این پنبه است؟» افسر لبخندی زده، گفت: «بله، خودتان دست بزنید.» و دست سیاح را گرفته به سمت بستر برد، «این پنبه‌ای است که به طریقه‌ی خاصی تهیه شده است و به همین جهت کمتر می‌شود فهمید که پنبه است. بعد به شما خواهم گفت به چه درد می‌خورد.» حالا دیگر ماشین دقت سیاح را اندکی به خود جلب کرده بود. سیاح دستش را برای محافظت چشم‌ها جلوی آفتاب گرفته قسمت‌های فوقانی ماشین را نگاه می‌کرد. دستگاه عظیمی بود. بستر و خال‌کوب به یک اندازه بودند و به دو صندوق تیره رنگ شباهت داشتند. خال‌کوب در حدود دو متر بالاتر از بستر قرارگرفته بود. هر دوی آن‌ها به وسیله چهار میله‌ی برنجی که خورشید از روی آن‌ها پرتو خود را به اطراف می‌افشاند در گوشه‌ها قرارگرفته بودند. بین صندوق‌ها، دارخیش به یک بند فولادی آویزان بود.

تاکنون افسر به هیچ وجه متوجه بی‌اعتنائی سیاح نشده بود ولی اینک به علاقه‌ای که سیاح رفته رفته ازخود نشان می‌داد توجه داشت، به همین جهت در میانه‌ی توضیحات خود درنگی کرد تا سیاح سرفرصت ماشین را ملاحظه کند. محکوم از سیاح تقلید می‌کرد، چون نمی‌توانست دست خود را جلوی آفتاب بگیرد با چشم‌های نیمه‌باز به بالا می‌نگریست.

سیاح گفت: «و همین که محکوم دراز کشید؟» و روی صندلی به پشت تکیـه داده پاها را روی هم انداخت.

افسر کلاهش را کمی بالا زده گفت: «بله» و دستش را بـه چهـره‌ی سـوزان خود کشید، «حالا دقت کنید، بستر مانند خال‌کوب دارای بـاتری الکتریکـی مخصوصی است که آن را برای خودش مصرف می‌کند. خال‌کوب دارخیش را به کار می‌اندازد. همین‌که محکوم را بستند بستر به جنبش در می‌آید و از تکان‌های خیلی کوتاه ولی تند، می‌لرزد. جهت تکان‌ها در یک آن، هم به بالا و هم به پهلوست. شما لابد در درمانگاه‌ها ماشین‌هـایی شبیه ایـن دسـتگاه دیده‌اید، ولیکن در بستر ما همه‌ی حرکت‌ها حساب شده است زیـرا بایـد دقیقاً با حرکت‌های دارخیش تطبیق کنـد ولـی اجـرای حکـم فقـط بـا خـود دارخیش است.»

سیاح پرسید: «حکم شامل چیست؟» افسر با تعجب گفت: «پس ایـن را هـم نمی‌دانید؟» و لب خود را گزید: «اگـر توضـیحات مـن روشـن نیسـت مـرا ببخشید. از شما تمنی دارم مرا ببخشید. در سابق معمولاً فرمانـده خـودش توضیح می‌داد لیکن حالا فرمانده‌ی جدید از این وظیفه‌ی افتخاری شانه خالی کرده است. ولی در بازدیدی بدین مهمی.» سیاح خواسـت مـانع تکـریم و تعارف افسر شود لذا به رسم اعتراض دست‌هایش را تکان داد. ولی افسـر در گفتن این عبارت اصرار می‌ورزید. «دربازدیدی بدین مهمـی وقتـی آدم فکرمی کند که او حتی طرز اعدام ما را هم نشناسانده است، این دیگر رسم تازه‌ای است که» فحشی تک زبانش بود ولی افسر جلوی خود را گرفت فقـط گفت: «من اطلاع نداشته‌ام، تقصیر با من نیست. وانگهی مـن بـرای توضـیح روش‌های دادگستری‌مان از هرکس دیگر بیشتر صلاحیت دارم زیـرا مـن این‌جا، دستش را روی سینه به پشت جیب درونی نیم تنـه‌ی خـود زد» مـن این‌جا تمام نقشه‌های دست‌نویس فرمانده‌ی سابق را دارم.»

سیاح پرسید: «نقشه‌های دست‌نویس خود فرمانده؟» پس او همه‌ی هنرها را در خود جمع کرده بود؟ او هم سرباز بود هم دادرس، هم مهندس، هم شیمی‌دان، هم طراح؟»

افسر سرش را حرکت داد و با نگاهی خیره و تحسین‌آمیز گفت: «بله کاملاً» آن‌گاه دست‌های خود را وارانداز کرد ،به نظر او چندان پاک نیامدند که بشود آن‌ها را به نقشه‌ها زد. پای تشت رفت و دوباره دست‌ها را شست. سپس کیف چرمینی از جیب بیرون کشید و گفت: «حکم ما خشونت‌آمیز نیست. دارخیش همان امریه‌ای را که محکوم رعایت نکرده است بربدن او می‌نویسد. مثلاً بر بدن این محکوم، افسر محکوم را نشان داد، دارخیش خواهد نوشت: به مافوق خود احترام بگذار»

سیاح نگاهی دزدیده به محکوم کرد. هنگامی که افسر با انگشت محکوم را نشان می‌داد محکوم سرش را پائین انداخت، چنین به نظر می‌آمد که همه نیروی خود را به کار می‌برد تا مگر بتواند آن چه می‌شنود حدس بزند، ولی جنبش‌های لبان بادکرده‌اش که به روی هم فشار می‌آورد به خوبی نشان می‌داد که او نمی‌تواند از سخنان افسر چیزی بفهمد. سیاح بسی پرسش‌ها داشت، ولی در حالی که به محکوم نگاه می‌کرد، فقط پرسید: «این آدم کیفر خودش را می‌داند؟» افسر گفت: «نه»، می‌خواست درحال دنباله‌ی توضیحات خود را بگیرد، ولی سیاح تو حرفش دوید: «او حتی از کیفری که برایش تعیین کرده‌اند خبر ندارد؟» افسر دوباره گفت: «نه» لحظه‌ای درنگ کرد، گویی منتظر بود که سیاح علت پرسش خود را توضیح دهد. سپس گفت: «چه فایده‌ای دارد که از کیفرش او را آگاه کنند، وقتی متن حکم به روی بدنش خال‌کوبی شد کیفر خود را به خوبی خواهد دانست، سیاح قصد نداشت در این خصوص چیزی بگوید ولی حس می‌کرد که محکوم نگاه خود را به طرز خاصی به او دوخته است و گوئی این نگاه از او می‌پرسد که آیا وی

می‌تواند روشی را که برایش شرح می‌دهند تأیید کند؟ به همین جهت سیاح که تازه راحت به پشتی صندلی تکیه داده بود دوباره به جلو خم شد و این سؤال تازه را کرد: «لااقل، او می‌داند که محکومش کرده‌اند؟» افسر در حالی که به سیاح لبخند می‌زد و گوئی باز انتظار حرف‌های عجیب و غریب او را داشت، گفت: «این را هم نه» سیاح در حالی که دست به پیشانی خود می‌کشید گفت: «نه، پس این آدم حتی حالا هم نمی‌داند که در دادنامه چه سرنوشتی برایش تعیین کرده‌اند؟ افسر که از پهلو نگاه می‌کرد و گوئی نمی‌خواست با شرح مطالبی که به نظرش آن‌قدر واضح می‌آمد به سیاح جسارتی کرده باشد، مثل این‌که با خودش حرف می‌زند گفت: «برای او امکان دفاع وجود نداشته است.» سیاح از جایش برخاسته گفت: «معذلک می‌بایستی این امکان برای او وجود داشته باشد.»

افسر دید که شرح جزئیات ماشین ممکن است زیاد وقتش را بگیرد. پیش سیاح آمد، بازویش را گرفت و محکوم را با دست نشان داد. محکوم در برابر دقتی که در این لحظه آشکارا به سوی او متوجه شده بود خود را راست کرد و سیخ ایستاد. – سرباز نیز دوباره زنجیر را در دست گرفت – افسر گفت: «موضوع از این قرار است. این‌جا، در سرزمین محکومین، من عهده‌دار شغل دادرسی هستم و با وجود کمی سنّم. چون در کلیه امور تأدیبی به فرمانده‌ی پیشین کمک می‌کردم. کسی هستم که بیش از همه به لم ماشین آشنایی دارم. اصلی که در موقع صدور حکم راهنمای من است این است: بی‌شک همیشه خطائی وجود دارد. دادگاه‌های دیگر مختارند که از این اصل پیروی نکنند زیرا آن‌ها با حضور چندین نفر تشکیل می‌شوند و به علاوه بالا سرشان دادگاه‌های عالی‌تری نیز هست. ولی این‌جا این‌طور نیست، لااقل در زمان فرمانده‌ی سابق این‌طور نبود. راست است که فرمانده‌ی جدید نشان داده است که بسیار میل دارد در امور قضائی من

دخالت کند ولی من تا حالا توانسته‌ام دستش را کوتاه نگاه دارم و امیدوارم که بعدها هم خواهم توانست. شما مایلید جریان این دادرسی برایتان شرح داده شود، مثل همه‌ی دادرسی‌های دیگر ساده است. بامداد امروز سروانی به من اطلاع داد که این آدم که به خدمت‌گذاری او در خانه‌اش گماشته شده است و جلوی در اتاقش می‌خوابد، هنگامی که می‌بایستی وظیفه‌ی خود را انجام دهد خوابیده بود. وظیفه‌ی او این است که سر هر ساعت از خواب برخیزد و جلوی در اتاق سروان سلام بدهد. در واقع این وظیفه‌ی دشواری نیست، وانگهی ضروری نیز هست چون این آدم باید همان‌قدر برای کشیک دادن حاضر و آماده باشد که برای انجام خدمت‌های خانگی. شب گذشته سروان خواست ببیند که گماشته‌اش وظیفه‌ی خود را درست انجام می‌دهد یا نه. سر ساعت دو در را باز کرد دید گماشته اش چمپاتمه زده خوابیده است. شلاق خود را برداشت و به سر و رویش نواخت. ولی این آدم به جای این‌که برخیزد و از ارباب خود پوزش بخواهد پاهای او را گرفته تکانش داد و فریاد زد: «شلاقت را بینداز وگرنه تو را لقمه‌ی چپم خواهم کرد.» این است جریان واقعه. یک ساعت قبل سروان پیش من آمد. من اظهاراتش را یادداشت کردم و فی‌المجلس حکم صادر نمودم. بعد دستور دادم سرباز را به زنجیر بکشند. مطلب خیلی ساده است. اگر من اول این آدم را می‌خواستم و از او پرسش‌هایی می‌کردم غیر از اشتباه و ابهام نتیجه‌ای به دست نمی‌آمد. بعید نبود که دروغ بگوید و اگر من موفق می‌شدم دروغ‌هایش را رد کنم به جای آن‌ها دروغ‌های دیگری تحویل می‌داد. اکنون من بر او چیره هستم و دیگر ولش نخواهم کرد.- موضوع برای شما روشن شد؟ وقت می‌گذرد. تا حال می‌بایستی اعدام شروع شده باشد و من هنوز شرح ماشین را هم به پایان نرسانده‌ام.» افسر سیاح را مجبور کرد دوباره بنشیند. نزدیک ماشین رفت و شروع کرد. «بطوری که ملاحظه می‌کنید

دارخیش به فراخور اندام آدمی درست شده است. این دارخیش بـرای بالاتنه و این دارخیش‌ها برای پاهاست. برای سر فقط همـین سـیخ کوچـک است. کاملاً متوجه شدید؟» افسر به وضعی که او را برای دادن مشروح‌ترین توضیحات آماده نشان می‌داد با مهربانی برابر سیاح خم شد.

سیاح ابروها را درهم کشیده به دارخیش نگاه مـی‌کـرد. آن‌چـه دربـاره‌ی روش دادگستری به او گفته شده بود وی را راضی نمی‌کرد و او ناگزیر بـود پیوسته به یاد آورد که آن جا سرزمین محکومین است، جائی کـه اقـدامات استثنائی در آن ضروری است و روح نظامی باید بر کوچک‌ترین چیزی حاکم باشد. وانگهی او امیدوار بود که فرماندهی جدید، بی‌شک ولی به کنـدی، در آن جا روش تازه‌ای برقرار خواهد کرد و این روش تازه را فکر کوتـاه افسـر نمی‌توانست بپذیرد. سیاح در پی این اندیشه‌ها پرسید: «آیا فرمانـده در مراسم اعدام حضور می‌یابد؟ افسر از این پرسش غیر مترقب، برآشـفت و سیمای محبّت‌آمیز او گرفته شد، گفت: «معلوم نیست، برای همین است که باید عجله کنیم. من حتی ناچارم توضیحاتم را به اختصار برگزار کنم. ولی فردا صبح همین‌که ماشین را پاک کردند – تنها عیب این ماشین ایـن اسـت کـه زیاد کثیف می‌شود – من می‌توانم به گفته‌های امروزم چیزهای مشروح‌تری بیفزایم. عجالتاً به گفتن ضروری‌ترین چیزها اکتفا می‌کنم همین کـه محکـوم روی بستر دراز کشید و بستر شروع به لرزیدن کـرد دارخـیش روی جسـم محکوم پائین می‌آید و خود به خود بالای آن قرار می‌گیرد. بـه قسـمی کـه نوک سوزن‌ها تقریباً به سطح بدن محکوم مالیده می‌شود. همین‌که موضـع گرفته شد این نوار فولادی کشیده می‌شود و مانند میله‌ای سفت می‌گـردد، آن‌وقت کار ماشین آغاز می‌شود. یک آدم بی‌اطلاع، از خـارج اختلافـی بـین کیفرهای گوناگون نمی‌بیند. دارخیش ظاهراً یک‌نواخت کار می‌کند و بر اثـر لرزش سیخ‌های خود را در جسم محکوم که به نوبـه‌ی خـود از تکان بستر

می‌لرزد فرو می‌برد. برای این که هرکسی بتواند در اجرای حکم نظارت داشته باشد دارخیش را از شیشه درست کرده‌اند. این کار هنگام نصب سوزن‌های دارخیش اشکالات فنی پیش آورده بود که پس از آزمایش‌های بسیار برطرف شده است. ما از زیر بار هیچ زحمتی شانه خالی نکردیم. اکنون به واسطه‌ی شفافی شیشه هرکسی به آسانی می‌تواند ببیند نقش‌ها چگونه بر بدن محکوم نگاشته می‌شود. نمی‌خواهید پیش‌تر تشریف بیاورید و سوزن‌ها را وارسی کنید؟»

سیاح دوباره آرام از جایش برخاست. پیش‌تر آمد و روی دارخیش خم شـد. افسر گفت: «ملاحظه کنید این‌جا دو جور سوزن بـه وضـع پیچیـده‌ای قـرار گرفته است. پهلوی هر سوزن دراز سوزن کوچکی نیز کار گذاشته‌اند. سوزن بزرگ است که می‌نویسد. از سوزن کوچک برای شستن خون و خوانـا نگـاه داشتن نوشته، آب فوران می‌کند. آب که به واسطه‌ی آمیختن با خون سرخ رنگ شده است در جوی‌های کوچک جاری مـی‌گـردد و سـرانجام بـه ایـن شاه‌نهر می‌ریزد و به وسیله‌ی لوله‌ی تخلیه به گودال برده می‌شود.» افسر با انگشت راهی را که آب و خون باید بپیمایند نشان مـی‌داد و بـرای ایـن کـه تصویر آن را مجسم کرده باشد با حرکت دست‌هـا مـایع را دم دهانـه‌ی لوله‌های تخلیه جمع می‌کرد. سیاح سرش را بالا کـرد و دسـتش را کورمـال کورمال به پشت سر خود دراز نمود چون می‌خواست به جای خود برگـردد. در این موقع با وحشت تمام دید که محکوم نیز دعوت افسر را بـرای تماشای دارخیش پذیرفته است. محکوم اندکی سرباز خواب آلوده را بـه روی زمـین کشانیده بود و روی آلـت شیشـه‌ای خـم شـده هـاج و واج در پـی چیـزی می‌گشت که هم اکنون افسر و سیاح آن را ملاحظه کرده بودنـد. ولی بـه خوبی معلوم بود که کوشش او به جائی نمی‌رسد زیرا نتوانسته بود چیـزی از توضیحات افسر بفهمد. به این ور و آن ور خـم مـی‌شـد. نگـاهش پیوسته

سراسر آلت بزرگ شیشه‌ای را می‌پیمود. سیاح می‌خواست محکوم را کنار بزند زیرا کاری که او می‌کرد ظاهراً سزاوار مؤاخذه بود. افسر با یک دست، سیاح را گرفت و با دست دیگر از خاکریز کلوخی برداشته به جانب سرباز انداخت. سرباز چشم‌هایش را با حرکتی ناگهانی بالا کرد و متوجه کاری که محکوم جرأت انجام آن را به خود داده بود شد. تفنگش را پرت کرد و خشم‌آلود برزمین استوار نشست و محکوم را چنان سخت به عقب کشید که به یک باره به پشت سرنگونش کرد. پاهای محکوم درهم پیچیده زنجیرها را به صدا درآورد. افسر داد زد :«بلندش کن!» زیرا می‌دید که توجه سیاح زیاد به جانب محکوم منحرف شده است. سیاح از کنار دارخیش رفت زیرا دیگر بدان توجه نداشت و به چیزی غیر از آن‌چه برسر محکوم می‌آمد علاقه‌مند نبود. افسر دوباره فریاد کرد: «با او مدارا کن!» و خودش ماشین را دور زد، زیر بغل محکوم را گرفت و او را پس از آن‌که چندین بار به روی پاهای بسته شده‌اش لغزید، به کمک سرباز بلند کرد.

وقتی افسر پیش سیاح برگشت سیاح گفت: «حالا دیگر من همه چیز را می‌دانم.» افسر گفت: «بله» ولی هنوز مهم‌ترین چیزها مانده است» و بازوی سیاح را گرفته چیزی را در بالا به او نشان داد: «آن بالا توی خال‌کوب یک عده چرخ دندانه‌دار قرار گرفته است که حرکت دارخیش زیر فرمان آن‌هاست. این چرخ‌ها بر حسب نقشی که در حکم قید شده است تنظیم می‌شوند. من هنوز همان نقش فرمانده‌ی سابق را به کار می‌برم. این‌ها...» افسر چند برگ کاغذ از کیف چرمی بیرون آورد - «بدبختانه من نمی‌توانم این کاغذها را به دست شما بدهم، این گرانبهاترین چیزی است که من دارم. بنشینید، من آن‌ها را از این‌جا به شما نشان خواهم داد. از همین جا هم شما به خوبی می‌توانید همه‌ی آن‌ها را ببینید.» اولین ورقه را نشان داد. سیاح خواست برای سپاسگزاری چیزی بگوید ولی جز یک عده خط‌های

درهم پیچیده که چندین بار یک دیگر را قطع می‌کردند چیز دیگری نمی‌دید. این خط‌ها چنان فشرده به هم روی کاغذ را پوشانده بودند که قسمت‌های سفید را به دشواری می‌شد تمیز داد. افسر گفت: «بخوانید» سیاح گفت: «نمی‌توانم» افسر گفت: «این‌که خواناست» سیاح که خود را کنار می‌کشید گفت: «واقعاً این یک هنر تمام‌عیاراست. ولی من نمی‌توانم آن را بفهمم» افسر گفت: «آری این سرمشق خوش‌نویسی دانش‌آموزان نیست.» خندیده کیف چرمیش را در جیب گذاشت. «باید این ورقه‌ها را مدتی مطالعه کرد بالاخره شما هم موفق به خواندن آن‌ها خواهید شد. البته این‌که نباید نوشته‌ی ساده‌ای باشد و نباید فوراً آدم را بکشد البته باید به‌طور متوسط پس از دوازده ساعت او را به هلاکت برساند. سخت‌ترین موقع‌ها برای ساعت ششم قرار داده شده است. پس باید دور و بر نوشته پاراف‌های بسیاری شده باشد. خود متن مانند کمربند باریکی بدن محکوم را احاطه می‌کند. قسمت‌های دیگر بدن مخصوص نقش‌های زینتی است. حالا می‌توانید به ارزش کار دارخیش و این دستگاه روی هم رفته، پی ببرید؟ – نگاه کنید!» بالای نردبان جست چرخی را گرداند و به طرف آن‌هائی که پائین ایستاده بودند فریاد زد: «مواظب باشید، کنار بروید!» و همه‌ی دستگاه به کار افتاد. اگر چرخ خرخر نمی‌کرد کار همه‌ی قسمت‌ها بسیار رضایت بخش بود. افسر مثل این‌که چرخ معیوب غافلگیرش کرده باشد با مشت آن را تهدید کرد و به رسم عذرخواهی از سیاح دست‌ها را از هم باز نمود. و برای این‌که کار دستگاه را از پائین به بیند، با شتاب به زیر آمد. باز چیزی دیگری بود که درست کار نمی‌کرد و او تنها کسی بود که به آن پی برده بود. دوباره بالا رفت و با هر دو دست چیزی را در خال‌کوب جابه‌جا کرد. برای این‌که خود را تندتر به پائین برساند به جای به کار بردن نردبان به روی میله‌ی برنجی سرخورد و برای این‌که در میان سروُصدای ماشین

سیاح بتواند حرف‌های او را بشنود دم گوشش با شدت خارق‌العاده‌ای فریاد زد: «طرز کار ماشین را فهمیدید؟» دارخیش شروع به نوشتن می‌کند. همین‌که اولین نقش را بر پشت محکوم نگاشت قشر پنبه جسم را گردانده و آن را آرام به پهلو می‌غلتاند تا قسمتی که هنوز دست‌نخورده مانده است به اختیار دارخیش درآید. ضمناً قسمت‌های نقش‌شده به روی پنبه قرار می‌گیرد. و این پنبه که به طرز خاصی تهیه شده است خون را فورا بند می‌آورد و از متن نوشته نقش گودتری تهیه می‌کند. در این لحظه چنگک‌های لبه‌ی دارخیش پنبه‌های روی زخم را می‌کند و در همان حال که جسم به گشتن ادامه می‌دهد پنبه به درون گودال می‌افتد و دارخیش می‌تواند کارخود را از سر گیرد. به این ترتیب در مدت دوازده ساعت نقش‌ها به گودی بیشتری نفوذ می‌کنند. در شش ساعت اول وضع حیاتی محکوم تقریبا مانند پیش است فقط محکوم احساس درد می‌کند. دو ساعت پس از شروع کار، دهان بند برداشته می‌شود چون محکوم دیگر نیروی فریاد زدن ندارد. این جا، ازطرف سر، در این لگن که با برق گرم می‌شود شوربای داغ می‌ریزند و محکوم اگر دلش خواست می‌تواند تا جائی که به وسیله زبان برایش مقدور است از آن بخورد. تا کنون دیده نشده است کسی از خوردن شوربا بگذرد، من حتی یک نفر را هم ندیده‌ام و در این زمینه تجربه‌ی من بس وسیع است. فقط سرساعت ششم است که محکوم میل خوردن را ازدست می‌دهد. آن‌وقت من بنا به معمول زانو به زمین می‌زنم و آن چه می‌گذرد تماشا می‌کنم. کم اتفاق می‌افتد که محکوم لقمه‌ی آخر را فرو ببرد. فقط آن را در دهان می‌گرداند و به دورن گودال تف می‌کند و آن‌وقت من برای این‌که تفش به صورتم نخورد خودم را خم می‌کنم. نمی‌دانید در ساعت ششم چه آرامشی به محکوم دست می‌دهد. هوشیاری مانند خورشیدی که درحال برآمدن است اول از دور و بر چشم‌ها

پدیدار می‌شود سپس سراسر چهره را فرا می‌گیرد به قسمی که نابیناترین اشخاص می‌توانند آن را درک کنند. این منظره چنان گیر است که ممکن است ما را وادار کند که خودمان را با محکوم به زیر دارخیش بیندازیم.
درحقیقت جزاین پیش آمد دیگری نمی‌شود. فقط محکوم شروع به تشخیص دادن نوشته می‌کند و دهانش به وضعی درمی آید که گویی وی مشغول گوش دادن است. شما دیدید که تشخیص دادن نوشته با چشم آسان نیست، محکوم ما از روی زخم‌های بدنش آن را کشف می‌کند. مسلما این کار بزرگی است و برای انجام آن محکوم شش ساعت وقت لازم دارد. آن گاه دارخیش جسم محکوم را سوراخ سوراخ می‌کند و به درون گودال می‌اندازد. جسم با صدای خفیف در آب مخلوط با خون و پنبه فرو می‌افتد. دیگر حکم اجرا شده است وما، - من و سرباز - مشغول به خاک سپردن جسد می‌شویم.»
سیاح با دقت تمام به سخنان افسر گوش داده بود. دست‌ها را در جیب نیم تنه‌ی خود فرو کرده به کار ماشین می‌نگریست. محکوم نیز بی‌آن که چیزی سردربیاورد نگاه می‌کرد. برای پیروی از حرکت نامنظم سوزن‌ها اندکی خم می‌شد. در این موقع سرباز به اشاره‌ی افسر پیراهن وشلوار محکوم را از پشت با کارد جر داد. لباس‌های محکوم پائین افتاد. محکوم که به فکر پوشاندن خود بود خواست خم شود و لباس‌های خود را که به پائین سر می‌خورد بالا بکشد. ولی سرباز او را بلند کرد و آخرین تکه‌ی رختش را از تنش به در آورد. افسر ماشین را از کار بازداشت. در میان خاموشی که اکنون برقرار شده بود محکوم را به زیر دارخیش جادادند. زنجیرهایش را باز کردند و به جای آن‌ها تسمه‌ها را محکم کار گذاشتند. در لحظه‌ی نخست این کار ظاهراً برای محکوم تا حدی آسایش بخش بود؛ آن گاه دارخیش کمی پائین تر آمد زیرا محکوم مردی لاغر اندام بود. همین که

نوک سوزن‌ها به تن محکوم خورد لرزشی از روی پوستش گذشت. هنگامی که سرباز سرگرم بستن دست راست محکوم بود محکوم دست چپ خود را بالای گودال دراز کرد بی‌آن که بداند به کدام سوست ولی دستش به سوی سیاح دراز شده بود. افسر پیوسته به سیاح دزدیده نگاه می‌کرد، گویی اکنون که طرز کار ماشین یا لااقل چیزهای مهم آن را توضیح داده بود می‌خواست از وجنات سیاح به اثری که اعدام دراو می‌بخشد پی ببرد.

تسمه‌ای که برای بستن مچ‌ها بود پاره شد. ظاهراً سرباز آن را زیاد کشیده بود. افسر ناگزیر به کمک سرباز شتافت. سرباز تکه‌ی تسمه‌ی پاره شده را به او نشان داد. افسر نزدیک سرباز شد، در حالی که رویش را به طرف سیاح برگردانده بود گفت: «این ماشین از قطعات بی‌شماری تشکیل یافته است و ممکن است در گوشه و کنارش چیزی بشکند یا پاره شود ولی برای این چیزها نباید گذاشت توجه ما از کیفیت معمولی اعدام منحرف گردد. فورا می‌توان به جای تسمه چیز دیگری گذاشت، من از یک زنجیر استفاده می‌کنم. البته به ظرافت حرکت ماشین مخصوصا برای دست راست آسیب وارد خواهد آمد.» و هنگامی که مشغول بستن زنجیر بود گفت: «برای نگاه داری ماشین وسایل ما اکنون خیلی محدود است. در زمان فرمانده‌ی پیشین تنها برای همین منظور پول مخصوصی در اختیار من بود. در این‌جا مخزنی بود که همه جور لوازم یدکی را می‌شد از آن گرفت. من به اسراف و تبذیر خود اعتراف می‌کنم. البته منظورم زمان سابق است نه حالا، و فرمانده‌ی جدید که برای مبارزه با تأسیسات کهن هر چیزی را دستاویز قرار می‌دهد نیز آن را تصدیق دارد. اکنون فرمانده بودجه‌ی ماشین را تابع مقررات اداری خود کرده است و اگر من بفرستم و یک تسمه‌ی نو بخواهم باید تسمه‌ی پاره شده را به عنوان مدرک نشان بدهم و تازه لوازم نو را هشت روز بعد به من تحویل می‌دهند، آن هم از پست ترین جنس هاست و چندان

به درد نمی‌خورد. در این مدت من چه جور می‌توانم ماشین را به کار بیندازم؟ کسی فکر این چیزها را که نمی‌کند.»

سیاح چنین می‌اندیشد: همیشه مداخله و اظهار نظر در اموری که به ما ربطی ندارد کار دقیقی است. او نه از ساکنین جزیره محکومین بود و نه تابع دولتی که این جزیره به آن تعلق داشت. و اگر می‌خواست درباره‌ی روش اعدام نظری اظهار کند و یا حتی با آن مخالفتی نشان دهد ممکن بود به او بگویند: شما یک نفر بیگانه هستید، ساکت باشید: در این باره پاسخی نداشت و جز تأیید کار دیگری نمی‌توانست بکند، زیرا اگر دخالتی می‌کرد مرتکب عملی می‌شد که با منظورش متضاد بود. او فقط برای مطالعه سفر می‌کرد نه برای دادن کمترین تغییری در سازمان قضائی کشورهای بیگانه. ولی در این‌جا جریان امور او را سخت به مداخله وا می‌داشت. بیدادگرانه بودن روش دادگستری و انسانی نبودن طرز اعدام آشکار بود. کسی نمی‌توانست گمان برد که عمل سیاح برای سود شخصی خود اوست: در حقیقت، محکوم برای سیاح مردی بیگانه بود، هم وطن او نبود و کسی بود که هرگز حس دلسوزی را بر نمی‌انگیخت. سیاح خود به وسیله مقامات عالیه توصیه شده بود و در این‌جا از او با مهربانی تمام پذیرایی می‌کردند و اگر او را به تماشای این اعدام خوانده بودند جا داشت تصور کرد که می‌خواسته‌اند عقیده او را درباره‌ی این روش بدانند. و اگر به خاطر بیاوریم که فرمانده‌ی جدید هواخواه این روش نبود و با افسر رفتار مخالفت آمیز داشت چنین گمانی بیشتر به حقیقت نزدیک می‌نمود. علاوه بر این‌ها اظهارات افسر نیز تأیید کاملی بر درستی این تصور بود.

در این موقع سیاح دید که افسر از خشم فریادی برکشیده است. وی تازه به زحمت دهن‌بند را در دهان محکوم فرو کرده بود. ولی محکوم که به تهوع مقاومت ناپذیری دچار شده بود چشم‌ها را بست وقی کرد. افسر برای

این‌که دهن‌بند را از دهان محکوم بیرون آورد با شتاب وی را به عقب کشید، سپس سر محکوم را به سمت گودال گردانده او را بلند کرد. ولی دیگر کار از کار گذشته بود، در حالی که میله‌های برنجی را تکان می‌داد، قرقرکنان گفت: «همه‌ی این‌ها تقصیر فرمانده است. ماشین مرا مثل طویله‌ای به کثافت می‌کشند.» با دست لرزان این پیش آمد را به سیاح نشان می‌داد: «من چه ساعت‌های درازی کوشیدم به فرمانده بفهمانم که یک روز پیش از اعدام نباید هیچ جور چیز خوردنی به محکوم داده شود. ولی تغییر فکر جدید به این حرف‌ها اعتنا ندارد و طرفدار ترحم است. پیش از آن که محکوم را به این‌جا بیاورند زنان پیرامون فرمانده به او تا گلو شیرینی خورانده‌اند. کسی که در همه عمر خوراکش ماهی گندیده بود حالا به بینید به او شیرینی بدهند! خوب شاید بشود این را پذیرفت، من مانعی نمی‌بینم، ولی چرا به من یک دهن‌بند نو نمی‌دهند، سه ماه آزگار است که تقاضا می‌کنم؟ چگونه می‌توان بی‌احساس نفرت این نمد را که بیش از صد نفر مکیده‌اند و در دم مرگ گاز گرفته‌اند در دهن گذاشت؟»

محکوم سرش را پائین انداخته بود. حالتش رضایت و آسودگی خاطر او را نشان می‌داد. سرباز با پیراهن محکوم ماشین را پاک می‌کرد. افسر به طرف سیاح آمد. نمی‌دانم سیاح از پیش چه احساسی کرده بود که گامی به عقب رفت، ولی افسر دستش را گرفته او را به کناری برد و گفت: «من می‌خواهم چند کلمه محرمانه با شما صحبت کنم، اجازه می‌فرمائید؟» سیاح گفت: «البته » و با وضعی دقیق چشم‌ها را به زیر انداخت.

افسر گفت: «این روش دادرسی و این اعدامی که ملاحظه کرده اید اکنون در این سرزمین هیچ هواخواه علنی ندارد. تنها نماینده‌ی آن منم و در عین حال من یگانه نماینده‌ی میراث فرمانده‌ی سابق نیز هستم. من دیگر نمی‌توانم فکر تکمیل این روش را بکنم، همه‌ی نیرویم را به کار می‌برم تا مگر

آن چه را موجود است نگاه بدارم. در زمان حیات فرمانده‌ی سابق این جزیره از هواخواهان او پر بود. اندکی از فصاحت بیان فرمانده‌ی سابق در من هست ولی قدرت و نفوذ او را ندارم. به همین جهت است که طرفدارانش از هواخواهی خود دست کشیده‌اند. هنوز هم کسان بسیاری هستند ولی هیچ کدام‌شان جرأت ندارند به فکر خود اعتراف کنند. اگر امروز، روز اعدام، شما داخل کافه‌ای بشوید و به آن چه دور وبر شما گفته می‌شود گوش دهید شاید غیر از حرف‌های متضاد چیز دیگری نشنوید. بی‌شک این حرف‌ها بیشتر از مقصود من پشتیبانی می‌کند. ولی با فرمانده‌ی کنونی و عقاید او این حرف‌ها برای من قابل استفاده نیست. من این را از شما می‌پرسم: آیا این اثر بزرگ که نتیجه‌ی یک عمر زحمت است – افسر ماشین را نشان می‌دهد – باید از میان برود برای این‌که فرمانده و زنانی که اورا زیر نفوذ خود قرار داده‌اند این‌طور مایلند؟ آیا کسی می‌تواند چنین چیزی را اجازه بدهد؟ ولو بیگانه‌ای که فقط برای چند روز به این جزیره‌امده باشد؟ فرصت را نباید از دست داد. برضد روش من اقداماتی در جریان است. تاکنون جلسه‌های بسیاری در ستاد فرماندهی تشکیل شده است که مرا برای شرکت در مذاکرات آن‌ها دعوت نکرده‌اند. پیش از بازدید امروز شما هم قضایا برای من روشن بود و اکنون روشن تر شد. آن‌ها آدم‌های پستی هستند و شما را به عنوان جلودار فرستاده‌اند، شما را که بیگانه هستید. سابقا اعدام چقدر با امروز فرق داشت، یک روز پیش از مراسم سرتاسر این دره از جمعیت پر بود. همه‌ی مردم می‌آمدند، تنها برای تماشا. صبح زود فرمانده با زن‌هایش در این‌جا حاضر می‌شد. موزیک نظامی همه‌ی اردو را بیدار می‌کرد. وقتی همه‌ی چیزها آماده می‌شد من گزارش خود را به عرض می‌رساندم. مردم – هیچ کارمند عالی رتبه‌ای حق نداشت غیبت کند – با نظم و ترتیب به گرد ماشین صف می‌کشیدند. این توده

صندلی‌های حصیری بقایای ناچیزی از آن دوره است. ماشین تازه پرداخت شده می‌درخشید و تقریبا در هر اعدامی من یدکی‌های نو استعمال می‌کردم. جلوی چشم صدها تماشاچی – همه‌ی آن‌ها از این‌جا تا دم خاک ریز روی پنجه پا می‌ایستادند – محکوم به وسیله‌ی خود فرمانده به زیر دارخیش خوابانیده می‌شد. کاری که‌امروز سرباز ساده‌ای حق دارد بکند سابقا کار خود من، یعنی رئیس دادگاه بود و از آن بسی مفتخر بودم. آن گاه اعدام آغاز می‌گشت، هیچ صدای نابهنگامی مزاحم کار ماشین نمی‌شد. بعضی‌ها حتی دیگر نگاه هم نمی‌کردند، روی شن دراز می‌کشیدند. همه می‌دانستند. حالا عدالت دارد اجرا می‌شود. درمیان خاموشی غیر از صدای ناله‌ی محکوم که به وسیله‌ی نمد خفه شده بود صدای دیگری شنیده نمی‌شد. امروز دیگر ماشین آن توانایی را ندارد که ناله‌ی چنان سختی از محکوم درآورد که نمد نتواند آن ناله را خفه کند. سابق براین سوزن‌ها در وقت کار قطره قطره ماده‌ی قلیایی می‌چکاندند ولی امروز دیگر ما نمی‌توانیم این ماده را به کار ببریم. آن گاه ساعت ششم فرا می‌رسید، ممکن نبود آرزوی همه‌ی آن‌هایی را که می‌خواستند جلوتر به ایستند برآورد. فرمانده از بس مهربان بود پیش از همه چیز امر می‌کرد با کودکان مدارا کنند. من، به مناسبت شغلم همیشه می‌بایستی حضور داشته باشم. غالبا در همین جا، با دو کودک که یکی را دربغل راست و دیگری را در بغل چپ می‌گرفتم به روی پاشنه‌ی پا می‌نشستم. اوه! نمی‌دانید ما چگونه به انتظار تبدیل شکل محکوم، که سیمای شکنجه دیده اش را روشن می‌کرد کمین می‌کردیم و چه سان گونه‌های خود را جلوی اشعه‌ی عدالتی که عاقبت به آن رسیده بودیم و داشت به تندی می‌گذشت، قرار می‌دادیم؛ رفیق، چه زمانی بود!» درحقیقت افسر فراموش کرده بود کی جلویش ایستاده است. دست درگردن سیاح کرد وسر خود را به شانه اش گذاشت. سیاح بسیار ناراحت بود. از بالا نگاهی که

تنگ حوصلگی او را نشان می‌داد به افسر انداخت. سرباز کـار پـاک کـردن ماشین را به پایان رسانیده بود - پارچی آورد و از آن مقـداری شـوربا تـوی لگن ریخت. همین که محکوم، که ظاهراً حالش درست بـه جـا آمـده بـود، شوربا را دید به زبان زدن آن پرداخت. سرباز پیوسته او را عقب می‌زد زیرا شوربا برای چندی بعد بود. ولی مسلما سرباز خود نیز مرتکب بـی‌انضبـاطی می‌شد: دست‌های کثیف خود را توی لگن فرو می‌برد و زیر نگاه‌های محکوم که آز و گرسنگی از آن هویدا بود شوربا می‌خورد.

افسر زود دنباله‌ی صحبت خود را گرفت: «من نمی‌خواستم باعث افسردگی شما شوم. خودم می‌دانم که امروز فهماندن روزگار سابق غیر ممکن اسـت. وانگهی ماشین هم چنان کار می‌کند و محتاج کسی نیست. هرچند در ایـن دره یکه و تنها است برای خود مشغول کار است. در پایان؛ جسد همان پرش آرام و بی‌سروصدا را به درون گودال انجام می‌دهد اگرهم مردم بی‌شماری مثل مگس به دورش هجوم نیاورده باشند. سابقا مـا مجبـور شـده بـودیم نرده‌ی محکمی برلب گودال بکشیم، حالا مدتی است که این نـرده خـراب شده است.»

سیاح می‌خواست روی خود را ازافسر برگرداند لذا بی‌سبب به اطراف نگـاه می‌کرد. افسر می‌پنداشت که سیاح سـرگرم تماشـای فضـای تهـی دره‌ی غیرمسکون است. دستش را گرفت وبرای این‌که نگاه او را دوبـاره برخـود بیندازد به دورش گشت و پرسید: «هیچ شما به این رسوائی توجه کردید؛» سیاح هم چنان خاموش بود. افسر لحظه‌ای از او دورشد، پاهـا را از هـم بـاز نموده دست‌ها را در جیب فرو کرد. بی‌آن که چیزی بگوید چشم‌هـا را بـه زمین دوخته بود. سپس به سیاح لبخند گرمـی زده گفـت: «دیـروز وقتـی فرمانده شما را به تماشای اعدام دعوت کرد من پهلوی شما ایستاده بودم و دعوتش را شنیدم. هرچند فرمانده برای مخالفت با مـن بـه‌انـدازه کـافی

تواناست ولی آن جرأت را ندارد. می‌خواهد مرا در معرض قضاوت شما کـه قضاوت یک فرد برجسته‌ی خارجی است قرار دهد. حسابش دقیق است، شما دو روز بیشتر نیست که در این جزیره هستید، فرمانده‌ی سـابق را نمی‌شناختید، با دنیای افکار او آشنا نبودید. شما با شیوه‌ی تفکر اروپائی خـو گرفته اید وشاید در اصل با کیفر اعدام و به خصوص با اعدام بـه وسیله‌ی ماشین مخالف باشید. به علاوه شما در این‌جا مـی‌بینیـد کـه اعـدام چگونـه صورت می‌گیرد، بی‌همکاری مقامات رسمی، به وضعی غم انگیز و با ماشـینی که‌اندکی هم اسقاط است. لذا (ازدریچه‌ی فکـر فرمانـده) امیـد بسیاری هست که روش من در نظر شما نادرست جلوه کند. در این صورت شـما (البته حرفم هم چنان ازدریچه‌ی فکر فرمانده است) نظر خودتـان را پنهـان نخواهید کرد زیرا عقاید شما محکم و سنجیده اسـت و شـما بـدان اعتمـاد دارید. شما عادات و رسوم ملت‌های بسیاری را دیده اید و پی برده اید کـه باید آن‌ها را محترم شمرد. به همین جهـت، بـرعکس کـاری کـه شـاید در کشور خودتان می‌کردید، برای ابراز مخالفت با مقصود مـن جـارو جنجـال بزرگی راه نخواهید انـداخت. ولـی بـرای فرمانـده‌ی مـا خـودداری شما آن‌قدرها مهم نیست. کافی است ازروی شتاب زدگـی اظهـاری بکنیـد، یـا کلمه‌ای بدون تفکر از دهانتان بیرون بیاید، همین قدر که در ظاهر نظریات او را تأیید کند دیگر اهمیت ندارد که مطابق عقیده‌ی شما هم هست یا نـه. او سؤال‌هایش را با حیله‌ی هرچه تمام تر از شـما خواهـد کـرد، مـن کـاملاً مطمئنم. خانم‌هایش دورتـادور خواهنـد نشسـت و گـوش هایشـان را تیـز خواهند کرد. شما حرف هائی از این قبیل خواهیـد زد: (درکشور مـا روش دادرسی با این‌جا فرق دارد)و یا (در کشور ما پیش از صدور حکم بـه مـتهم اجازه دفاع می‌دهند) یا ،(در کشور ما کیفرهای دیگری غیر از اعدام هست) یا، (در کشور ما فقط در قرون وسطی شکنجه مرسوم بـود.) همـه‌ی ایـن

تذکرات به همان اندازه که شما می‌پندارید به جاست. این تذکرات بی‌غرضانه‌ای است که به روش من آسیبی وارد نمی‌سازد. ولی باید دید فرمانده آن را چگونه تلقی خواهد کرد. من از هم اکنون فرمانده‌ی دلیر را می‌بینم که صندلیش را کنار زده به سوی بالکون می‌شتابد ،خانم‌هایش را می‌بینیم که در پی او می‌دوند، صدایش را می‌شنوم - خانم‌ها صدای او را غرش تندر می‌دانند - آن گاه فرمانده برمی خیزد و می‌گوید: «سیاح ارجمندی از اهالی باختر زمین که مأمور مطالعه روش دادرسی همه کشورهاست، اظهار داشته است که روش سابق ما روشی غیر انسانی است. البته پس از نظری که از طرف چنین شخصیت برجسته‌ای اظهار شده است دیگر برای من ممکن نیست درباره‌ی چنین روشی اغماض روا دارم، بنابراین از امروز حکم می‌کنم - تا آخر.» شما می‌خواهید اعتراض کنید که چنین اظهاری نکرده اید، روش من به نظر شما غیرانسانی نیامده است و به عکس شما کاملاً معتقدید که این روش برای شئون بشری انسانی ترین و شایسته ترین روش هاست. به علاوه این ماشین مورد تحسین شما واقع است. - ولی دیگر کار از کار گذشته است. شما نمی‌توانید به بالکون، که پر از خانم هاست، راه بیابید. شما می‌خواهید توجه را به سوی خود جلب کنید. می‌خواهید فریاد بکشید ولی دست زنانه‌ای دهانتان را می‌بندد - دیگر کارمن و کار اثر فرمانده‌ی سابق ما ساخته است.»

سیاح ناگزیر شد جلوی لبخند خود را بگیرد. کاری که آن همه مشکل گرفته شده بود پس این همه آسان بود. به رسم پوزش گفت: «شما درجه‌ی نفوذ مرا بسی بالاتر از آن چه هست فرض می‌کنید. فرمانده سفارش نامه‌ی مرا خوانده است و می‌داند که من در روش‌های دادرسی بصیرتی ندارم. اگر قراربشود نظری اظهار کنم نظری صرفا خصوصی خواهد بود و به‌هیچ‌وجه از نظر هر تازه وارد دیگری مهم تر نیست. به هر جهت عقیده‌ی من پیش

عقیده‌ی فرمانده که تصور می‌کنم در ایـن سـرزمین محکـومین اختیـارات بسیار وسیعی دارد، بسی ناچیز است. اگر عقیده او درباره‌ی این روش همان باشد که اظهار کرده اید می‌ترسم که پایان عمر این روش نزدیـک باشـد و فرمانده به کمک ناچیز من نیازمند نیست.»

آیا حالا دیگر افسر می‌فهمید؟ نه هنوز هم نمی‌فهمید. سرش را به سـرعت تکان داد. نگاهی تند به پشت سرخود، به محکوم و سـرباز افکنـد. آن‌هـا از ترس برخود لرزیدند و فورا از خوردن دست کشیدند. افسـر کـاملاً پـیش سیاح آمد و بی‌آن که به رویش نگاه کند، در حالی که چشم‌ها را به یک چیـز جزئی از لباس وی دوخته بود، یواش تر از سـابق گفـت: «شـما فرمانـده را نمی‌شناسید. در مقابل او و همه‌ی ما، شما – ازاین عبارت معذرت می‌خواهم – می‌شود گفت آدم ساده‌ای هستید. باور کنید، آن طوری که باید نمی‌توان پایه‌ی نفوذ شما را سنجید. من وقتی دانسـتم شـما تنهـا در مراسـم اعـدام حضور می‌یابید، از خوشحالی در پوست نمی‌گنجیـدم. ایـن اقـدام فرمانـده برضد من متوجه بود و حالا من از آن به سود خودم استفاده می‌کـنم. شـما توضیحات مرا بی‌مزاحمت پچ پچ مردم یا نگاه‌های تحقیر آمیز آن‌هـا – اگـر مردم این‌جا جمع شده بودند شما ازاین مزاحمت در امان نبودید – شـنیده اید. شما ماشین را دیده اید و حالا تصمیم داریـد در مراسـم اعـدام حاضـر شوید. البته دیگر قضاوت شما قطعی است. و اگر شـکی بـرای شـما مانـده باشد با دیدن اعدام برطرف خواهد شد. خواهش من از شما این است: بـه من در مقابل فرمانده کمک کنید!»

سیاح نگذاشت افسر دیگر چیزی بگوید، با تعجب گفت: «من چگونه می‌توانم به شما کمکی بکنم؟ همان‌قدر که زیان من به شما نـاچیز مـی‌توانـد باشـد، کمک من نیز ناچیز است.»

افسر گفت: «شما می‌توانید» سیاح با وحشت می‌دید که افسر مشت‌هایش را گره می‌کند. افسر باز با التماس بیشتری گفت: «شما می‌توانید. من نقشه‌ای دارم که باید با موفقیت اجراء شود. شما تصور می‌کنید که نفوذ شما کافی نیست. من می‌دانم که کافی است. فرض می‌کنیم حق با شماست: آیا لازم نیست حتی با وسایل ناقص کوشید تا مگر بتوان این تأسیسات را زنده نگاه داشت؟ نقشه‌ی مرا گوش کنید. برای اجرای آن پیش از همه چیز لازم است که شما امروز از آن‌چه درباره‌ی این تأسیسات می‌اندیشید کلمه‌ای بر زبان نرانید و تا از شما مستقیماً سؤالی نکرده‌اند به‌هیچ‌وجه نباید راجع به آن حرفی بزنید. اظهارات شما باید کوتاه و نامشخص باشد، طوری که بتوان پی برد که برای شما دشوار است در این خصوص چیزی بگوئید و اکراه دارید. و اگر بنا شود روزی آشکارا حرفتان را بزنید همه را به باد ناسزا خواهید گرفت. من تقاضا ندارم که شما دروغ بگوئید، هرگز، فقط پاسخ‌هایتان کوتاه و مختصر باشد: آری اعدام را دیده‌ام، یا بله من همه‌ی توضیحات را شنیده‌ام، فقط و فقط همین. از این بیشتر نباید چیزی بگوئید. اگر مفهوم اکراهی که از خود نشان می‌دهید در جهت تمایلات فرمانده هم نباشد باز مورد تفسیرهای بسیاری واقع خواهد شد. البته او این تفسیرها را کاملاً تحریف خواهد کرد و برای آن‌ها معنایی موافق میل خود خواهد تراشید. این است اساس نقشه‌ی من. فردا در ستاد فرماندهی به ریاست فرمانده جلسه‌ی مهمی که تمام کارکنان عالی‌رتبه در آن شرکت خواهند کرد تشکیل می‌شود. البته فرمانده توانسته است این جلسه‌ها را به صورت نمایش با شکوهی درآورد. تالاری ساخته‌اند که همیشه پر از تماشاچی است. من مجبورم در این جلسه شرکت کنم و وقتی فکرش را می‌کنم از شدت نفرت چِندِشم می‌شود. لابد شما را هم به این جلسه دعوت خواهند کرد. اگر امروز با نقشه‌ی من موافقت کنید این دعوت به درخواست

تضرع‌آمیزی مبدل خواهد گشت. ولی اگر به پاره‌ای دلائل شرح‌ندادنی شما را دعوت نکردند، شما باید این دعوت را از آن‌ها بخواهید، شکی نیست که دعوت خواهید شد. در نتیجه، فردا شما در جایگاه مخصوص فرمانده پهلوی خانم‌ها خواهید نشست. فرمانده برای این‌که مطمئن شود که شما در آن‌جا هستید بیشتر اوقات به سوی شما نگاه خواهد کرد. پس از یک رشته مذاکرات بیهوده، مضحک و حساب شده برای تالار - این تالار غالباً از ساختمان‌های ساحلی است و پیوسته ساختمان‌های تازه‌ای به آن‌ها افزوده می‌گردد! دنباله‌ی سخن به روش دادگستری نیز کشیده می‌شود. اگر فرمانده این موضوع را مطرح نکند و یا در طرح آن کندی به خرج دهد خودم او را به صحبت وادار خواهم کرد. برمی‌خیزم و به اختصار جریان اعدام امروز را اطلاع می‌دهم، همین اطلاع و بس. خواندن چنین گزارشی در این‌جا مرسوم نیست با وجود این من این کار را می‌کنم. فرمانده مثل همیشه با لبخند محبت‌آمیز از من سپاسگذاری خواهد نمود. ولی دیگر نمی‌تواند خود را نگاه دارد و از این موقع مناسب استفاده خواهد کرد و چیزی در این حدود خواهد گفت: «الآن گزارش اعدام خوانده شده است. من فقط می‌خواهم به این گزارش اضافه کنم که سیاح عالی‌مقام نیز در مراسم اعدام حضور داشته‌اند (همه شما از بازدید ایشان که افتخار خارق‌العاده‌ای برای ما شمرده می‌شود باخبرید). حضور ایشان نیز اهمیت شایانی به جلسه‌ی ما بخشیده است. آیا ممکن است از این دانشمند بزرگ درخواست کنیم در باره‌ی اعدام به طرز کهن و آئین دادرسی قبل از اعدام نظر خودشان را برای ما شرح دهند؟ البته این حرف با هلهله‌ی همه‌ی حاضران و موافقت عموم روبرو خواهند شد. من خودم کسی هستم که بلندتر از همه فریاد خواهم کشید. فرمانده جلوی شما خم می‌شود و می‌گوید: «پس این پرسش من از جانب عموم است.» آن‌گاه شما دم نزده می‌آیید و برابر چشم مردم

دستتان را به نرده می‌گیرید وگرنه خانم‌ها دست‌هایتان را مـی‌گیرند و بـا انگشت‌هایتان بازی می‌کنند.

بالاخره حالا موقعی است که شما شروع به صحبت می‌کنید، مـن نمی‌دانـم چه‌جور خواهم توانست ساعت‌های اضطراب و انتظار را تا این موقع بگذرانم. در موقع صحبت‌تان باید ملاحظه را کنار بگذارید و صدای حقیقت را هرچند بلندتر در فضا طنین‌انداز کنید، بالای نرده خم شوید، بغرید، بله بغریـد، تـا عقیده‌ی خودتان، عقیده‌ی تزلزل‌ناپذیر خودتان را به فرمانده تحمیل کنید. شاید این رویه با سرشت شما جور در نیاید و شما آن را نپسندید. شاید در کشور شما در چنین مورد طور دیگری رفتار می‌کنند. این هم کامـلاً درسـت و بجاست، حتی از جایتان بلند نشوید، بیش از دو کلمه نگوئید. آن‌قدر یـواش صحبت کنید که کارمندانی که پائین ایستاده‌اند بـه زحمـت حـرف شـما را بشنوند. همین کافی است و دیگـر چیـزی نبایـد بگوئیـد. حتی راجـع بـه حاضرنشدن کسی در مراسم اعدام، چرخ خرخر کننده، تسمه‌ی پاره شـده، نمد نفرت‌انگیز، نباید کلمه‌ای گفته شود، نه دیگر، بقیه کارها بـا مـن. بـاور کنید اگر نطق من فرمانده را ازتالار به بیرون نرانـد دسـت کـم او را وادار خواهد کرد که زانو به زمین بزند و اعتراف کند: «ای فرمانده‌ی سابق، مـن در برابر تو سر تعظیم فرود می‌آورم.» چنین است نقشه‌ی من. آیا مایلید در اجرای آن به من کمک کنید؟ البته که مایلید، به علاوه شما بایستی هـم بـه من کمک کنید. افسر که به دشواری نفس می‌کشید بازوهای سیاح را گرفته خیره خیره به صورتش نگاه می‌کرد. و جمله‌ی آخر حرفش را آن‌قـدر بلنـد گفت که دقت سرباز و محکوم جلب شد. آن‌ها نمی‌خواستند چیزی بفهمنـد بـا وجـود ایـن از خـوردن دسـت کشیدند و در حـال جویـدن بـه سیاح می‌نگریستند.

سیاح اول درباره‌ی پاسخی که می‌خواست بدهد تردیدی نداشت. تجربه‌اش در زندگی خیلی بیشتر از آن بود که در این‌جا دو دلی بتواند در او راه یابد. در حقیقت او شخصی غیررسمی بود و هراسی نداشت. اینک با دیدن منظره‌ی سرباز و محکوم لحظه‌ای دو دلی به او دست داده بود. بالاخره همین‌طوری که می‌بایست گفته باشد گفت: «نه» پلک‌های افسر تند به هم زده شد ولی نگاهش یک آن از سیاح برنگشت. سیاح پرسید: «آیا مایلید من نظر خودم را بگویم؟» افسر بی‌آن که چیزی بگوید با سر اشاره‌ای کرد. سیاح گفت: «من مخالف این روش هستم. پیش از آن‌که شما مرا به اعتماد خود مفتخر کنید، - اعتمادی که من به هیچ دستاویزی از آن سوء استفاده نخواهم کرد - از خود پرسیده بودم که آیا من حق دارم برضد این روش مداخله‌ای بکنم و آیا امیدی هست که مداخله‌ی من اثری داشته باشد؟ من آشکارا می‌دانستم که اول به کی می‌بایستی مراجعه کنم: البته به فرمانده. پس از شنیدن حرف‌های شما این مطلب بیش از پیش برمن روشن شد. موقع گرفتن این تصمیم خود را از بیان هر عقیده‌ای که پای شخص شما را به میان بکشد منع کرده‌ام. برعکس ایمان و افتخار شما بسیار متأثرم کرد بی‌آن که بتواند گمراهم کند.»

افسر خاموش ماند. پیش ماشین برگشت. دستش را به یکی از میله‌های برنجی گرفت. اندکی خم شده به معاینه‌ی خال‌کوب پرداخت، گوئی می‌خواست ببیند که آیا همه‌چیز درست کار می‌کند یا نه. سرباز و محکوم نیز ظاهراً با هم رفیق شده بودند. محکوم به سرباز اشاره‌هائی می‌کرد، گرچه این کار برای او دشوار بود چون او را محکم بسته بودند. سرباز به طرف محکوم خم می‌شد. محکوم با او چیزی پچ پچ می‌کرد و سرباز برای تأیید سری می‌جنباند. سیاح پیش افسر رفته، گفت: «شما هنوز نمی‌دانید قصد من چیست: من نظر خودم را درباره‌ی روش شما به فرمانده خواهم

گفت ولی نه در میان جلسه، نه، بلکه وقتی با اوتنها هستم. وانگهی من مـدت درازی در این جا نمی‌مانم که بتوانم به هر جلسه‌ای که باشـد حاضـر شـوم. فردا بامداد من از این جا حرکت می‌کنم یا دست‌کم آماده‌ی حرکت هستم.» به نظر نمی‌آمد که افسر به حرف‌های سیاح گوش داده باشد. با خود گفت: «پس شما روش مرا قبول نداریـد.» و ماننـد مـردی سـال‌خـورده کـه بـه بی‌خردی کودکی لبخند بزند لبخندی زد، در حالی که فکر مورد تحسین خود را پشت این لبخند پنهان می‌کرد.

بالاخره افسر گفت: «پس حالا دیگـر مـوقعش شـده اسـت.» و چشـم‌هـای فروزان خود را، که دعوتی نامعلوم و درخواستی ابهام‌آمیز بـرای همکـاری از آن‌ها خوانده می‌شد، به سیاح دوخت.

سیاح سراسیمه پرسید: «موقع چه کاری شده است؟» ولی پاسخی نشنید. افسر به محکوم به زبان خود او گفت: «تو آزادی.» اول محکوم نمی‌خواسـت باور کند. افسر گفت: «بله آزاد، تو آزادی.» برای نخسـتین بـار در سـیمای محکوم آثار حیات واقعی پدیدار شده بـود. آیا ایـن آزادی حقیقتـاً راسـت اسـت؟ فقط زائیده هوس افسر نیست؟ هوسی که ممکـن اسـت زودگـذر باشد؟ آیا سیاح بیگانه عفو او را به‌دست آورده است؟ قضیه چیست؟ این‌ها پرسش‌هایی است که ظاهراً از سیمای محکوم خوانده می‌شد. ولی نه مدتی دراز. به هرجهت قضیه هرچه بود او می‌خواست واقعاً آزاد باشد چـون آزاد بودن حق او بود. محکوم تا جائی که دارخیش اجازه می‌داد به خـود حرکتـی داد.

افسر فریاد زد: «تسمه‌های مرا پاره می‌کنی، تکان نخـور، الآن آن‌هـا را بـاز می‌کنیم.» به سرباز اشاره‌ای کرد و به کمـک او مشـغول کـار شـد. محکـوم بی‌آن‌که کلمه‌ای به زبان براند برای خود آرام می‌خندید، گاهی رویش را به

چپ به سمت افسر می‌گرداند و زمانی به راست، به سرباز مـی‌نگریسـت، سیاح را نیز از یاد نمی‌برد.

افسر به سیاح امر کرد: «بکشش بیرون!» به واسطه‌ی دارخیش در این کـار می‌بایستی اندکی احتیاط کرد. بر اثر دستپاچگی محکوم پشتش چند خـراش کوچک برداشته بود.

از این پس افسر دیگر در اندیشه‌ی محکوم نبود. پیش سیاح رفت. کیف کوچک چرمی را دوباره از جیب بیرون کشید، کاغذهای درون آن را ورق زد، بالاخره کاغذی را که می‌جست پیدا کرد و آن را به سیاح نشان داده گفت: «بخوانید.» سیاح گفت: «نمی‌توانم، من به شما گفته‌ام که این‌ها را نمی‌تـوانم بخوانم.» افسر گفت: «ولی به دقت نگاهش کنید.» و خود برای این‌کـه آن را به اتفاق سیاح بخواند پهلوی او قرار گرفت. ولی چـون همـه‌ی کوشـش‌هـا بی‌نتیجه ماند افسر برای این‌که کار خواندن را بر سیاح آسان کنـد انگشـت کوچک خود را به فاصله‌ی زیادی بالای کاغذ گرفته نوشته را دنبال می‌کـرد، گوئی به هیچ قیمت حاضر نبود دست کسی به کاغذ بخورد. سیاح نیز برای خوشایند افسر به رعایت میل او، لااقل ازنظر کثیـف نشـدن کاغـذ، علاقـه نشان می‌داد. ولی خواندن نوشته برایش امکان‌پذیر نبـود. افسـر بـه تـأنی شروع به خواندن کاغذ کرد، سپس آن را بار دوم بـه‌طـور طبیعـی خوانـده گفت: «نوشته است: وظیفه‌شناس باش! خوب، حالا دیگر می‌توانید بخوانید.» سیاح روی کاغذ خم شد، سر را آن‌قدر به کاغذ نزدیک کرده بود که افسر از بیم آن که مبادا سر او به کاغذ بخورد کاغذ را کمی عقب‌تـر بـرد. سیـاح دیگر چیزی نمی‌گفت ولی معلوم بود که هنوز هم به‌هیچ‌وجه نتوانسته است نوشته را بخواند. افسر بار دیگر گفت: «نوشته است: وظیفه‌شناس بـاش!» سیاح گفت: «شاید، گمان می‌کنم همین عبارت در آن‌جا نوشته شده باشد.» افسر گفت: «خوب» رضایت خاطری، ولو جزئی، برایش حاصـل شـده بـود.

کاغذ را برداشت و بالای نردبان رفت و با احتیاط هرچه تمام‌تـر آن را درون خال‌کوب قرار داد. ظاهراً چرخ‌ها را نیز سرتا ته تغییـر وضـع داده آن‌هـا را مرتب کرد. این کار بسیار دشواری بود. گویـا چـرخ‌هـای بسـیار ریـزی در خال‌کوب وجود داشت و افسر نیز در وارسی آن‌ها آن‌قدر دقـت بـه خـرج می‌داد که گاهی سرش درون خال‌کوب کاملاً ناپدید می‌شد.

سیاح از پائین جریان کار را هم چنان دنبال می‌کرد گردنش خشک شده بود. نور خورشید در آسمان آن‌قدر تند بود که چشم‌های سیاح درد گرفته بود. سرباز و محکوم هردو سرگرم کار بودند. سرباز با سرنیزه خـود پیـراهن و شلوار محکوم را که در گودال افتـاده بـود بیـرون آورد. پیـراهن بـه‌طـرز وحشت‌آوری کثیف شده بود. محکوم آن را در آب شست. همین‌که پیراهن و شلوار را پوشید سرباز و او نتوانستند از خنده خـودداری کننـد زیـرا ایـن لباس‌ها سراسر از پشت به دو قسمت شکافته شده بود. گوئیا محکوم خود را به سرگرم کردن سرباز مجبور می‌دید، به دور او، که روی زمین نشسـته بود و خندان دست‌ها را به زانوهای خود می‌زد، می‌رقصید. با وجود این برای احترام حاضران ملاحظه می‌کرد.

وقتی افسر بالاخره کار خود را در بالا تمام کرد باز نگاه مسـرت‌آمیـزی بـه همه قسمت‌های ماشین انداخت. سپس سرپوش خال‌کوب را که تا آن زمان باز مانده بود بست. به گودال نگاهی کرد. نظری به جانب محکوم افکند و با خرسندی تمام مشاهده کرد که محکوم رخـت‌هـایش را از گـودال بیـرون آورده است. سپس به طرف تشت رفت. ولی دیر رسـیده بـود، دیـد آب تَشت به کثافت نفرت‌انگیزی آلوده است. از این که نتوانست دسـت‌هـای خود را بشوید ملول شد. بالاخره آن‌ها را در شن فرو برد – این چاره موقت آن‌طوری که باید او را راضی نمی‌کـرد ولـی ناچـار بـه آن قناعـت نمـود – برخاست و مشغول گشودن تکمه‌های نیم تنه‌ی خود شد. براثر این کـار اول

دو تا دستمال زنانه‌ای که به زیر یخه‌ی خود گذاشته بــود در دسـتش فـرو افتاد. افسر گفت: «این‌ها هم دستمال‌هایـت!» و دسـتمال‌هـا را بـه سـوی محکوم پرتاب کرد و برای توضیح به سیاح گفت: «هدیه‌ی خانم‌ها.»

با وجود شتابی که افسر در کندن لباس خود به خرج می‌داد تـا بعـد کـاملاً لخت شود از هر تکه‌ی لباس خود مواظبت دقیقی به جای می‌آورد. حتی بـا نوک انگشت‌ها براق‌های نیم تنـه‌اش را تکانـد. منگولـه‌ی شمشیر خـود را درست سرجایش قرار داد. چیـزی کـه بـه‌هیچ‌وجـه بـا ایـن دقـت جـور درنمی‌آمد این بود که همین که افسـر قطعـه‌ای از لبـاس خـود را مرتـب می‌کرد فوراً آن را با یک حرکت تند و خود به خود به درون گـودال پرتـاب می‌کرد. آخرین چیزی که برایش ماند شمشیر کوتاهش بود کـه بـه بنـدی آویخته بود. شمشیر را از غلاف بیرون کشید، خردش کرد، سپس تکـه‌هـای آن را با غلاف و بند با هم چنان سخت به درون گودال انداخت کـه صـدای برخورد آن‌ها از ته گودال شنیده شد.

دیگر افسر کاملاً برهنه شده بود. سیاح لب‌های خود را مـی‌گزیـد و چیـزی نمی‌گفت. به خوبی می‌دانست چه روی خواهد داد ولی حق نداشت افسر را ازهرکاری که باشد مانع شود. اگر- در پی اقدامی کـه سـیاح خـود را از آن ناگزیر می‌دید - حقیقتاً می‌خواستند روشـی را کـه افسـر بـدان ایـن همـه دلبستگی داشت از میان بردارند افسر کاملاً حق داشت که چنـین رفتـاری بکند.اگر سیاح نیز به جای وی می‌بود جز این نمی‌کرد.

سرباز و محکوم اول از این وقایع چیزی سر درنمی‌آوردند، در اوان کار حتـی به آن توجه هم نداشتند محکوم بسیار شاد بود که دوباره به دستمال‌هـای خود رسیده است. ولی شادیش دیری نپائید زیرا سـرباز بـا حرکتـی تنـد و پیش‌بینی نشده آن‌ها را از دستش قاپید. حـالا محکـوم درصـدد بـود کـه دوباره دستمال‌ها را که در زیر کمربند سرباز بود از آن‌جا بیرون بکشد. ولی

سرباز آن‌ها به دقت می‌پائید. بدین ترتیب بین آن‌ها کشمکشی کـه نیمـی صورت شوخی داشت در جریان بود. فقط وقتی دقت‌شان به سـوی افسـر جلب شد که افسر کاملاً لخت شده بود. به خصوص محکوم که یـک تغییـر وضع کلی را ازپیش احساس کرده بود حیران به نظر می‌رسید. آن‌چه بـه سرش آمده بود اکنون به سر افسر می‌آمد و شاید در مورد افسر این کـار تا پایان انجام می‌گرفت. پس این انتقام بود – بی‌آن‌که خودش تا پایان رنـج کشیده باشد تا پایان انتقامش کشیده می‌شد.– خنده‌ی بی‌ریا و آرامـی بـه روی سیمایش ظاهر گشت که دیگر برطرف نشد.

افسر پهلوی ماشین برگشت. گرچه پیش‌تر به آسانی دانسته شده بود کـه وی به همه چیز ماشین آشناست معذلک اکنون از مشاهده‌ی طرز کارش با ماشین و اطاعتی که ماشین در برابر او ازخود نشان می‌داد نمی‌شد از تعجب خودداری کرد. افسر فقـط دسـتش را نزدیـک دارخیش بـرده بـود کـه دارخیش بلند شد، چندین بار خم گشت تا بـه وضـع درسـتی درآیـد و بـه فراخور جسم افسر میزان شود. هنوز تن افسر به لبه‌ی بستر نخورده بود که بستر شروع به لرزیدن کرد. دهن‌بند نمدی دم دهان افسر قـرار گرفـت. معلوم بود که او می‌خواهد مانع دخول دهن‌بند شود ولی این تردید لحظه‌ای بیش نپائید، دردم افسر تسلیم شد و گذاشت که دهن‌بند داخل شود. همه چیز آماده بود. فقط تسمه‌ها یـک وَری آویـزان بودنـد و بـه‌طـور آشکـار بی‌مصرف به نظر می‌آمدند: افسر احتیاجی به بسته شدن نداشت. در ایـن موقع چشم محکوم به تسمه‌های باز افتاد، به نظر او تا تسمه‌ها محکم بسته نمی‌شد اعدام کامل نبود، به سرعت اشاره‌ای به سرباز کرد و هر دو بـرای بستن افسر پیش دویدند. افسر یـک پای خود را برای جلو زدن دسته‌ای کـه می‌بایستی خال‌کوب را به حرکت درآورد دراز کرده بود که سرباز و محکوم را پیش خود دید، پا را کشید و گذاشت او را ببندند. دیگر برای افسر امکـان

نداشت که پای خود را به دسته برساند، سرباز و محکوم نیـز هیـچ کـدام نمی‌توانستند دسته را پیدا کنند. سیاح نیز تصمیم داشت از جای خود تکـان نخورد. این کار لزومی نداشت. همین‌که تسمه‌ها را بستند ماشین بـه کـار افتاد. بستر تکان می‌خورد و سوزن‌ها روی پوست افسر به رقص درآمدنـد. دارخیش اوج گرفته بالا می‌رفت و پائین می‌آمد. سیاح لحظـه‌ای پیش از آن‌که به‌یاد آورد که یکی از چرخ‌های خال‌کوب مـی‌بایسـتی خرخـر کنـد خشکش زده بود. همه‌ی کارها در آرامش و سکوت می‌گذشت. کـم‌تـرین صدای اصطکاک شنیده نمی‌شد.

ماشین آن‌قدر بی‌صدا کار می‌کرد کـه دقـت آدم بـه کلـی ازآن منحـرف می‌شد. سیاح به سرباز و محکوم نگاه می‌کرد. محکوم جنب و جوش بیشتری داشت. به همه‌ی مختصّات ماشین علاقه نشان می‌داد. گاهی خم مـی‌شـد، زمانی خود را به پائین متمایل می‌کرد. همیشه برای نشان دادن چیـزی بـه سرباز انگشتش به جلو دراز بود. این منظره برای سیاح غـم‌انگیـز بـود. وی تصمیم داشت تا پایان کار همان‌جا بماند ولـی دیگـر نمـی‌توانسـت دیـدن منظره‌ی آن دو را تحمل کند. به آن‌ها گفت: «بروید به خانه‌هایتان.» شاید سرباز به اطاعت امر سیاح رضایت می‌داد ولی محکوم این امر را تنبیهی تلقی کرد. دست‌ها را به هم چسبانده التماس می‌کرد کـه بگذارنـد او در آن‌جـا بماند و چون سیاح سرش را تکان داده نمی‌خواست درخواستش را بپـذیرد محکوم به رسم استغاثه زانو به زمین زد. سیاح دیـد کـه امـرش بـه دردی نمی‌خورد. خواست ملاحظه را کنار گذاشته آن‌ها را به زور از آن‌جا دور کند. در این موقع صدایی از درون خال‌کوب شنید، سر را بلند کـرد. پـس چـرخ دندانه‌داری بود که درست کار نمی‌کـرد؟ ولـی علـت چیـز دیگـری بـود. سرپوش خال‌کوب آرام برخاست سپس با صـدای خشـک کـاملاً بـاز شـد. دندانه‌های چرخی ظاهر گشت، سپس بالاتر آمد و دردم تمام چرخ پدیدار

شد. پنداشتی نیروی بزرگی خال‌کوب را چنان فشرده است که دیگر برای این چرخ جائی باقی نمانده است. چرخ تا لبه‌ی خال‌کوب غلتید، بر زمین افتاد، لحظه‌ای روی شن گشت سپس بی‌حرکت ماند، ولی پیش از آن که کاملاً از حرکت بازایستد چرخ دیگری به هوا برخاسته بود و مقداری چرخ‌های بزرگ و کوچک و عده‌ای چرخ‌های دیگرکه تقریبا با چشم دیده نمی‌شدند به دنبال این چرخ در حرکت بودند. سرنوشت همه‌ی این چرخ‌ها یکسان بود. همیشه چنین گمان می‌رفت که دیگر این بار خال‌کوب باید کاملاً از چرخ تهی شده باشد. ولی باز یک دسته دیگر چرخ ظاهر می‌شد که به خصوص از دسته‌های پیش انبوه‌تر بود. این چرخ‌ها بلند می‌شدند، برزمین می‌افتادند، روی شن می‌گشتند و بی‌حرکت می‌ماندند. در مقابل این پیش آمد محکوم امر سیاح را کاملاً ازیاد برده بود. چرخ‌های دندانه‌دار او را غرق شادی کرده بودند. محکوم مدام در پی آن بود که یکی از چرخ‌ها را بردارد و سرباز را به کمک خود برمی انگیخت ولی به حالتی وحشت زده دست خود را عقب می‌کشید زیرا فوراً چرخ دیگری از پی می‌رسید و، بیشتر هنگامی که شروع به گشتن می‌کرد، سبب هراسش می‌شد.

سیاح در مقابل، بسیار مضطرب به نظر می‌آمد، ماشین آشکارا به سوی نابودی کشیده می‌شد. دیگر فقط در خیال ممکن بود دید که ماشین آرام و بی‌صدا کار کند. سیاح احساس می‌کرد اکنون که افسر دیگر نمی‌تواند از خود حفاظت کند باید به حال او پرداخت. ولی چون سقوط چرخ‌های دندانه‌دار همه‌ی توجه او را به خود جلب کرده بود دیدن قسمت‌های دیگر ماشین از یادش می‌رفت. اکنون که پس از بیرون افتادن آخرین چرخ از خال‌کوب سیاح به روی دارخیش خم شد شگفتی تازه‌ای که هنوز ناگوارتر بود به او دست داد. دارخیش چیزی نمی‌نوشت فقط سوزن‌هایش را به تن

افسر فرو می‌کرد. بستر نیز جسم را تکان نمی‌داد بلکه آن را در حال لرزیدنش بلند می‌کرد و به نوک سوزن‌هایی که به تن افسر فرو می‌رفت قرار می‌داد. سیاح می‌خواست مداخله کند و در صورت امکان تمام دستگاه را از کار باز دارد. این دیگر شکنجه نبود و با منظور افسر جور درنمی‌آمد، بلکه مرگ آنی بود. ولی دیگر دارخیش دوباره به هوا برخاسته بود. جسم سوراخ سوراخ را بلند کرده یک وری قرار گرفت. این حرکت معمول او بود ولی فقط در ساعت دوازدهم. هزاران جوی خون به راه افتاده بود، بی‌آن که با آب مخلوط شده باشد زیرا این بار لوله‌ها ازکار افتاده بودند. آخرین عمل ماشین هم اجرا نشده ماند: جسم افسر از سوزن‌های بزرگ جدا نگشت، خون فراوانی از آن دفع می‌شد، به جای افتادن به درون گودال برفراز آن آویزان ماند. دارخیش می‌خواست به وضع پیشین خود برگردد ولی گوئی دریافته بود که هنوز بارش سبک نشده است، برفراز گودال بی‌حرکت ایستاد. سیاح پاهای افسر را گرفت و به سمت سرباز و محکوم فریاد زد: «ده بیائید کمک کنید.» می‌خواست خودش ازاین سوی پاها را بگیرد و سرباز و محکوم از سوی دیگر سر افسر را بگیرند و کم کم او را از سوزن‌ها جدا کنند. ولی آن دو قصد آمدن نداشتند. محکوم حتی پشت به سیاح کرد. سیاح ناگزیر شد آن‌ها را به زور به طرف سر افسر براند. در این موقع سیاح تقریباً با بی‌میلی به چهره‌ی جسد نگاه کرد: به همان‌سان بود که در زمان حیات بود. هیچ نشانی از رستگاری معهود در آن یافت نمی‌شد. حالتی که در روی این ماشین به دیگران دست داده بود به افسر دست نداده بود. لب‌های افسر سخت به هم فشرده بود. چشم‌ها باز بودند و آثار زندگی در آن‌ها دیده می‌شد. نگاه افسر آرام بود و محکومی وی را نشان می‌داد. از سراسر پیشانیش سوزن بزرگ فولادی گذشته بود.

همین که سیاح به همراه سیاح و محکوم به اولین خانه‌ی سرزمین محکومین رسید سرباز ساختمانی را نشان داده گفت :«این‌جا کافه است.» در زیرزمین خانه‌ای تالار پست و گودی بود که به غاری شباهت داشت. دیوار و سقفش دود زده بود. این تالار از پهنا به طرف خیابان واقع بود. گرچه بنای این کافه با سایر خانه‌های جزیره‌ی محکومین چندان فرق نداشت (همه‌ی بناها حتی کاخ فرمانداری به واسطه‌ی کهن‌سالی‌شان بسیار مشخص بودند)، با وجود این در نظر سیاح مانند یک یادبود تاریخی جلوه کرده بود و سیاح با دیدن آن نیروی روزگاران گذشته را احساس می‌نمود. با همراهان معدود خود پیش رفت: ازمیان میزهای خالی که در خیابان جلوی کافه چیده بودند گذشت و هوای سرد و نمناکی که از درون کافه بیرون می‌آمد استنشاق کرد. سرباز گفت: «در این‌جاست که فرمانده‌ی سابق مدفون است، روحانیون از دادن جائی در گورستان به او امتناع کرده‌اند، مدت‌ها کسی درست نمی‌دانست در کجا به خاکش خواهند سپرد. بالاخره او را این‌جا دفن کردند. افسر بی‌شک دراین‌خصوص چیزی به شما نگفت چه مسلماً از گفتن آن بسیار شرم داشت. او حتی بارها خواسته بود جسد فرمانده را شبانه از گور به در آورد ولی همیشه رانده می‌شد.» سیاح هرچه کرد نتوانست گفته‌ی افسر را باور کند، پرسید: «قبر کجاست؟» سرباز و محکوم به محض شنیدن این پرسش، هردو جلوی سیاح دویده دست‌ها را دراز کردند تا جائی را که قبر واقع بود به او نشان بدهند. آن‌ها سیاح را به ته زیرزمینی که در آن چند میز چیده بود بردند. گرد این میزها مشتریانی دیده می‌شدند که از کارگران بندر بودند، اشخاصی قوی با ریش‌های کوتاه مشکی و درخشان. هیچ کدامشان کت در تن نداشتند و پیراهن‌شان پاره پاره بود. مردمی بودند تهی دست که به فروتنی خو کرده بودند. همین‌که سیاح نزدیک شد برخی ازآنان برخاستند و به دیوار تکیه دادند و آمدن او را

تماشا می‌کردند. دور وُ بر سیاح پچ‌پچی راه افتاد: «این یک نفر خارجی است، می‌خواهد قبر را ببیند.» یکی از میزهائی را که به راستی سنگ قبر زیر آن بود کنار کشیدند. این یک سنگ ساده‌ای بود و آن‌قدر پائین کارش گذاشته بودند که بتواند زیر میزی پنهان بماند. کتیبه‌ای با حروف بسیار ریز روی آن دیده می‌شد. سیاح برای خواندن آن ناچار شد زانو به زمین بزند. بر این سنگ چنین نوشته بود: «این‌جا آرامگاه فرمانده‌ی سابق است. هواخواهانش که اکنون نمی‌توانند نام خود را افشاء کنند این قبر را برای او کنده و سنگ را بر روی آن نهاده‌اند. بنابه یک پیش‌گوئی، پس از چندسال دیگر فرمانده از میان مردگان رستاخیز خواهد کرد، هواخواهان خود را در این خانه به گرد خود خواهد خواند و پیشاپیش آن‌ها برای تسخیر دوباره‌ی سرزمین محکومین حرکت خواهد کرد. یقین داشته باشید و شکیبائی پیش گیرید!» همین که سیاح خواندن کتیبه را به پایان رساند برخاست، دید مردم دوروُبرش ایستاده‌اند و لبخند می‌زنند، گوئی آن‌ها نیز کتیبه‌ی روی قبر را با وی خوانده‌اند و به نظرشان مضحک آمده است و از او درخواست می‌کنند که با همان نظر آن‌ها با آن کتیبه نگاه کند. سیاح چنین وانمود کرد که متوجه چیزی نشده است. چند سکّه پول به آن‌ها داد که میان خود تقسیم کنند و آن‌قدر آن‌جا ماند تا دوباره میز را به روی قبر نهادند. سپس از کافه بیرون آمد و به سوی اسکله روان شد.

در کافه سرباز و محکوم به بعضی از آشنایان خود برخوردند. آن‌ها چندی نگاهشان داشتند. ولی سرباز و محکوم آشنایان خود را ول کرده هرچه زودتر ازکافه به‌درآمدند. هنوز سیاح از وسط پلکان درازی که به ایستگاه زورق‌ها منتهی می‌شد نگذشته بود که سرباز و محکوم با عجله‌ی تمام دنبالش کردند، مسلماً می‌خواستند در آخرین لحظه سیاح را وادار کنند که آن‌ها را با خود ببرد. سیاح برای رساندن خود به کشتی با زورق‌بانی در پائین

مشغول گفتگو بود. سرباز و محکوم تند از پله‌ها سـرازیر شـدند بـی‌آن‌کـه چیزی بگویند زیرا جرأت صدا زدن نداشتند. وقتی به پائین رسـیدند سـیاح درون زورق نشسته بود و زورقبان طناب را گشوده از کرانه دور مـی‌شـد. سرباز و محکوم هنوز هم می‌توانسـتند بـه درون زورق بجهنـد ولـی سـیاح طناب سنگین گره‌داری را برداشته چنین وانمود کرد که آن‌ها را با آن طناب خواهد زد و این کار آن‌ها را از جهیدن به درون زورق مانع شد.